GOLDMANN

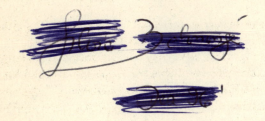

Autorin

Rossana Campo wurde 1963 in Genua geboren.
Nach ihrem Literaturstudium übersiedelte sie nach Paris,
wo sie auch heute lebt.

Rossana Campo

Am Anfang war die Unterhose

Tiger im Tank

Zwei Romane in einem Band

Aus dem Italienischen
von Hilde Brunow

GOLDMANN VERLAG

Umwelthinweis:
Alle bedruckten Materialien dieses Taschenbuches
sind chlorfrei und umweltschonend.
Das Papier enthält Recycling-Anteile.

Der Goldmann Verlag
ist ein Unternehmen der Verlagsgruppe Bertelsmann

Genehmigte Ausgabe 12/96
»Am Anfang war die Unterhose«
© der Originalausgabe 1992 by Giangiacomo Feltrinelli Editore, Milano
© der deutschen Ausgabe 1993 by
Wilhelm Goldmann Verlag, München
»Tiger im Tank«
© der Originalausgabe 1993 by Giangiacomo Feltrinelli Editore, Milano
© der deutschen Ausgabe 1995 by
Wilhelm Goldmann Verlag, München
Umschlaggestaltung: Design Team München
Umschlagfoto: Frank Schott, Köln
Druck: Elsnerdruck, Berlin
Verlagsnummer: 13171
JP · Herstellung: Heidrun Nawrot
Made in Germany
ISBN 3-442-13171-5

1 3 5 7 9 10 8 6 4 2

Am Anfang
war die Unterhose

Die Originalausgabe erschien unter dem Titel
»In Principio Erano Le Mutande«
bei Giangiacomo Feltrinelli Editore, Milano

*Dieses Buch möchte ich folgenden
Personen widmen: vor allem Giò
für die legendären Abende im Vico
Cioccolatte und auf der Piazza
della Giuggiola, dann dem »Zwil-
lings-Gentiluomo«, schließlich Be-
risso und der »Puppe«; eine Wid-
mung sollte man niemandem ver-
weigern, daher auch eine für Bosca
für die vielen Stunden, die wir klö-
nend zusammen verbracht haben,
und auch für alle anderen Freunde,
die ich hier nicht einzeln aufzählen
kann, aus tiefster Zuneigung.*

Violetta:

Tra voi saprò dividere
Il tempo mio giocondo;
Tutto è follia nel mondo
Ciò che non è piacer.
Godiam, fugace e rapido
È il gaudio dell'amore;
È un fior che nasce e muore
Né più si può goder.

La Traviata (Atto I)

1 Erstes Kapitel, in dem ich ein bißchen von meinem ärmlichen Leben erzähle und meine Freundin Giovanna vorstelle.

Also, die Geschichte könnte so anfangen: Ich bin auf dem Weg nach Hause mit meinen Einkaufstüten, die ziemlich leicht sind, und dann ist es heiß, und in der Gasse steht ein erbärmlicher Gestank, der hoch steigt und sich in alle Richtungen ausbreitet. Dann seh ich jemanden mit irgendwas auf dem Rücken, der aufgeregt mit den Armen rumfuchtelt, und da dieser jemand ziemlich dunkel ist und ich an die Afrikanerinnen als meine Nachbarinnen hier in der Gasse gewöhnt bin, meine ich Akofa zu erkennen, und ich grüß nur knapp und geh dann schnurstracks weiter, denn ich hab überhaupt keine Lust zu reden, und dann muß ich auch schnell nach Haus, um mir zu überlegen, wen ich ampumpen kann, um meinem Freund Luca sein Geld zurückzugeben, der mich mittlerweile jeden Tag dreimal anruft wegen seiner dreihunderttausend Lire.

Meine dreihunderttausend Flöhe, wie er sagt.

Ich steck also den Schlüssel ins Haustürschloß, denn ich vergeß immer wieder, daß man die Tür auch mit einem Fußtritt aufkriegt, und diese Akofa – ihr werdet gleich sehen, daß es gar nicht Akofa ist – gibt mir einen kräftigen Schlag auf den Arsch und kneift mir dann auch noch – wie üblich – leicht in die Titten. Ich dreh mich also um, und wißt ihr, wer da steht? Meine Busenfreundin Giovanna. Drei Monate war sie verschwunden, nach Afrika, als große Forscherin, um ihr Verhältnis zum schwarzen Kontinent und besonders zur schwarzen Rasse zu erkunden. Dieses innige Verhältnis zur Welt der Schwarzen ist erst aufgeblüht, nachdem sie einen Typ kennengelernt hat, den sie immer nur »die große Liebe meines Lebens« nennt. Diese große Liebe ihres Lebens ist Jazzmusiker, heißt

Davis, verheiratet in Amerika mit einer vietnamesischen Ex-Tänzerin, plus dreijährigem Söhnchen.

Giovanna hat die große Liebe ihres Lebens im Sommer vor drei Jahren in einem Dorf in Kalabrien kennengelernt, in Roccella Ionica, wo wir zusammen in Ferien hingefahren sind, weil man uns gesagt hat, daß man da gut runter trampen kann und daß sich dann in Kalabrien das Problem mit den teuren Hotels ganz einfach lösen läßt: indem man am Strand schläft.

Wir also da runter in Ferien, und es war auch ganz toll, denn für Meer, Sonne und geklaute Feigen sind wir immer zu haben, Giovanna und ich. Bis dann diese schwarzen amerikanischen Jazzmusiker aufkreuzen, und ihr müßt wissen, Giovanna steht nur auf Schwarze, besonders auf Puertoricaner, na ja, auf alle Fälle wird sie dann ganz scharf.

Ich hatte damals was mit einem bläßlichen Frauenarzt, dem Giovanna dauernd verächtliche Grimassen schneidet und den sie nur Mozzarella Santa Lucia nennt. Oder auch: Stracchino Invernizzi.*

Die amerikanischen Jazzmusiker sind also da unten, um beim Jazzfestival zu spielen, und so erzählt mir Giovanna, während wir am Strand in der Sonne liegen, was sie sich überlegt hat: Erstens: Wir müssen unbedingt zu dem Konzert. Zweitens: Wir müssen unbedingt ohne zu bezahlen da reinkommen. Und zum Schluß: Der Typ macht mich total an. Am Abend liegen wir immer noch da, eingepackt in unsere Schlafsäcke, und ich schau zu den Sternen hoch und dem Vollmond und hör dem Meer zu, und Giovanna sagt: Hoffentlich träum ich heut nacht wieder, wie er mich leckt. Und dann: Was meinst du, warum fahr ich nur auf Schwarze ab? Sie überlegt einen Augenblick, fährt mir dann über die Titten, lacht und sagt: Vielleicht, weil mein Vater Sarde ist?

---

* Stracchino – quarkähnlicher Streichkäse, d. Übers.

Jedenfalls machen wir uns fürs Konzert zurecht und versuchen unter den verschiedensten Vorwänden reinzukommen – wir, die berühmten Jazzjournalistinnen, zum Beispiel –, dann versuchen wir's noch mit wunderschönen Augen, aber es läuft nichts. Also setzen wir uns auf das Mäuerchen draußen und genießen von dort das sagenhafte Konzert. Giovanna denkt trotzdem nicht daran aufzugeben und meint: Den reiß ich mir morgen direkt von der Straße auf.

Warum nicht, denn ab und zu sehen wir ihn tagsüber, wie er sich in der Bar einen ansäuft oder durchs Dorf schlendert, mit seinen drei Jazzmusiker-Freunden, denn es handelt sich ja, wie gesagt, um ein Jazzsaxophon-Quartett. Und so zerrt mich meine Freundin Giovanna in eine Bar, und ich denk sofort, und womit sollen wir zahlen, aber sie lacht nur und sagt dann mit oberschlauer Miene: Eben!

Ihr ausgefuchster Plan sieht so aus: Wir saufen und fressen wie die Schweine, und dann legen wir uns mit dem Kellner an, weil angeblich eine Fliege im Glas war. Sie meint: Wir müssen einen richtigen Aufstand machen und die vier mit hineinziehen. Sie nehmen uns dann in Schutz, und wir werden Freunde, und ich nehm mir den, der mir gefällt, und dir laß ich die anderen drei. Vielleicht kriegen wir auch noch Freikarten fürs Konzert.

Ich weiß schon, daß die Sache nicht gut ausgeht, aus dem einfachen Grund, weil so was nie gut geht. Und tatsächlich, der Kellner wird stinksauer, beschimpft uns als Schnorrer und meint, wir knickrigen Norditalienerinnen sollen doch zu Hause anschaffen gehen. Ich versuch ihm zu erklären, daß ich keine Norditalienerin bin, sondern mit meiner Familie zur Zeit des fabelhaften Wirtschaftswunders aus dem Süden emigriert bin, und Giovanna auch nicht, und daß sie eigentlich aus Sardinien stammt und daß sich daher auch, wie sie meint, ihre Vorliebe für Schwarze erklären läßt... Auf alle Fälle verfolgen die vier die Szene und lachen sogar, sagen aber kein Wort,

9

und Giovanna und ich müssen abziehen, mit eingezogenem Schwanz, wie meine Großmutter gesagt hätte.

Die Ferien gehen zu Ende, und wir müssen in unsere norditalienische Heimatstadt zurück. Es wird Oktober, und eines Abends geh ich Giovanna besuchen, die in einer Gasse direkt hinter meiner wohnt, und wie ich reinkomm, sitzt sie in einem abgeschabten Sessel und läßt Arme und Beine runterbaumeln, die Augen starr auf einen Punkt an der Decke gerichtet.

Was ist denn los, sag ich, hey, was hast du denn?

Sie schaut mich gar nicht an und seufzt nur, ach, ich bin verliebt.

In Emah, frag ich – ein Typ aus Kamerun, der damals ihr Freund war.

Welcher Emah, sagt sie.

Einen Moment Schweigen. Dann noch ein tiefer Seufzer. In ihn.

Ich sag, wie? Was für ein ihn?

Davis! DA-VI-S!!!, ruft meine Freundin Giovanna.

Ich erinnere mich nicht mehr an diesen Davis, und so weiß ich nicht, wovon sie redet, und sie macht ein Gesicht, als wäre sie mit einer absolut bescheuerten Freundin bestraft, und sagt dann, der Jazzer! Roccella Ionica, der Kellner.

Ach ja, jetzt weiß ich. Aber ich versteh immer noch nicht. Also fängt sie an zu erzählen, und erzählt und erzählt, stundenlang, diese große Erzählerin, meine Freundin Giovanna, aber irgendwann versteh ich überhaupt nichts mehr und sag zu ihr: Bitte, laß mich jetzt endlich schlafen gehen.

Am Tag drauf blick ich endlich durch, wie die Geschichte gelaufen ist. Und zwar so: Davis ist für ein Konzert in die Stadt gekommen, und sie hat den Namen von seinem Jazzquartett in der Zeitung gelesen; daraufhin hat sie sich von Luca Geld geliehen, ist zum Konzert und hat sich dort vor den Eingang gestellt und gewartet. Er ist vorbeigekommen, sie haben sich angesehen, und sie hat eine von den Sachen gedacht, die ihr ab und zu durch den Kopf gehen, wie zum Beispiel: Jetzt oder nie. Sie will ihn anhalten, aber wie? Vielleicht sollte sie auf ihn schießen, aber er ist schon stehengeblieben und sagt, daß sie sich doch schon mal irgendwo gesehen haben, und sie denkt, lieber Himmel, er erinnert sich an die blamable Szene in Roccella.

Er meint zu ihr: Wir gehen nach dem Konzert noch was essen, kommst du mit?

Und sie, na klar komm ich mit, und sie erzählt mir, daß sie dann aber alle vier Jazzer ertragen mußte, und noch einen anderen Typen, von dem sie nicht verstanden hatte, wer er war. Teils langweilte sie sich, weil sie ihr Amerikanisch nicht verstand, teils genoß sie auch das Gefühl, ihn aufgabelt zu haben, und fühlte eine große Verliebtheit im Bauch, und auch noch weiter unten. Ich war total naß, meint sie zum Schluß.

Danach lädt meine durchtriebene Freundin alle zu sich nach Hause ein, und sie gesteht mir, daß sie sich eigentlich geschämt hat, wegen der heruntergekommenen Häuser in unserem Viertel und der stinkigen Gassen voller verschiedenster Sorten Scheiße, von Tauben- und Katzenscheiße angefangen bis zu Hundekacke und – manchmal hat man wirklich den Verdacht – Spuren menschlicher Scheißerei. Auf alle Fälle muß sie sich dann schon etwas weniger schämen, denn die drei Musikerfreunde und der Unbekannte wollen nicht mehr mitkommen, weil sie müde sind, aber Davis, und darauf kommt es ja an, nimmt die Einladung gerne an. Ich kann dir sagen, meint sie zu mir, wir haben voll losgelegt, die ganze Nacht durch. Und dann liefert sie mir eine detaillierte Auflistung aller Stellungen und aller wunderschönen, romantischen Techniken, mit denen er's ihr besorgt hat.

Und dann fällt noch dieser unvergeßliche Satz, den er in jener Nacht sagt und der lautet (schon übersetzt): Wenn ich dich jetzt noch einmal ficke, bleib ich hier, um dich für immer zu ficken. Und dann murmelt der Jazzmusiker immer wieder, Jesus!, und: Mmmmm, oder auch: Oh, Baby! Und irgendwann in der Nacht sagt er dann noch die bemerkenswerte Sache, daß er ihre Seele gesehen hat. Und Giovanna meint, wie bitte? Und er wiederholt noch mal: die Seele, deine Seele – schon übersetzt, ich sag's euch.

Jedenfalls freu ich mich für meine Busenfreundin Giovanna, aber ich bin auch ein bißchen neidisch, muß ich zugeben, weil sie die ganze Nacht ihren Spaß hatte und ich nicht. Denn ich war damals noch in den schuftigen Frauenarzt verliebt, bei dem es diese ganze Leidenschaft wie bei Giovanna und Davis nicht gibt, nein, dieser Frauenarzt arbeitet in einer Beratungsstelle und jammert dauernd, daß er so müde ist und daß Ärzte viel zu viel arbeiten müssen. Das läuft noch darauf hinaus, daß ich mir auch einen Musiker suche.

Tja, es sieht tatsächlich so aus, als hätten sich die zwei, über die Geschichte mit der Seele und so weiter, ernstlich ineinander verliebt. Giovanna ist im siebten Himmel und nimmt Amerikanisch-Unterricht bei Kate, und jeden Nachmittag erzählt sie mir, was sie gelernt hat, und ich langweil mich, weil mich Fremdsprachen einfach langweilen, aber sie läßt nicht locker und sagt zum Beispiel: Also, du bist in New York und willst jemand anpumpen, weißt du, was du da sagen mußt? Oder nehmen wir mal an, du fährst mit der U-Bahn in New York und ein Typ will dich anmachen, was sagst du dann?
Bis ich eines Tages die Nerven verliere, auch wegen dem ewig müden Frauenarzt, und zu ihr sag, daß sie mich mal am Arsch lecken kann, mit ihrem blöden New York. Sie ist beleidigt, und wir sehen uns eine Zeitlang nicht mehr. Aber eines Morgens um sechs ruft sie an, und meint, daß sie nicht mehr sauer ist und daß wir uns wieder vertragen müssen.

2 *Dies ist ein Kapitel, das direkt in meine Kindheit zurückführt.*

Wenn ich an meine Kindheit denk und meine Freundinnen Simona und Nicoletta, kommen mir immer zuerst Wörter in den Sinn. Da gibt's zum Beispiel ein Wort, bei dem sich Simona, Nicoletta und mir schon beim bloßen Drandenken der Kopf dreht. Das Wort ist Unterhose, mit der genauso – vielleicht sogar noch schweinischeren Variante: Panorama. Wir tollen den ganzen Tag in Parks und Gärten rum, und sobald es passiert, rufen wir sofort: Du hast deine Unterhose gezeigt. Oder: Ich hab dein ganzes Panorama gesehen.

Jetzt stell ich euch Nicoletta vor und erzähl gleich mal, wie sie aussieht, meine Jugendfreundin: Sie hat einen Berg von roten Haaren auf dem Kopf und die berühmten Sommersprossen, dazu sooo dicke Beine. Wegen dieser Beine und wegen der Haare und Sommersprossen gibt's keinen einzigen Jungen, der hinter ihr her ist.

Die andere Freundin, Simona, ist so mager wie die berühmte Bohnenstange, und ihre Schneidezähne stehen wie bei einem Häschen hervor, aber immerhin ist sie halt dünn. Und deswegen ist ab und zu auch schon mal ein Junge hinter ihr her.

Ich muß zugeben, wenn Jungen hinter uns her sind, haben wir ganz schön Angst, aber nur, daß sie unser Panorama sehen könnten. Nicoletta sagt zwar nein, aber Simona sagt ja. Und ich sag ein bißchen ja und ein bißchen nein.

Also setzen wir uns zusammen, um über den wahren Charakter der Männer zu diskutieren. Während wir so reden, wird Nicoletta noch röter als sonst; sie beginnt, aufgeregt hin und her zu wackeln, rollt sich auf den Rücken, streckt die Beine in die Luft und läßt sich dann über den Rasen im Garten kullern.

Simona hingegen bleibt stocksteif sitzen und zieht ihren Rock über die Knie.

Simonas Panorama ist immer bunt: gepunktet, mit Häuschen und verschiedensten Blümchen. Das von Nicoletta ist groß und ganz normal weiß.

Dann diskutieren wir über die Panoramafarben der Erwachsenen. Nicoletta behauptet, das Panorama von ihrem Vater sei blau. Simona, das von ihrem sei weiß. Dann erzählt sie, daß das Panorama von ihrer Mutter ganz komisch ist, es soll schwarz sein und Beine haben. Nicoletta meint: Bist du blöd, das ist doch die Bauchbinde.

Simona erzählt, daß ihre Schwester immer mit einem ganz roten Kopf zurückkommt, wenn sie mit Adriano rumgemacht hat. Nicoletta sagt, daß ihre Mutter manchmal ganz komisch glänzende Augen hat, vielleicht weil ihre Eltern heimlich rummachen, wenn sie allein zu Haus sind.

Simona hat von ihrer Schwester ein wunderschönes Geheimnis erfahren: nämlich daß alle Pärchen mit ihren Autos in die Olivenhaine fahren, und wenn sie dann da sind, behauchen sie die Fensterscheiben, und dann geht's los mit dem Rummachen, so richtig schweinisch. Nicoletta meint: Bist du naiv, die machen doch nicht nur so rum! Und ich sage, daß mir aufgefallen ist, wie auch die Lehrerin ganz rot wird im Gesicht, wenn der Direktor reinkommt, und sie hat auch diese glänzenden Augen. Nicoletta meint, ist doch ganz klar, die beiden wollen wie die Verrückten rummachen.

Danach eröffnen wir die Diskussion über die »Wahre Welt des Verliebtseins«. Wir erzählen uns reihum, in wen wir diese Woche verliebt sind. Ich sag, daß mein Herz immer noch in den Händen von Angelo, dem katholischen Gitarristen, liegt. Nicoletta erzählt, bei ihr ist es ein Typ, den sie sonntags in der Messe sieht, der sie um den Verstand bringt. Simona erklärt, daß sie Stefano Silvestri in der Pause auf dem Klo getroffen hat und daß er folgendes zu ihr gesagt hat: Du bist schön! Du bist wirklich ein schönes Mädchen. Dich heirat ich, wenn du groß bist. Nicoletta meint dazu nur: Na wunderbar, das ist doch ein Trottel, den niemand will. Und ich bestätige, das wissen doch alle, daß der hinter jeder her ist.

Dann taucht das Problem »Nackte Frauen« auf. Simona fragt, ob man als Erwachsene unbedingt ganz nackt sein muß.

Na logisch! sagt Nicoletta, wie soll das denn sonst gehen?! Und ich pflichte ihr bei, das ist doch überhaupt das Schöne an der Sache.

Simona fängt an zu heulen und schluchzt, neiiin! Das glaub ich nicht. Meine Mutter zum Beispiel, da könnt ihr Gift drauf nehmen, hat das noch nie gemacht.

Na, du mußt es ja wissen, meint Nicoletta.

Simona erwidert, daß sie hundertprozentig sicher ist und daß sie gehört hat, wie ihre Mutter, als ihr Bruder geboren wurde, zur Nachbarin sagte: daß sie überhaupt nichts gemacht haben, um ihn zu bekommen!

Ach Quatsch!, sagt Nicoletta.

Du bist blöd, sag ich.

Nicoletta bringt ein anderes Problem zur Sprache und fragt: Was meint ihr, sind Kinder tot, bevor sie geboren werden? Simona denkt angestrengt nach, den Mund weit offen. Ich sag folgendes: Wen juckt das?

Dann wechseln wir wieder das Thema und ich frag: Wißt ihr eigentlich, was die Eltern machen, wenn sie sich nachts im Schlafzimmer einschließen? Nicoletta meint, daß sie das schon seit Ewigkeiten weiß und daß sie sogar folgendes entdeckt hat: Ihr Vater hat diese gewissen Hefte mit nackten Frauen. Simona hingegen hat erfahren, wenn ein Mann ihn einer Frau vorne reinsteckt, kommt er hinten wieder raus.

Wer hat dir denn den Scheiß erzählt?, fragt Nicoletta.

Ich weiß es halt, meint Simona. Dann kommt sie auf eine

andere Sache zu sprechen und erzählt: Wenn ich Stefano Silvestri auf dem Gang treffe, spüre ich was ganz stark im Bauch, und im Herz!

Nicoletta sagt, manchmal in der Klasse hab ich so ein Gefühl, als wenn mich jemand da anfaßt.

Ach komm, wirklich, ich aber nicht, meint Simona.

Ich sag, am Ende werden wir noch wie die nackten Frauen im Vestro*.

Nicoletta wird ganz aufgeregt, errötet wieder und sagt: Ach, all diese nackten Frauen!!!

Die ihre Büstenhalter und ihre Unterhosen zeigen, ergänzt Simona.

Ich erkläre, daß ich das ganz sicher auch mache, wenn ich groß bin – aber beruhigt euch: nur bei meinem Mann.

Simona sagt, daß sie nie heiraten wird, weil sie keine Lust hat, ihren Büstenhalter und ihre Unterhose einfach so zu zeigen. Nicoletta meint auch, daß sie nie heiratet, aber nur, um von allen Männern was zu haben.

Simona hat vor, sich richtige Seidenstrümpfe zu kaufen, wenn sie groß ist, wie sie zum Beispiel Silvia Coscina trägt. Nicoletta sagt, daß Silvia Coscina ganz sicher »Eine von denen« ist.

Ich sag, na klar! Habt ihr das nicht gewußt. Und füge noch hinzu: die Chesler-Zwillinge auch! Und Raffaella Carrà, meint Nicoletta.

Simona behauptet: Raffaela Carrà ist die schönste Frau der Welt.

Ich halt dagegen und sag, daß sie keine Ahnung hat und daß die schönste Frau der Welt, abgesehen von uns dreien, Liz Teilor ist.

Nicoletta und Simona fragen: Wer ist denn das?

Ihr wißt aber auch gar nichts, sag ich.

---

* italien. Versandhauskatalog, d. Übers.

16

Nicoletta sagt, daß sie gern so schön wie eine der Chesler-Zwillinge wär. Simona will lieber so schön wie unsere Lehrerin sein.

Plötzlich platzt es aus mir heraus: WENN ICH GROSS BIN, SCHMINK ICH MICH!

Nicoletta und Simona im Chor: ICH AUCH.

Nicoletta fragt mich, wer gefällt dir von den Jungen aus der Klasse?

Keiner, sag ich, die sind klein und dreckig und stinken alle. Simona behauptet, daß sie stinken, weil Männer sich nie waschen. Und fügt hinzu: Odile auch, weil er Franzose ist. Odile hat Haare unter den Achseln.

Wie eklig!

Und Bruna auch. Bruna zeigt mit Absicht ihr Panorama! Die wird sicher eine »nackte Frau«.

Dann, eines Tages, verlieben wir uns alle drei in Riccardo aus Alba. Riccardo, mit weichem R, ist mager und hat große Zähne. Er ist so schön wie Roger Mur. Nein, mehr noch, wie Arsène Lupin.

Mit diesem Riccardo spielen wir Versteck. Nicoletta sagt, daß ihr Herz wie verrückt geschlagen hat, als sie sich mit ihm im Hauseingang versteckt hat. Simona erzählt, daß Riccardo unter ihrem Fenster nach ihr gerufen hat. Ich sage, daß ich doch nicht doof bin und gesehen hab, wie sie ihn an ihrem Cocacola-Eis hat lecken lassen.

Na und!, sagt Simona, ich lieb ihn eben!

Ich erklär, daß ich ihn sofort heiraten und dann immer mit ihm rummachen will.

Dann taucht die Frage auf: Und er, hinter wem ist er her? Schön sind wir alle drei. Nicoletta sagt zu Simona, daß sie allerdings Häschenzähne hat und daß sie, wenn sie kurze Hosen an hat, sogar die Hühner mit ihren Stecken zum Lachen bringt. Simona sagt zu Nicoletta, daß sie ein Pummel ist. Zu mir sagen sie, daß ich zu schweinisch bin und daß man ja weiß, daß Jungs so schweinische Mädchen wie mich nicht lieben.

Ich schlage vor, daß wir mit den Jungen Billard spielen gehen. Simona hat Angst, daß uns Riccardo sieht und eifersüchtig wird und dann nicht mehr hinter uns her ist. Aber dann denken wir uns: Ist doch egal! Es gibt ja noch alle anderen Jungs.

Simona meint: Wenn die Schule wieder anfängt, lauf ich nicht mehr hinter den Jungen her, sonst bleib ich noch sitzen. Nicoletta meint, daß sie auch weiter hinter den Jungen her sein will, sonst fehlt das Salz in der Suppe. Also überlegt es sich Simona noch mal und sagt, daß Stefano Silvestri ruhig weiter hinter ihr her sein soll, daß er ihr gefällt, trotz der Zahnspange.

Ich sage, daß mir folgende tolle Idee gekommen ist: Bevor Riccardo aus Alba wieder nach Alba zurückfährt, schreib ich ihm einen anonymen Liebesbrief.

Wirklich 'ne tolle Idee, du Schlaumeier!, meint Nicoletta, dann weiß er sofort, daß du hinter ihm her bist!

Ich sag, na und, er fährt ja sowieso wieder nach Hause, wenn der Sommer vorbei ist.

3 Drittes Kapitel – und wir kehren in die Gegenwart zurück, zur Geschichte eines Winters mit meiner Freundin Giovanna.

Kehren wir also zu Giovanna zurück. Wir haben uns versöhnt und verbringen den ganzen Winter zusammen.

Die Jobs, die wir uns gesucht haben, um diesen Winter nicht zu verhungern, sind die folgenden: Sie macht Babysitter für drei kleine Arschlöcher, zwei, drei und vier Jahre alt, Kinder reicher Nuklearphysiker mit einer großen Villa in einem Küstendorf in der Nähe unserer Stadt, und da unsere einzigen Fortbewegungsmittel – abgesehen von Bus und Zug – die Füße sind, muß sie den Bus nehmen und dann eben den Zug. Damit will ich sagen, daß sie jeden Morgen um halb fünf aufsteht und abends um acht nach Hause kommt, und das für eine Bezahlung, die ich lieber verschweige, weil mir sonst die Tränen kommen.

Ich hingegen, ja was mach ich, wo ich morgens unmöglich so bestialisch früh aufstehen kann? – Ich hab 'nen schönen und total einfachen Job mit behinderten Kindern gefunden, mit Mongoloiden, Spastikern und so weiter. Diese kleinen Behinderten sind unheimlich lieb und anhänglich, und außerdem muß ich nur nachmittags arbeiten, ganz anders als Giovanna, und krieg fast das gleiche Geld. Ist zwar immer noch ein verfluchter Hungerlohn, aber wenn ich die Arbeitszeit bedenke, immerhin noch viel mehr als Giovanna bekommt.

Giovanna denkt so über unsere Jobs: Eins ist sicher. Was Beschisseneres hätten wir nicht finden können! Und weiter: Auf der sozialen Stufenleiter kommen nach unseren Jobs nur noch Huren, Zuhälter und die Jungs, die ihren Arsch verkaufen. Ich erwidere, daß das so auch nicht stimmt. Unsere Jobs sind zwar beschissen, aber immerhin ehrlich.

Und Giovanna, obwohl sie eigentlich eine ganz ehrliche Haut ist, sagt dann immer: Die Scheiß-Ehrlichkeit kann mich mal. Dann, nach einer Weile, sagt sie noch: Mach dir nichts vor, deine Arbeit ist genau so beschissen wie meine, du hast nur mehr Glück gehabt, weil du morgens noch schläfst, wenn ich den drei Arschlöchern schon mindestens zweimal den Arsch abgeputzt hab.

Ich glaub, daß sie recht hat und daß ich mit den kleinen Behinderten ganz gut weggekommen bin, dann krieg ich auf einmal einen Knoten in der Magengegend, aber was für einen, und Giovanna nimmt mich in den Arm und kneift mir ein bißchen in die Titten und meint dann, daß es mir wahrscheinlich nur mal einer richtig besorgen müßte, und daß das die melancholische Stimmung schon vertreiben würde.

Auf alle Fälle haben wir samstags und sonntags frei, und dann fahren wir raus und machen ganz auf feine Damen an den schönen Orten in der Nähe der Stadt, wo man mit dem Bus oder dem Zug hinkommt. Unser Lieblings-Ausflugsziel ist Portofino. Wir nehmen den Zug bis Santa Margherita und laufen dann ein langes Stück zu Fuß bis hoch zum Berg von Portofino.

Giovanna hat immer einen kleinen Rucksack dabei, mit Brötchen und Bierbüchsen, und dann machen wir eine Rast und essen. Wenn der Rucksack leer ist, füllt Giovanna ihn mit wunderschöner brauner oder roter Erde, oder auch mit Baumrinden, denn meine Freundin Giovanna ist eine richtige Künstlerin und hat einen besonderen Sinn für das, was sie »die künstlerische Bestimmung von Naturstoffen« nennt.

Meine Leidenschaft, das Lesen, kann ich auch richtig ausleben an diesen Wochenenden an den wunderschönen Orten. So wandern wir dann weiter, nachdem Giovanna ihre Erde und die Rinden geklaut hat, und erreichen vielleicht den Leuchtturm von Portofino, und da setzen wir uns dann hin, mit dem wunderbaren Blick aufs Meer, und ich hol irgendein Buch raus, das mir gefällt und aus dem ich meiner Busenfreundin Giovanna ein bißchen vorlesen will.

Aber manchmal finden wir in Sachen Literatur einfach keinen gemeinsamen Nenner, denn wenn ich zum Beispiel ein Buch von meiner Lieblingsschriftstellerin Gertrude Stein raushole und zu lesen anfange, macht sie ein unzufriedenes oder schlimmer noch, ein total entnervtes Gesicht und schüttelt den Kopf und meint: Das sagt mir überhaupt nichts! Oder auch: Ich hab absolut keinen Nerv, mir wieder den Scheiß von der anzuhören.

Ich bin ein bißchen enttäuscht, nehm's aber nicht so tragisch, denn Giovanna ist nun mal so. Ihr eröffnen sich viele Dinge, die mir verschlossen bleiben – wie die künstlerische Bestimmung von Naturstoffen –, dafür hat sie aber keinen Sinn für viele Sachen, die ich wunderbar finde, wie eben die Bücher von meiner Lieblingsschriftstellerin Gertrude Stein. Es gibt aber auch vieles, wo wir absolut einer Meinung sind, zum Beispiel bei den Gesprächen über Sex. Sie sagt, gestern abend hab ich mir ein Foto von Davis angeschaut. Ach, er fehlt mir so. Den ganzen Abend hab ich's mir wieder gemacht. Ich leg mich dann ganz bequem hin und verschränke die Hände hinter dem Kopf, denn ich weiß, daß jetzt ein ausführlicher Bericht über eine Liebesnacht mit Davis folgt. Sie sagt: Hab ich dir schon erzählt, wie er mich beim ersten Mal sofort genommen hat und wie ich schon so naß war wie der Comer- und der Gardasee zusammen. Ich sag, ja, aber erzähl's noch mal, die Geschichte ist so romantisch.

Sie sagt, er besorgt's mir einfach, wie's mir im Leben noch keiner besorgt hat. Dann kramt sie die Geschichte mit der Seele wieder hervor, mein absolutes Lieblingsstück.

Ich sag, los, erzähl schon von der Seele.

Sie erzählt: Also, er ist schon dabei, den Verstand zu verlieren und auf einmal sagt er, ich habe deine Seele gesehen. Ich denk, das ist vielleicht so eine romantische Redensart aus New York, um zu sagen, daß das Vögeln Spaß macht, aber er ruft immer wieder, deine Seele, deine Seele. Also frag ich, wie? Was hast du gesagt? Und er sagt immer wieder, daß er meine Seele gesehen hat.

Ich sag zu Giovanna: Anscheinend war's wirklich die Seele. Giovanna meint, ja, das muß sie gewesen sein.

4 *Wir kehren noch einmal zurück, und ich erzähle euch von meiner Geburt.*

Ich meine, daß viele oft gebrauchte Redensarten und Sprichwörter vielleicht gar nicht wahr sind, zum Beispiel denk ich da an die eine Redensart, die besagt: Einen guten Tag erkennt man am Morgen. Ich erzähle euch jetzt von meiner Geburt, und das ging so:

Meine Mutter Concetta sagt eines Tages im Herbst zu Renato, meinem Vater, daß sie wahnsinnigen Appetit auf bestimmte Sachen hat.

Worauf zum Beispiel, fragt Renato.

Auf Erdbeeren, antwortet sie, ich weiß ja, daß wir jetzt nicht die richtige Jahreszeit dafür haben, aber darum scheren sich die Eßgelüste nicht, und wenn sie einmal loslegen, sind sie nicht mehr zu halten.

Renato, ich beschwöre dich, fleht meine Mutter, geh mir welche suchen!

Renato zieht also los, und danach kriegt Concetta ihre Wehen. Sie will alles alleine machen, typisch, so war meine Mutter schon immer, ein bißchen ausgeflippt. So bringt sie mich zu Hause zur Welt, auf dem Tisch, an dem wir danach dann jeden Tag essen. Ja, sie erinnert mich sogar immer wieder daran, indem sie mit der Faust auf die Tischplatte schlägt und sagt: Hier! Hier bist du geboren.

Und ich sitze da und betrachte mir die Äpfel und das Huhn, das Brot und die anderen Sachen, die wir essen, und seh mich mittendrin, zwischen den Äpfeln und diesem Huhn. Schon ein komisches Gefühl, um ehrlich zu sein.

Auf alle Fälle hab ich keine große Lust, Concettas Bauch zu verlassen, im Gegenteil, ich will einfach nicht auf die Welt kommen, vielleicht weil ich schon den ganzen Scheiß, der mich erwartet, vorausgesehen hab. Concetta sagt mir später, daß ich ihr schon vor meiner Geburt nur Schmerzen und Sorgen gemacht hab, wie dann mein ganzes Leben auch.

Denn schon damals hab ich diese große Unruhe in mir, und ich dreh mich hin und her und leg mich quer in ihrem Bauch und wickel mir auch noch die Nabelschnur um den Hals – ein Wahnsinnschaos. Und Concetta brüllt und schreit, und Signora Stefania, die Nachbarin, muß kommen, um uns zu helfen, uns voneinander zu befreien. Signora Stefania schwitzt mit mir, wie sie sagt, die berüchtigten sieben Hemden durch. Dann endlich verkündet sie: Es ist ein Mädchen. Concetta betrachtet mich und sagt, Madonna mia, ist die häßlich. Und: Madonna mia, du hast mich ein Monster zur Welt bringen lassen. Dann dreht sie sich einfach weg von mir auf die andere Seite.

Es stimmt schon, ich war bei meiner Geburt ganz behaart wie ein Affe. Concettas Theorie diesbezüglich besagt, daß sie dauernd von Affen geträumt hat, als sie schwanger war, und sowas schon erwartet hat. Also, daß sie ein Tier zur Welt bringt. Eine Tatsache, die dann von meinem tierischen Leben bestätigt wird, das meiner Mutter nichts als Sorgen und Leid beschert.

Jetzt sag ich euch noch das Horoskop von mir. Ich bin Mitte Oktober geboren, ganz klar, am 17. Oktober, wenn die Sonne im Zeichen der Waage steht. Dadurch bin ich prädestiniert für ein Leben auf der ständigen Jagd nach Liebe und hedonistischen Ausschweifungen erster Güte. Bei den Aszendenten steht der Wassermann im Vordergrund, der für ein Übermaß an Sensibilität und eine Vorherrschaft übertrieben irrationaler Instinkte sorgt. Dann gibt's da noch eine andere Sache, die man wissen sollte, wenn man den Roman liest, und zwar steht meine Venus im Skorpion, was mir immer total leidenschaftliche, aber auch tragische Liebesgeschichten beschert, also insgesamt einen Hang zu Dramatik und Pathos.

Ich hab nach anderen Zeichen gesucht, die mir die Gründe für mein Leben voller Pech und Armut, die ich einfach nicht los werde, erklären könnten, aber ich hab keine gefunden, im Gegenteil, bei mir steht nämlich Mars im Löwen, und das bedeutet, daß ich eigentlich ein Leben in Saus und Braus führen müßte, mit vielen Erfolgen und so weiter, tja, aber hier irren sich die Astrologen gewaltig.

Neben der Astrologie sollte ich auch noch erwähnen, daß ich eine Steißgeburt bin, das heißt, wie mir meine Freundin Giovanna auseinandersetzt, daß ich eher zurück als nach vorn schaue. Und es erklärt meinen Hang zu Melancholie und Heimweh im allgemeinen.

Die Haare sind dann nach einiger Zeit verschwunden. Was das Heimweh angeht, hatte Signora Stefania schon die Nabelschnur durchgeschnitten, und es war nichts mehr zu machen.

5 *Fünftes Kapitel – und wir sind wieder in jenem langen Winter mit Giovanna.*

Jetzt wären wir also wieder in jenem langen Winter, den Giovanna und ich, über die Liebe meditierend und in amourösen Erinnerungen schwelgend, zusammen bei mir zu Hause verbringen. Wir haben viel zu seufzen, und dann machen wir den Backofen an, um die Küche warm zu bekommen; der heizt zwar nicht besonders, aber immer noch besser als die Zentralheizung, die überhaupt nicht funktioniert. Giovanna meint, daß wir einen richtigen Mann nötig hätten, um uns durch und durch aufzuheizen, einen, der uns das Herz erwärmt und die Kosten für die Stromrechnung senkt.

Jetzt erzähl ich, was wir in jenem langen Winter normalerweise so essen: rote Rüben und Sojabohnen mit Zwiebeln (abwechselnd rote und grüne Sojabohnen, um die Mahlzeiten stilvoller zu gestalten). Wenn ich ihr vorhalte, daß wir mehr Kalorien bräuchten, zuckt Giovanna nur mit den Achseln und sagt: Wir können ja auch Reis mit Sojabohnen machen. Denn Reis ist ein komplettes Nahrungsmittel, wie wir aus ihrem Zen-Kochbuch wissen. Und ich sage dann, daß wir auch etwas weniger rauchen und uns von dem Geld zum Beispiel zweihundert Gramm Stracchino kaufen könnten.

Sojabohnen gehören ja mittlerweile zu den bevorzugten Lebensmitteln für reiche Vegetarier, die alles in den teuren Naturkostläden kaufen, aber wir kennen ein kleines Geschäft im Vico della Maddalena, wo die sogenannten Asylanten hingehen, und Fixer und Prostituierte und auch alte Rentner, und wo unsere Sojabohnen gerade mal tausendachthundert Lire das Kilo kosten. Mit 'nem halben Kilo Sojabohnen kriegt man eine ausgehungerte Fußballmannschaft satt, mehr oder weniger.

Eines Abends taucht Giovanna mit einer tollen Überraschung bei mir auf: einem großen, runden apulischen Brot und einem dicken Bund Knoblauch für köstliche Bruschettas*. Sie meint, daß sie der Versuchung nicht widerstehen konnte und daß sie in der Nacht geträumt hat, wie wir zwei einen Berg Weißbrot und Knoblauch verputzen, ja, und daß diese starke Gier sie seit dem Aufwachen gefangenhält.

Ich denke mir, daß wir wenigstens im Traum was Luxuriöseres essen könnten. Aber ich freu mich trotzdem, daß Giovanna von diesen materiellen Wünschen beseelt ist, denn so kriegen wir wenigstens was zwischen die Zähne. So sitzen wir also an unserer Festtafel, als Giovanna plötzlich erstarrt, ihr Brot auf halbem Weg zwischen Teller und Mund, die Augen weit aufreißt und HHHHHH!!!!, HEY!!! ruft.

Und ich: He?

Sie: HHHHHH!!!

Ich: Ja (und stopf mir weiter fleißig Bruschetta in den Mund).

Sie: Hey!!! Was meinst du, wo diese unersättliche Gier herkommt?

Ich: (Immer noch weiteressend) Na ja, ab und zu ...

Und sie, ihre Augen jetzt total weit aufgerissen: Ich glaub, ich bin schwanger.

Ich hör auf zu essen und denke mir, daß ich mir meine Freundin Giovanna absolut nicht schwanger vorstellen kann, aber dann denk ich mir, daß ich sie mir sogar sehr gut schwanger vorstellen kann, und dann überleg ich, ob ich meine Tage hatte, aber nur für einen Moment, denn dann fällt mir ein, daß der Frauenarzt sowieso von Tag zu Tag müder wird, schließlich erinnere ich mich, daß ich mich jetzt um Giovanna kümmern müßte, und ich versuch sie zu beruhigen und sage, ach Quatsch, Giova', das bildest du dir ein, Kopf hoch ...

---

* geröstetes Brot mit Olivenöl und Knoblauch, d. Übers.

Aber sie hört mich nicht mehr, denn sie ist schon ganz in ihre Phantasie abgetaucht. Sie macht ihre Augen weit auf, die sehen aus wie zwei griechische Oliven, und dann verdreht sie sie, fängt an zu schielen, stellt sie dann wieder auf normal, schaut mich an und meint: Stell dir mal vor!!! Ein schwarzes Söhnchen. Ganz, ganz schwarz! Wahnsinn!!!

Ich sag, hey...

Sie sagt, heut abend ruf ich meine Mutter an und sag ihr, daß sie einen schwarzen Enkel bekommt.

Ich versuch, sie zur Vernunft zu bringen, und sag zu ihr, daß doch noch überhaupt nichts feststeht und daß sie mit der Benachrichtigung ihrer Mutter lieber noch warten soll. Aber sie ist sich sicher. Also versuch ich, sie zu trösten, aber sie meint nur, du verstehst mal wieder überhaupt nichts, ich hab doch keine Angst davor. So ein Kind ist das erste, was ich mit Davis machen wollte, oder nee, eher das zweite, aber ist ja auch egal. Dann verdreht sie wieder die Augen und sagt nichts mehr.

Ich fang an zu überlegen, was ich in ihrer Lage machen würde, dann denk ich an die großen Schriftstellerinnen, die mir gefallen, und komm zu dem Schluß, daß sie alle kinderlos sind und daß man also als große Schriftstellerin gar keine Kinder haben darf. Ich erzähl das Giovanna, aber sie meint nur, was redest du da wieder für'n Scheiß.

Also überleg ich noch mal und sag dann zu ihr, vielleicht hast du ja recht, ich würd sogar zehn Kinder haben wollen. Giovanna erwidert, das Problem ist nur, jemanden zu finden, der einen zehnmal schwängert. Ich denk mir, daß die Sache so dringend nun auch wieder nicht ist und daß ich im Moment ganz andere Probleme hab, ganz ganz andere.

Plötzlich überfällt mich so eine tiefe Traurigkeit, daß ich mich aus dem Fenster stürzen könnte. Aber ich wohn ja im ersten Stock und würd es noch fertigbringen, mir nur ein Bein zu brechen, und ich denk an den Sommer, der nun bald kommen wird, und werd noch deprimierter bei dem Gedanken, dann mit einem Gipsbein rumlaufen zu müssen.

Ich verabschiede mich von Giovanna und sag zu ihr, daß wir morgen noch mal in aller Ruhe und mit der gebotenen Vernunft über die Sache reden sollten. Dann schließt sich die Tür hinter ihr, und in der Wohnung breiten sich die berühmten Geräusche der Einsamkeit aus, und ich sag mir, daß ich mit diesem Hang zur Einsamkeit möglicherweise zum Genie geboren bin, wie Kafka zum Beispiel, warum eigentlich nicht? Dann kipp ich den letzten Schluck Rotwein runter und denk mir, daß mir vielleicht doch eher ein total beschissenes Leben vorherbestimmt ist. Ich streichel ein bißchen Ulisse, meinen roten Kater, den ich noch gar nicht erwähnt habe, und knutsch ihn noch eine Zeitlang ab und kuschel mich dann unter die Bettdecke.

6 *Jetzt geht's noch mal ein Stück zurück, und ich erzähl euch von den wunderschönen Gesprächen über Sex mit meinen verdorbenen Cousinen.*

Da wären also meine verdorbenen Cousinen, die im Süden wohnen und die wir im Sommer besuchen. Das Schöne an diesen sympathischen Cousinen ist, daß sie eine Menge Zeit mit Schminken zubringen, mit flüssigem Make-up, Nivea-Creme, Lippenstift und Wimperntusche, haargenau wie die Sängerinnen im Fernsehen. Es ist nämlich so, daß sie mit Männern ausgehen.

Manchmal kommen auch noch ein paar Freundinnen, um sich bei ihnen ausgehfertig zu machen, denn die Cousinen sind die einzigen, die keinen Vater haben, und so kann bei ihnen nicht das passieren, womit ihre Freundinnen rechnen müssen, wenn sie von ihren Vätern beim Schminken erwischt werden, daß sie nämlich windelweich geschlagen werden, wie man so sagt.

Die Freundinnen der sympathischen Cousinen heißen Rosaura und Maria Teresa. Rosaura ist groß und mager und hat lauter Pickel im Gesicht und fettige Haare, wie die Cousinen immer sagen, wenn sie nicht da ist. Sonst ist ihr Körper eigentlich ganz ansehnlich, bis auf die Beine, zwischen denen, wie Concetta meint, leicht ein Zug durchfahren könnte.

Von der anderen Freundin, Maria Teresa, sagen alle, daß sie im Gesicht ganz gut aussieht, daß ihr Körper aber die reinste Katastrophe ist, weil sie keine Titten hat, dafür aber einen Riesenarsch und Zellulitis zwischen den Schenkeln. Deswegen hat Concetta ihr auch den Spitznamen Elefantenkuh gegeben.

Wenn meine Cousinen mit den beiden Freundinnen ganz aufgeregt durchs Haus rennen, wegen ihrer schweinischen Ver-

abredungen, hab ich einen Heidenspaß und setz mich mucks-
mäuschenstill hin und schau mir alles ganz genau an.

Normalerweise laufen sie nur in Unterhosen im Haus rum.
Zuerst rasieren sie sich die Beine mit dem Elektrorasierer von
meinem Cousin Mimmo, auch sehr sympathisch, dann lackie-
ren sie sich die Fingernägel und besprühen sich sogar mit
Deospray.

Ich sitz dann auf dem Bett und versuch so viel wie möglich
von den verdorbenen Cousinen zu lernen, die sich fürs Ausgehen mit Männern fertig machen. Manchmal muß ich mich auch
an die Tür stellen und aufpassen, ob jemand kommt. Die Cousinen machen nämlich neben dem Schminken noch eine unheimlich verdorbene Sache, sie rauchen Zigaretten. Auf alle
Fälle komm ich bei ihrem Treiben voll auf meine Kosten, denn
da gibt's wirklich mal was zu sehen, was ich, wenn ich wieder
zu Hause bin, diesen dummen Gänsen Simona und Nicoletta
erzählen kann, und die fallen um vor Neid, daß ich diese ganzen
verdorbenen Sachen von den Erwachsenen kenne.

Wenn Liliana und Rosa, so heißen die Cousinen, sich mit
dem Rasierer von Mimmo die Beine und die Achselhaare fertig
rasiert haben, cremen sie sich mit Nivea ein, und dann tupfen
sie sich sogar noch etwas Sauerstoffwasser und Ammoniak auf
die Oberlippenhaare, so daß sich ein Gestank ausbreitet, daß
man ohnmächtig werden könnte. Danach drehen sie sich Lok-
kenwickler in die Haare, damit ihre Frisuren wunderschön und
ganz weich werden – und sie sich mit den Männern noch mehr
ins Zeug legen können.

Schließlich müssen noch die Augenbrauen gezupft werden,
und die beiden Cousinen machen das bei ihren Freundinnen,
denn die haben Angst davor. Und ich denk mir, Mensch ist das
schön, wenn ich groß bin, zupf ich mir auch die Schnurrbart-
haare und die Augenbrauen und die Haare an den Beinen und
unter den Achseln und überall sonst, Mensch, muß das schön
sein, erwachsen zu sein und diese ganzen verdorbenen Sachen

zu machen. Ja, ich hoff sogar, daß die Haare so schnell wie möglich wachsen.

Maria Teresa kann sich zwar nicht die Augenbrauen alleine zupfen, dafür beherrscht sie aber eine andere ganz tolle, allerdings nicht besonders verdorbene Sache: Sie liest die Zukunft in neapolitanischen Spielkarten, und das geht so: Sie nimmt die Karten, mischt sie und läßt abheben, wie sie das nennt. Derweilen muß diejenige, die ihr zukünftiges Schicksal wissen will, ganz fest an den Mann denken, der ihr am Herzen liegt, denn die verdorbenen Cousinen und Freundinnen interessieren von der Zukunft nur Männer und Liebe.

Dann legt die Elefantenkuh Maria Teresa die Karten im Kreis auf dem Tisch aus, und allmählich beginne ich zu verstehen, wie die Sache funktioniert. Und zwar so: Wenn die Schwerter erscheinen, heißt das, daß ganz schlimmer Liebeskummer und viel, viel Liebesleid zu erwarten sind, wenn aber die Keulen aufgedeckt werden, gibt's nur Schwierigkeiten, die zu überwinden sind, also zum Beispiel, er sagt zuerst, nee, dich will ich nicht, aber dann überlegt er's sich noch mal und sagt, na gut, ich nehm dich. Kelche sind auch ziemlich übel, denn sie bedeuten Liebestränen, die diese Kelche füllen.

Gott sei Dank gibt's aber auch noch die Münzen, die Jubel, Trubel, Heiterkeit erwarten lassen, also, wie Maria Teresa meint, schweinische Nächte voller Leidenschaft und Sex mit dem Mann, den du willst. Wenn die Münzen aufgedeckt werden, klatsch ich vor Freude in die Hände und stell mir die ganzen Schweinereien vor. Doch Liliana schlägt mir mit der Faust auf den Kopf und meint zu mir, daß ich das Wahrsagen störe und daß ich rausfliege, wenn ich nicht den Mund halte.

Ich glaub total an das, was die Karten sagen, denn Rosaura stellt zum Beispiel immer Fragen über einen Typ, der mit ihr im Krankenhaus arbeitet, einen verheirateten Krankenpfleger. Bei Rosauras Karten werden immer Schmerzensschwerter und

Tränenkelche aufgedeckt und dann auch noch die Schwerter-Acht mit der Dame, und das, meine Lieben, ist die schlimmste Rivalin der Liebe. Manchmal erscheinen auch leidenschaftliche Liebesnächte mit diesem Krankenpfleger, und ich klatsch ganz happy in die Hände, aber dann kommt direkt daneben die Schwerter-Dame, und das bedeutet, daß Rosaura zwar ihre leidenschaftlichen Nächte mit diesem Krankenpfleger erleben wird, daß er aber danach zu einer anderen abhaut.

Deshalb macht Maria Teresa dann immer mit den Fingern das Hörner-Zeichen, und Rosaura macht ein langes Gesicht und steht auf und sagt, daß sie noch nie an die Karten geglaubt hat, ist doch alles Blödsinn. Und ich muß lachen wegen dem Hörner-Zeichen, das die Elefantenkuh Maria Teresa der gehörnten Rosaura zeigt, und die wird sauer und meint, du bringst mir Pech, Herzchen, verpiß dich endlich zu deinesgleichen und hör auf, uns auf die Nerven zu gehen.

Wenn sie mit den Karten fertig sind, machen sich die verdorbenen Cousinen mit ihren Freundinnen Tee mit Plätzchen, wobei sie weiter wie die Schlote qualmen, und dann kommt unausweichlich das Gespräch auf das allerschönste Thema, nämlich auf Sex.

Ich glaub, die Schweinischste von allen ist die Elefantenkuh. Während sie so dasitzt und eine Zigarette nach der anderen pafft, meint sie: Und wie ist der von Sergio? Sie will's immer ganz genau wissen und fragt so Sachen wie: Wie dick ist der denn? Und wie sieht er aus, wenn er hart ist? Rosaura ist dagegen sehr romantisch, ja, denn sie fragt nie so direkt, obwohl auch sie sich informiert: Wie vögelt der denn? Vögelt der gut? Und Giovanni, ist der gut im Bett? Bumst der gut?

Ich könnte meinen verdorbenen Cousinen und ihren Freundinnen ein Leben lang zuhören, denn wo kann man diese ganzen Sachen sonst lernen. Die Lehrerin oder die Nonnen bringen einem sowas ja nicht bei, nee, wirklich nicht, und so bin ich jedesmal überglücklich, wenn Renato ankündigt, daß wir in den Süden zu den Cousinen fahren. Dann hält mich nichts mehr.

7 *Jetzt gehen wir wieder ein Stück vor, und ich erzähle euch, wie ich den ersten Schuft kennengelernt hab und wie es kam, daß ich auf ihn reingefallen bin.*

Ihr erinnert euch doch an diesen Frauenarzt, über den ich mit Giovanna in unserem langen Winter immer gesprochen habe. Jetzt erzähl ich euch, wie ich ihn kennengelernt habe. Es war genau ein Freitag. Ich wach morgens auf, also das war im Juli, und sag zu mir: Hey, das war aber echt ein guter Traum. Wirklich nicht übel. Wenn das kein schöner Tag wird … Ich geh zum Waschbecken, um mir das Gesicht zu waschen, und zack … es kommt kein Wasser. Ich also zu den anderen Wasserhähnen – nee, so schnell geb ich nicht auf –, um nachzusehen, ob bei denen auch kein Wasser kommt, und tatsächlich, kein Tropfen in der ganzen Wohnung. Und das am Morgen.

So geh ich also zu meinem Freund Ivano, mich waschen, und danach lädt er mich zum Mittagessen ein, und wer mich kennt, weiß, daß ich noch nie im Leben eine Einladung ausgeschlagen hab. Nach dem Essen unterhalten wir uns über das Thema Hunger, und so kommt uns die grandiose Idee, Ivanos Großmutter zu besuchen, die auf dem Land wohnt. Und dabei hat sich Ivano folgendes gedacht: Wir schauen ganz artig bei der Alten vorbei, und sie freut sich und überhäuft uns mit ihren Fressalien aus Stall und Garten. Ich frag: Mit was zum Beispiel? Und er: Zum Beispiel mit Hühnern, Hähnchen, Eiern, Käse, Äpfeln, Fisch, Möhren, Radicchio, Tomaten, Aprikosen – soll ich weitermachen, oder reicht dir das? Es reicht, es reicht, Ivano, mir läuft schon das Wasser im Mund zusammen. Auf alle Fälle, um es kurz zu machen, mitten in der Nacht, so gegen drei, halb vier, kommen wir von unserem Abstecher aufs Land zurück.

Auf dem kleinen Platz vor meinem Haus seh ich Feuerwehrmänner, Carabinieri und 'ne Menge Leute, die einfach nur gaffen, und ich muß lachen, vielleicht auch weil uns die gute Alte die Taschen so gefüllt hat. Ivano sieht aber gar nicht so glücklich aus, mit seiner tiefen Falte zwischen den Augenbrauen, die sich immer zeigt, wenn er sich Sorgen macht. He, sagt er, meinst du, daß die zu dir gekommen sind?

Bist du bescheuert, was hab ich mit der Polizei zu schaffen?

Doch als ich die Wohnungstür öffne, sitzen da zwei Typen in meiner Wohnung, die gar nicht so übel aussehen, ganz im Gegenteil, aber mir ist die Sache trotzdem nicht ganz geheuer, also frag ich, Entschuldigung, was sucht ihr denn hier. Das ist doch wohl immer noch meine Wohnung? Sie sagen, daß sie Feuerwehrleute sind und daß sie das Küchenfenster eingeschlagen haben, um in die Wohnung einzusteigen.

Und warum?, frag ich.

Weil du, meine Teuerste, die ganze Wohnung unter Wasser gesetzt hast, und die vom Nachbarn drunter auch. Hast du die Wasserhähne offengelassen?

Kann schon sein, aber es kam ja sowieso kein Wasser.

Vielleicht am Anfang nicht, meinen sie, aber später schon.

Ach so, kann ich nur sagen, und als ich mich ein bißchen umsehe, trifft mich fast der Schlag, denn die beiden haben offensichtlich recht, alles überschwemmt und 'ne Menge von meinem Plunder treibt gemächlich in der Wohnung umher, anstatt da zu liegen, wo ich ihn hingeschmissen hab.

Dann fällt mir mein Kater ein, und ich schrei, O Gott Ulisse, Ulisse, wo steckst du, oh, mein geliebter Ulisse ist tot, mein Uli.

Aber er ist alles andere als tot. Er hat sich aufs Bücherregal verkrochen, und ein bißchen verwirrt schaut er mich von da aus an, aber er begrüßt mich noch nicht mal mit einem Miauen.

Auf alle Fälle, den Nachbarn von unten, der erst vor kurzem eingezogen ist, hab ich noch nie gesehen. Als er auftaucht, meint er sofort, daß er schon den ganzen Schaden errechnet hat und daß ich ihm ein wunderschönes Schlaf-Sofa ruiniert hab, im Wert von zwei Millionen Lire, und seine wertvollen Bücherregale, die allein schon mindestens eine Million wert sind, ohne die Bücher, dazu dann noch die Kosten für die Reparatur der Decke, Anstreichen und so weiter.

Schließlich wisch ich zusammen mit den Feuerwehrleuten die ganze Wohnung auf, bis fünf Uhr morgens. Als sie gehen, bin ich schon nicht mal mehr müde, nur unheimlich deprimiert, weil ich nicht weiß, wo ich drei Millionen für den Nachbarn auftreiben soll. Um mich nicht noch mehr runterbringen zu lassen, entschließe ich mich, einen meiner schönen Unglücks-Spaziergänge im Morgengrauen zu machen.

Ich lauf ein Stück in Richtung Castelletto, bis ich die Müdigkeit spüre und noch etwas anderes, was fast gute Laune sein könnte. Ich konzentrier mich auf positive Gedanken und denk mir: Kopf hoch, Mädchen, du bist doch jung, gesund, stark und manchmal, wenn du's drauf anlegst, auch sympathisch. Wer sagt denn, daß dein Leben immer eine lange, unendliche Aneinanderreihung von Unglück, Mißgeschick und Armut sein wird, wie im Moment. Wer sagt das denn?

Mir fällt auch ein Satz von meiner Lieblingsschriftstellerin Gertrude Stein ein, die sagt, daß, egal was an einem Tag alles passiert, dieser Tag auch immer zu Ende geht; oder auch: Egal was in einem Jahr passiert, ein Jahr geht immer zu Ende. Ich dreh also um, und als ich fast an meiner Haustür angelangt bin, voller Hoffnung, Vertrauen und Optimismus, ja was passiert da? – Ein verfluchter Köter springt mich von hinten an und beißt mir, zack, voll in den Arsch. Ich schrei laut auf, vor Angst und ein bißchen vor Schmerz. Mein Geschrei ist so laut, daß sich ein paar Arschlöcher an ihren Fenstern zeigen und zu mir runterrufen: Anstatt dich nachts auf der Straße rumzutreiiiiiben...!!, oder auch: Verdammte Scheiße, was is'n daaaa los!!!

Danach kommt mein Nachbar von unten drunter aus dem Haus, mein Gläubiger, und wirft einen Blick auf meine Arschbacke und holt mich dann zu sich rein. So erfahr ich, daß mein Gläubiger-Nachbar Arzt ist, Frauenarzt, um genau zu sein. Als ich so bei ihm sitz, fang ich an zu heulen, und dann schäm ich mich auch noch, daß ich so einfach vor meinem Gläubiger heule, aber ich erklär ihm, daß ich keineswegs heule, weil ich ein Angsthase wäre, sondern weil ich so wütend bin auf mein verfluchtes Leben und weil mir alles, alles schief geht. Der Nachbar tröstet mich ein bißchen und verarztet mich und sagt, daß der Biß Gott sei Dank nicht tief ist, daß ich aber zur Ersten Hilfe muß wegen einer Tetanusspritze und einigen anderen Sachen.

Derweilen seh ich mir diesen Gläubiger-Nachbarn etwas genauer an, der fast nackt ist, nur mit so Boxer-Shorts bekleidet, wie die Männer sie jetzt fast alle tragen, und ich muß sagen, auch wenn ich in Gedanken bei meinen Pechsträhnen bin und mir die Arschbacke weh tut, entgeht mir nicht, daß er sooo 'nen Brustkorb hat, und Beine wie Säulen, und daß er groß ist und schön und auch das Gesicht ... Lieber Himmel, wirklich nicht übel. Er bringt mich also zur Ersten Hilfe, und danach hab ich einen Black-out und erinner mich an gar nichts mehr, das heißt, ich erinner mich, daß ich aufwache und in meine schäbige Küche rüber will und mich plötzlich in einer Küche mit allem Drum und Dran wiederfinde, und was mich am meisten beeindruckt, sind die ganzen Eßsachen da. Ich mach den Kühlschrank auf: voll bis oben hin. Und ich sag zu mir: Mein Gott, ich träum wohl, und dann, mein Gott, ich hab den Verstand verloren. Oder auch, ich bin gestorben an dem Hundebiß und tatsächlich in den Himmel gekommen, weil ich im Leben eigentlich nichts Schlimmes angestellt hab, und so hab ich mir den Himmel verdient, und er ist genau so, wie ich ihn mir immer vorgestellt hab: bis an den Rand voll mit besten Fressalien.

Doch dann dreh ich mich um, und der Gläubiger der drei Millionen und ein paar Zerquetschten steht vor mir, und ich sag: Was ist denn jetzt los?!? Und dieser freundliche und schöne Gläubiger erklärt mir, daß ich nach der Spritze in die Arschbacke in seinem Auto zusammengeklappt und eingeschlafen bin und daß ich im Stehen geschlafen hab, als wir angekommen sind, und daß er sich erlaubt hat, mich in seinem Bett schlafen zu lassen. Und er als echter Gentleman hat auf dem Sofa geschlafen, und dann sagt er noch, daß ich nach der Spritze vielleicht Fieber bekommen könnte und daß er das kontrollieren muß. Jetzt versteh ich die Sache mit dem Himmel.

Ja mußt du denn nicht zur Arbeit, frag ich ihn.

Er lächelt und meint, daß ich wohl mein Zeitgefühl verloren hab: Heute ist Sonntag.

Ach ja. Dann denk ich, schau mal an, dieser schöne Nachbar lebt allein. Währenddessen hat er sich dicht neben mich gestellt und fühlt meinen Puls, und ich rieche seinen Wahnsinns-Körpergeruch nach Bett, Schlafen und ausgiebigem Schweinskram, und um ehrlich zu sein, fang ich schon an, mir das auszumalen.

Lebst du allein, frag ich ihn.

Er macht ein Gesicht, das mir ein Lächeln zu verbergen scheint, und meint, ja.

Okay, ich dank ihm für alles, und da ich kein Fieber hab und mich im Gegenteil ausgesprochen gut fühle und auch erregt bin wegen der Gedanken an den Schweinskram, schlag ich ihm vor, daß ich bei ihm Frühstück mache, weil Sonntag ist und die Läden zu sind, und ich, wie gewöhnlich, nichts zu essen im Haus hab. Er grinst wieder und sagt, na klar, und dann meint er sogar, daß er mich auch gern zum Essengehen einlädt, wenn ich Lust hab, um uns besser kennenzulernen und auch um über die Sache mit dem Schlaf-Sofa und so weiter zu sprechen.

Wie schon gesagt, ich schlage nie eine Einladung aus. Er führt mich also in ein schönes Restaurant direkt am Meer, und wir trinken 'ne ganze Menge, und ich stell zu meiner Zufriedenheit fest, daß auch er die Freuden des Essens und Trinkens zu schätzen weiß. Wir kommen ins Reden und quatschen so vertraut miteinander, als wenn wir uns schon seit Ewigkeiten kennen würden. Dabei denke ich, daß wir Nachbarn sind wie Rodolfo und Mimì*, die verfluchte Armut gibt's auch bei uns, jetzt fehlt nur noch die Liebe.

Ja dieser Gläubiger-Nachbar wird mir richtig sympathisch. Ich frag ihn, welches Sternzeichen bist du?

Er meint: Waage mit Aszendenten Waage.

Juhu!

Und nach dem Mittagessen machen wir noch einen langen Spaziergang und essen Eis, und dann am Abend vor unserer Haustür meint er, ich hab überhaupt keine Lust, dich jetzt so einfach gehen zu lassen, wirklich überhaupt keine. Und ich sag: Lieber Gläubiger-Nachbar, ich muß dir gestehen, ich auch nicht, kein bißchen. So kommt es also, daß wir wieder bei ihm in der Wohnung landen, und da küssen wir uns sofort wie die Verrückten und lieben uns wie im Film.

Ich weiß nicht, ob das mit der Tollwutimpfung wegen dem Hundebiß zu tun hat, kann schon sein, oder damit, daß ich mittlerweile meinem Nachbarn mein ganzes verhextes Leben erzählt hab, auf alle Fälle ist er unheimlich gerührt und meint: Hör mal, wegen dem Geld für die Schäden in meiner Wohnung brauchst du dir keine Gedanken zu machen. Ihr könnt euch vorstellen, daß ich unheimlich froh und erleichtert bin, daß er das ganze Geld nicht von mir will, eine horrende Summe damals – und heute auch noch.

Auf alle Fälle hab ich nach dieser denkwürdigen Nacht ständig, egal wo ich mich rumtreib, den Geruch von diesem Nachbarn in der Nase, und fühl mich so unbeschreiblich glücklich, daß ich laut losschreien könnte, und dann denk ich mir, siehste?, siehste, meine Liebe, dein Leben ist doch nicht nur Armut und Unglück, o nein, im Gegenteil, jetzt hat sich diese phantasti-

---

* armes Liebespaar aus der Puccini-Oper »La Bohème«

sche Sache in meinem früheren Unglücks- und jetzigen wundervollen Leben zugetragen: Ich hab eine Wahnsinns-Liebe gefunden.

Leider gibt's da eine, nicht ganz ungefährliche, Kleinigkeit. Mein Doktor-Nachbar ist seit sieben Jahren verlobt. Und da er kein räudiger Hund ist, der einen anlügt und sich dreht und windet, damit man der Wahrheit nicht auf die Spur kommt, hat er mir das noch am ersten Tag, während wir beim Essen sind, erzählt. Aber ich mach mir gar keine Gedanken wegen der Verlobten, denn ich denk mir gleich, daß ich ihn an ihrer Stelle doch nie im Leben nachts alleine schlafen lassen oder am Sonntag ohne ihn durch die Gegend ziehen würde, ganz bestimmt nicht. Also, wenn ich diese Verlobte wäre, würd ich ihn nicht so leicht aus den Augen lassen, diesen Nachbarn.

Also sag ich zu ihm: Wieso bist du jetzt eigentlich nicht mit deiner Freundin unterwegs?

Und er meint: Sie ist in Ferien, mit ihrer Freundin.

Da haben wir's, denk ich. Wenn ich einen Freund mit so 'nem Brustumfang und solchen Beinen und solchen Lippen hab, werd ich doch den Teufel tun und mit einer Freundin in Urlaub fahren und ihn hier ganz allein zurücklassen.

Und ich komme zu dem Schluß, daß ihre Beziehung in kürzester Zeit am Ende ist, vielleicht zwei, drei Monate noch, und dann ist er so frei, freier geht's nicht, und entlobt.

Ich brauch eigentlich gar nicht zu sagen, daß sich die Sache keineswegs so entwickelt. Klar, sie ist in Urlaub mit ihrer Freundin, aber als sie zurückkommt, läßt sie ihn tatsächlich nicht mehr aus den Augen, genau so, wie ich's gemacht hätte. Auf alle Fälle, dieser Doktor-Nachbar kriegt Entscheidungsangst und sagt, daß er Schuldgefühle gegenüber seiner Verlobten hat, wegen mir, seiner heimlichen Geliebten vom Stockwerk obendrüber.

Schuldgefühle hin oder her, jedenfalls seh ich ihn eines Abends nach Hause kommen, mit einer Rothaarigen im Arm. (Ich hab oft genug meinem Frauenarzt vom Fenster aus nachspioniert, um zu wissen, daß seine Verlobte zwar auch geschmacklos ist, aber eben brünett, und die hier ist eindeutig geschmacklos rothaarig.)

Ich heul mir fast die Augen aus dem Kopf und besuch Giovanna, um mich trösten zu lassen, und sie sagt: Verlaß ihn. Das ist ein Hund. Ein bescheuerter, aufgeblasener Hund. Ich kenn ihn schon ein bißchen länger, er war mit einer zusammen, die mit mir politische Arbeit gemacht hat. – Schön und gut, aber was interessiert mich die blöde Schnalle, die mit ihr Politik gemacht hat, ich bin todunglücklich und könnt mir einen Stein um den Hals hängen und mich irgendwohin schmeißen.

Aber dieser Schuft läßt mich nicht in Ruhe, und ich bin auch jedesmal wieder damit einverstanden, mich mit ihm zu treffen, weil ich hoffe, daß wir noch mal so eine wunderbare Nacht wie die erste zusammen verbringen werden. Aber die Nächte sind überhaupt nicht mehr wunderbar, im Gegenteil, sie sind zum Davonlaufen; er hat sich wieder voll in die Arbeit gestürzt und ist ständig müde, und ich habe schon das Gefühl, nur noch von der Erinnerung zu zehren, der Sommer geht zu Ende, ich muß wieder zu meinen Behinderten, das Leben ist erbärmlich und beschissen, kurz und gut, mir geht's sauschlecht.

Zu allem Überfluß seh ich ihn dann eines Abends auch noch, wie er mit einer anderen geschmacklosen Blondine zur Haustür reinkommt – und was mach ich? Ich mach ihm eine Szene, daß ihm Hören und Sehen vergeht, und sag ihm, daß er mich mal am Arsch lecken kann und die geschmacklose Schlampe auch, die er da angeschleppt hat, und natürlich diese blöde Verlobte, und dann schlag ich die verfluchte Tür hinter mir zu und renn zu mir in die Wohnung rauf. Die ganze

Nacht wahnsinniger Liebeskummer und Schlaflosigkeit, und als ich dann endlich einschlaf, wird's auch nicht besser, denn ich hab furchtbare Alpträume.

Zum Beispiel träum ich, daß ich in einer Eiswüste umherirre, allein und von allen verlassen, und eine Wahnsinns-Kälte außen und innen und überall. Und dann ist da auf einmal, während das Eis und die Kälte nicht nachlassen, ein Bankett mit finsteren männlichen Gestalten, alle ganz in Schwarz gekleidet mit dunklen Sonnenbrillen wie Mafiakiller, und ich muß diese Mörder bedienen, und ich servier ihnen Stücke von toten, tiefgekühlten Frauen – nicht umsonst sind wir in einer Eiswüste.

Auf alle Fälle läßt mich die ganze Liebe, die ich in mir hatte für diesen Frauenarzt mit den Beinen wie die berühmten Kirchensäulen, jetzt leiden wie ein geschlagener Hund. Der einzige Trost für mich ist, daß ich bei der ganzen Geschichte wenigstens die drei Millionen und ein paar Zerquetschte gespart habe. Na ja, aber wenn du doch wie ein Hund leidest, was interessieren dich da die drei Millionen und ein paar Zerquetschte, meint Giovanna, die damit wieder mal ihr nobles Feingefühl unter Beweis stellt. Und ich antworte ihr unter Tränen, daß ich das auch nur so sage, um mich wenigstens ein bißchen zu trösten, denn ich will doch im Grunde auch nur zu denen gehören, denen es gelingt, inmitten des ganzen Unglücks, das einem das Leben beschert, ein Minimum an Trost zu finden.

Dieser große Liebeskummer dauert ein gutes Jahr. Den ganzen langen, kalten Winter, von dem ich in den ersten Kapiteln ein bißchen erzählt habe, wo ich wie verrückt leide und an der Schulter meiner Freundin Giovanna Trost suche.

Nach diesem Liebeskummer-Winter wird's aber auch wieder Sommer, und ich erhol mich ein bißchen, und wißt ihr, was ich mache? Ich verlieb mich wieder. Und das ist ein neues Kapitel.

8 *Da mir der eine Schuft nicht reicht, lern ich noch einen anderen kennen.*

Wieder im Juli – anscheinend bin ich auf den Monat spezialisiert – fahr ich mit meinem Freund Ivano ans Meer, und nach dem Baden macht er den Vorschlag, zu einem Fest zu gehen, wo, wie er meint, lauter unsympathische Leute rumhängen und wo es unheimlich viel zu essen gibt, wie immer bei Festen von unsympathischen Leuten. Ich bin natürlich dabei, Scheiß drauf, sympathisch oder unsympathisch.

Als wir beim Fest ankommen, grüß ich die Herrschaften nur knapp und verschwinde dann wie ein geölter Blitz in der Küche. Da steh ich also und stopf mich voll mit Torte, Kuchen, Pizza, Weißwein..., als ich merke, daß mich ein Typ anstarrt, leicht schütteres, rötliches Haar, kleine runde Brille, um die Vierzig. Er lächelt, und ich denke mir, was lächelt der Idiot denn so blöd, denn in der Zeit, von der ich jetzt erzähle, bin ich auf alles Männliche nicht besonders gut zu sprechen.

Er kommt näher und meint, guten Appetit. Der soll mich bloß mal am Arsch lecken, denk ich mir. Aber da erscheint ein Typ, der ihn mit Vornamen anspricht und ihn fragt, ob er ihm einen Wischlappen geben kann, und er gibt ihm einen.

Ich sag, du bist also der Gastgeber.

Und er meint, allerdings.

Ich sag, ah ha! Angenehm, sehr angenehm. Und ich stopf mich weiter voll, mach aber so, als wenn ich mich ein bißchen maßvoller vollschlagen würde, zeig also mehr Stil.

Er sagt, daß er Filiberto heißt, kein Witz, genau das sagt er. Daß er vierundvierzig ist und Psychologe und in der offenen Psychiatrie arbeitet. Was für ein Psychologe? Reichianer. Ah ja! Wir gehen also auf die Terrasse, um zu quatschen. Auch wenn ich keine Lust gehabt hätte, inzwischen war klar, daß er sowieso den ganzen Abend nicht mehr von meiner Seite weichen würde.

Aber mir gefällt auch, daß er mir einen großen Teller mit Leckerbissen füllt und auf die Terrasse rausbringt, und mir gefällt, daß er mir sofort beflissen nachgießt, wenn ich mein Glas ausgetrunken hab. Nun gut, und wie läuft's mit diesem Psychologen Filiberto? Es läuft so, daß er eine Artigkeit und ein Kompliment nach dem anderen losläßt, zum Beispiel: Von dir gehen wahnsinnig positive Vibrationen aus! Oder: Du hast eine unheimlich liebenswerte Energie! Und dann: Nein, diese Augen, diese Lippen, dieses Lächeln, dieser Liebreiz, diese Schönheit! Kurz und gut, im Geiste vögelt er mich schon hier auf der Terrasse.

Aber ich muß zugeben, daß ich Komplimente immer gern höre, auch wenn sie von einem rötlichen Reichianer mit Halbglatze kommen, und nach dem großen Liebeskummer wegen dem verlogenen Frauenarzt tut mir so ein Kompliment richtig gut.

Sicher, wenn ich ihn mir so anschaue, muß ich sagen, er ist nicht unbedingt eine klassische Schönheit, nee, bestimmt nicht. Aber er ist sympathisch, und er quatscht ziemlich laut, und mir gefallen Menschen, die laut reden. Dann denk ich: Wenn es mit dem Frauenarzt, der wirklich eine klassische Schönheit war, o ja, so übel gelaufen ist, vielleicht geht's jetzt mit diesem Psychologen mit der roten Halbglatze hier etwas besser.

Was auch der Fall ist, denn als wir zusammen das Fest verlassen, überhäuft er mich weiterhin mit seinen Komplimenten über meine positive Energie und meine liebenswerte Ausstrahlung, und dann will er meine Telefonnummer, und ich geb sie ihm.

Am anderen Morgen um sieben ruft er mich an und sagt, daß er mich unbedingt wiedersehen muß und daß er die ganze Nacht kein Auge zugetan hat, weil er immer an meine Ausstrahlung denken mußte, und so weiter. Für den Abend lädt er mich zum Essen ein. Mittlerweile weiß man ja, daß ich so was nicht ausschlage. Danach gehen wir noch zu ihm was trinken. Na ja, und dann platzt er plötzlich damit heraus, daß ich die Nacht bei ihm verbringen soll, denn das wäre für ihn, was er die Erfüllung eines ungeheuer schönen Traumes nennt. Aber ich hab keine Lust, mit dem Reichianer ins Bett zu gehen, zum einen weil ich, wie ich zugeben muß, dieses verlogene Schwein von Frauenarzt noch nicht aus meinem verdorbenen Kopf hab, zum anderen auch, weil die Strahlungen, die er mir rüberschickt, keineswegs so liebenswert sind wie die, die ihn von mir erreichen.

Ich geh also nach Hause. Aber er ruft mich die ganze Woche lang jeden Morgen ganz früh an, um mir zu erzählen, daß er nicht mehr schlafen kann und so weiter. Du kannst vielleicht nicht schlafen, sag ich zu ihm, aber ich könnte schon.

Jedenfalls ist der Sommer hier in der verfluchten Stadt so heiß, daß man schier wegschmilzt, und von Geld für einen Urlaub keine Spur. Als Filiberto dann in die Ferien aufbricht, meint er, daß ich gerne mit ihm fahren kann. Wenn ich erlaube, wolle er die Kosten übernehmen. Und ob ich erlaube. Er schlägt vor, in die Berge zu fahren, wo es kühler ist und wo er ein Haus hat. Also fahren wir.

Auf alle Fälle muß man sagen, daß dieser Filiberto absolut kein ekliger Wurm ist, nein, im Gegenteil, er benimmt sich wie ein Gentleman und macht mir keine schweinischen Angebote, denn ich hab ihm klar und deutlich gesagt, daß ich zwar mit ihm in Ferien fahre, aber daß er nur ja nicht glauben soll, daß er mit mir vögeln kann, nur weil er mich in sein Ferienhaus mitnimmt. Und er hält sich dran. Wir machen Spaziergänge und laufen abends um den kleinen See. Und dann saufen wir uns einen an in der Bar am Landungssteg und erzählen uns unsere Leben.

Die Lebensgeschichte von diesem Filiberto konnte man sich ganz gut anhören, und dann ist er auch ein recht ordentlicher

Erzähler... Auf alle Fälle hat sich folgendes in seinem Leben zugetragen. Mit der großen Liebe seines Lebens, einer Afrikanerin aus Abidjan von der Elfenbeinküste, war er vierzehn Jahre zusammen. Als die Geschichte dann im Streit endet, geht er nach Amerika, wo er nach einer schlimmen Zeit mit viel Einsamkeit und Liebeskummer eine Malerin aus Kalifornien kennenlernt, woraus eine ganz schöne Liebesgeschichte entsteht. Nicht so schön wie die mit der Afrikanerin, die auch nach zwanzig Jahren sein Herz noch immer nicht ganz losläßt, aber schon ganz schön.

Bis er dann wegen seiner Mutter nach Italien zurück will und die Beziehung mit der kalifornischen Malerin zerbricht. Auf dem Heimweg nach Italien lernt er im Flugzeug eine Französin kennen, an die ich ihn ein bißchen erinnere (?), und heiratet sie. Nach drei Jahren, die sie zusammen mit seiner Mutter im selben Haus verleben, sucht sie das Weite, und seitdem hat er nichts mehr von ihr gehört, wie's ihr geht, wo sie hin ist, nichts.

Ich sag zu mir, wer weiß, warum der so ein Pech mit den Frauen hat. Auf alle Fälle, schon nach ein paar Wochen in diesem Bergdorf mit dem See, der Bar am Landungssteg, den Spaziergängen und Gesprächen fang ich an, den rötlichen Psychologen mit der Halbglatze mit ganz anderen Augen zu sehen. Das heißt, ich sehe nur noch seine Vorzüge und das Schöne an ihm, und manchmal erwisch ich mich dabei, daß ich ihn gar nicht mehr häßlich, sondern, um ehrlich zu sein, unheimlich schön finde, fast so wie mein Schönheitsideal, den Sänger Pavarotti, den ich noch gar nicht erwähnt habe. Und wenn ich anfange, bei einem nur noch die Vorteile zu sehen, und ihn fast so schön wie Pavarotti finde, ist das ein sicheres Zeichen dafür, daß ich verliebt bin.

Ich ruf also Giovanna an, um ihren Rat zu hören, und sie meint: Verlaß ihn. Dann ruf ich meinen Freund Marco an, mit dem gleichen Anliegen, und der fängt unheimlich an zu lachen, und ich sag zu ihm: Hör mal, du Arschloch, um dein bescheuertes Lachen zu hören, kann ich hier ein Ferngespräch bezahlen. Auf alle Fälle, als ich ins Haus zurückkomme, schau ich ihn mir nochmal genauer an und entscheide dann, daß ich ihn als Geliebten will, diesen Filiberto, den Reichianer mit den schütteren roten Haaren.

Und dann? Tja, es läuft alles ganz toll; er ist unheimlich verliebt und sagt ständig, daß ein wunderbarer Traum für ihn in Erfüllung gegangen ist. Bis es dann eines frühen Morgens gegen sieben an der Tür klingelt, und er steht auf, und ich höre spitze Entzückensschreie und eine furchtbar unangenehme Stimme und rufe: Wer ist denn da? Filiberto, was ist denn das für ein Idiot? Und dann stürzt plötzlich ein vielleicht siebzigjähriges Frauchen auf mein Bett zu, wie eine Verrückte geschminkt, die mit ihren Armen in der Luft rumfuchtelt und mich abknutscht und folgendes ruft: Très joli!!! Très joli, bravo Fili. Gaaanz ausgezeichnet!!!

Filiberto sagt, Liebste, das ist meine Mutter.

Und da Filibertos Mutter eine alte Theaterschauspielerin ist, hört sie gar nicht mehr auf, mit den Armen zu fuchteln, und dann meint sie: Kinder, ich bin einer Eingebung gefolgt!! Einem Instinkt! Einem Glücksinstinkt!!! Und ich bin wie vom Donner gerührt.

Ich lieg im Bett, so nackt wie die berühmte Mutter Natur mich geschaffen hat, und diese Verrückte setzt sich zu mir und mustert mich aufmerksam. Dann erklärt sie mir, daß sie ihren Portugal-Aufenthalt mit Henry (ihrem fünfunddreißigjährigen dritten Ehemann) auf der Stelle abgebrochen hat, als Fili ihr von uns erzählt hat, und daß sie von Ventimiglia aus mit einem Taxi schnurstracks hierher gefahren ist, um dieses Mädchen zu sehen, das das Herz ihres Fili erobert hat.

Sie ist so freundlich, daß ich das Gefühl habe, sie will mich umbringen. Jedenfalls sieht es so aus, als würden wir den Rest der Ferien mit Mama verbringen müssen.

Ich sag zu Fili, daß ich keinen Bock auf Ödipus-Ferien hab.

Und wenn seine Mutter nicht bald abzischt, daß ich dann ganz schnell abgezischt bin. Aber er meint, daß ich Geduld haben soll und daß seine Mutter all die Kilometer nur zurückgelegt hat, um mich kennenzulernen, und daß ich ihr so gut gefalle, daß ich eigentlich glücklich sein müßte.

Glücklich würde ich nicht gerade behaupten, entgegne ich. Sei nur vorsichtig, Fili, ich bin ganz schnell weg.

Und er meint, zwing mich nicht, Liebste, mich zwischen dir und Mama zu entscheiden, tu das nicht, Liebste.

Ich kann euch sagen, in diesem Moment wird mir einiges klar über Filiberto, und ich sag zu ihm: Und ob ich dich jetzt zwinge, dich zwischen mir und Mama zu entscheiden, und ich fühl mich unheimlich böse dabei, wie in einem Film mit Betty Davis, wenn Betty Davis unheimlich böse ist.

Und er meint immer wieder, überlegen wir doch mal in Ruhe. Und ich sag, überleg du doch, überleg du mit deiner Mama. Und eines Morgens früh nehm ich den kleinen Autobus und mach mich aus dem Staub.

9 Neuntes Kapitel, in dem ich euch von meinen ersten großen Lieben erzähle.

Ich hab immer schon dazu geneigt, mich in ältere Männer zu verlieben. Als Kind zum Beispiel hab ich mit Vorliebe ein Auge auf die Alten geworfen, also die, die vielleicht zehn Jahre älter waren als ich. Während meine Freundinnen Simona und Nicoletta sich in Manzino Massimo, Silvestri Stefano, Gobello Damiano und andere Klassenkameraden verlieben, schlägt mein Herz von der Schulbank aus für einen gewissen Angelo, der um die zwanzig ist.

Dieser sinnigerweise auch noch katholische Angelo kommt mit dem Pfarrer zur Religionsstunde in unsere Klasse, um uns auf der Gitarre vorzuspielen. Wenn Angelo fragt, wer es denn mal auf der Gitarre versuchen möchte, ist mein Finger immer als erster oben, wobei ich, schon damals ganz schön durchtrieben, ICH, ICH KOMME!!! rufe.

Er versucht also, meine Finger auf dem Gitarrenhals richtig zu plazieren, während ich überhaupt nicht mitbekomme, was er sagt, und wie in Trance vor ihm sitze, rot im Gesicht wie eine Tomate. Er gibt sich zunächst alle Mühe, aber dann meint er, vielleicht lassen wir jetzt mal jemand anderes probieren, was meinst du? Und ich geh auf meinen Platz zurück, mit einem Kopf, in dem tausend Vöglein hin und her zu flattern scheinen, so ähnlich wenigstens.

Wenn wir das Gebet aufsagen müssen, in dem es heißt, »Mein guter Engel, du bist mein Beschützer« und so weiter, stell ich mir vor, daß das alles direkt an ihn gerichtet ist, wegen seinem Engelsnamen eben. Ich weiß gar nicht mehr, wann ich genau aufgehört habe, diesen katholischen Gitarristen Angelo zu lieben.

An die zweite große Leidenschaft meines Lebens erinnere ich mich jedoch genau. Mittlerweile bin ich elf, und ich verlieb mich in Vincenzo, den achtzehnjährigen Laufburschen aus der Bäckerei. Vor allem erinnere ich mich an seine großen Hände und an seinen stattlichen Bauch, fast wie bei Pavarotti. Diesen Vincenzo sehe ich sonntags, wenn ich mit meiner Freundin aus der Messe komme und Kuchen kaufen geh. Dann sitzt er mit seinem Bäcker-Freund auf dem Mäuerchen vor der Bäckerei und pafft und schaut den Frauen nach, mit der Miene eines großen Frauenkenners.

Wir gehen an ihnen vorbei, und Ornella, die über meine tiefe Leidenschaft auf dem laufenden ist, kichert und prustet wie eine Bekloppte und stößt mir aufgeregt ihren Ellbogen in die Rippen. Und im Handumdrehen seh ich mich schon als Verlobte dieses Bäckerjungen. Als meine Mutter Concetta uns zum erstenmal dabei erwischt, wie wir eng umschlungen und küssend auf einer Parkbank sitzen, wirft sie mir einen wütenden Blick in ihrer typischen wilden Art zu und befiehlt mir, sofort mit ihr nach Hause zu kommen.

Dort angekommen, verpaßt sie mir auf der Stelle ein paar schallende Ohrfeigen, und brüllt mich aus vollem Halse an: NUTTE!!! NUUUTTE. Währenddessen kommt mein Bruder nach Hause. Er geht zum Kühlschrank, stopft sich ein paar dicke Scheiben Schinken ins Maul und meint dann, ungerührt von meinen Tränen: War doch sowieso klar, daß die 'ne Nutte wird. Meine Mutter gerät immer mehr in Rage, schreit weiter, Nutte, Nutte, und streicht sich die von der Anstrengung des Schlagens schweißnassen Haare aus der Stirn. Als ihre Kräfte endlich nachlassen, meint sie: Ich sag alles deinem Vater. Darauf kannst du dich verlassen.

Wir warten also, daß Vater nach Hause kommt. Mein Vater schlägt mich gewöhnlich anders als meine Mutter, das heißt, nicht mit einer Serie von Ohrfeigen, die niemals zu enden scheint, sondern er begnügt sich mit einem einzigen, gut vorbereiteten und treffsicheren Schlag, einem von denen, der, wie man so sagt, den Abdruck der fünf Finger im Gesicht hinterläßt. Dann meint er: Ab sofort verläßt du das Haus nicht mehr. Bei diesen Worten macht sich tiefste Verzweiflung in mir breit, denn für den nächsten Morgen hab ich mir schon diesen wunderbaren Plan überlegt: die Schule zu schwänzen und mit meiner großen Leidenschaft in der Bäckerei rumzumachen. Ich bin also gezwungen, auf meine schon damals ausgeprägten Verstellungskünste zurückzugreifen: Ich werf mich auf den Boden, schlag um mich und stöhn und schrei wie am Spieß und hoffe, daß ich die Inszenierung eines gewalttätigen Anfalls von akutem Wahnsinn, den ich im Fernsehen gesehen hab, ordentlich hinbekomme. So gelingt es mir, die Räuberbande – meine Familie also – in die Flucht zu schlagen. Am folgenden Morgen hab ich meine Freiheit wieder und kann blau machen und zu meiner großen Liebe, dem Bäckerjungen.

Ich geh also zu ihm, und meine große Liebe schenkt mir sogleich zwei Hörnchen, die er mit seinen schönen Pranken geformt hat. Dann will er einen Kuß, und den kriegt er auch. Aber danach meint er, daß er es leid ist, so 'ne junge Freundin wie mich zu haben, und daß er von mir nur falsche Küsse bekommt und nicht die richtigen, bei denen es erst wirklich abgeht. Ich bin beleidigt, daß er in mir noch ein Kind sieht, weil ich doch so gerne erwachsen sein will und verdorben, wie meine Cousinen zum Beispiel.

So fang ich also an, meine Lage zu überdenken, und mir wird klar, daß meine Familie früher oder später herausbekommt, daß ich die Schule schwänze und daß sie mich dann rausschmeißen, wie sie es angedroht haben, und daß ich dann wohl oder übel verdorbene Sachen machen muß, vielleicht in Paris. Ja, ich geh nach Paris und bin da so richtig verdorben, abgemacht. Daher sag ich zu meinem Geliebten Vincenzo: Vincenzo! Ab heute küssen wir uns richtig! Wir küssen uns mit der Zunge.

Und er ist total glücklich und streicht sich leicht über den Hosenstall und gibt mir dann ein Stück Pizza, um zu feiern. Dann packt er mich und setzt mich auf den großen Tisch, wo er gewöhnlich seinen Teig knetet. Er nähert sein Gesicht meinem Mund, und ich sitz unbeweglich da, um dieses weiche Ding, das nach Zigaretten schmeckt, zu spüren.

Aber mein Geliebter Vincenzo erklärt mir, daß ich nicht einfach nur so mit offenem Mund dasitzen kann, und er sagt, daß ich auch was mit der Zunge in meinem Mund anstellen muß. Ich denk mir, was soll denn das jetzt wieder, denn von diesem Detail hab ich meine schweinischen Cousinen noch nie reden hören. Ein bißchen bin ich jetzt schon demoralisiert, wer weiß, vielleicht lern ich gar nicht mehr, richtig schweinisch zu küssen, und adieu Paris.

Nun gut, jedenfalls versuchen wir's noch mal, und ich denk auch dran, die Augen zu schließen, wie's die Schwester von Simona macht, wenn sie volle Kanne mit ihrem Freund Adriano rummacht. Danach, meine Lieben, bin ich so stolz, daß ich's fast nicht mehr aushalte, und ich denk, jetzt bin ich elf, und endlich hab ich auch so richtig rumgemacht.

Am liebsten würd ich jetzt abhauen und Ornella alles erzählen. Aber diesen Vincenzo hat die Geschichte mit der Zunge anscheinend erst richtig angeheizt, denn er seufzt und stöhnt, mit einem Gesicht wie einer, der so richtig auf Touren ist, und jetzt faßt er mich überall an mit seinen Bäckerpranken und drängt mich immer weiter auf den Tisch, auf dem er sonst seinen Teig knetet.

Mittlerweile beginn ich, mir Gedanken zu machen, denn mir ist zwar klar, daß es mein Schicksal ist, schweinisch rumzumachen, aber trotzdem denk ich jetzt daran, wie spät es ist, und mir fällt meine Mutter ein, genauer, ihre Hände, die stets mit solcher Leichtigkeit in meinem Gesicht landen, und dann auch ihre Stimme, die mit ihrem Nutte, Nutte-Geschrei meine Ohren malträtiert.

Deshalb stoße ich Vincenzo fort und sag: Hey, nun reicht's aber! Wie spät ist es? Ich muß nach Hause.

Vincenzo macht ein schmerzverzerrtes Gesicht, so als wenn ihm jemand auf den Fuß getreten hätte. Aber ich laß ihn allein, denn ich muß vor der Schule sein, bevor die anderen rauskommen, und auf Ornella warten, damit sie mir sagen kann, was los war und ob ich aufgeflogen bin.

Ornella schaut mich mißbilligend an, denn sie hat was dagegen, die Schule zu schwänzen und rumzumachen, sie meint, dazu wär später noch Zeit genug und daß wir noch zu jung sind, aber ich mein, was 'n Quatsch, damit zu warten, warum sollen wir nicht jetzt schon unseren Spaß haben. Diese Freundin Ornella macht ein betont unschuldiges Gesicht, weil sie kein schlechtes Gewissen zu haben braucht und ihre Pflicht getan hat und in die Schule gegangen ist und nicht rumgemacht hat. Auf dem Heimweg wirft sie mir ab und zu einen komischen Blick zu, vielleicht um zu sehen, wie eine aussieht, die rumgemacht hat.

Ich hab ihr ja auch sofort erzählt, was los war in der Bäckerei. Ornella, hab ich zu ihr gesagt, ich hab unheimlich rumgemacht mit Vincenzo, und dabei ist es unheimlich abgegangen. Und sie meint nur: Sei vorsichtig.

Ich werd ein bißchen sauer, weil sie schon wie ihre Mutter rumredet, die ständig irgendein Verhängnis im Anmarsch sieht. Und auf Stunk hab ich keine Lust, ich will nur die Liebe genießen.

Also sag ich: Liebe Freundin, sonst hast du nichts dazu zu sagen?

Aber sie zuckt nur mit den Achseln, genau wie ihre Mutter, und meint: Wenn's dir Spaß macht...

Ich sag nichts mehr, auch weil wir schon angekommen sind, nur noch ciao, und verschwinde dann im Hauseingang.

Zu Hause spiel ich das Unschuldslamm, pfeif vergnügt vor mich hin und erzähl irgendeinen Mist, was die Klassenkameraden gesagt haben, was die Lehrerin gemacht hat und so weiter. Ich beobachte meine Mutter in der Küche und werde noch ruhiger, denn offensichtlich hegt sie keinen Verdacht. Dann schließ ich mich im Bad ein und stell mich vor den Spiegel und betrachte aufmerksam mein Gesicht, wie es sich verändert hat durch das Rummachen. Dann nähere ich mich noch mehr dem Spiegel und küsse mein Spiegelbild, um zu sehen, wie ich bin, wenn ich so richtig schweinisch küsse.

10 *Das fundamentale Kapitel, in dem ich den Schuft Nummer drei vorstelle und euch erzähle, wie wir einer in den Armen des anderen gelandet sind und uns wie die Verrückten geliebt haben.*

Damit wären wir bei einem der wichtigsten Kapitel, mit dem wir ins Herz des Romans vorstoßen, das Kapitel, in dem ich die große verlogene Liebe meines Lebens kennenlerne.

Es ist wieder mal Sommer. Irgendwo ist immer ein Fest, wo ich mit meinen Freunden Marco, Cristiana und Paolo hingehe und auf Kosten anderer Leute esse. Wie gewöhnlich, schon fast langweilig, es immer wieder zu sagen, steh ich also da rum und stopf mich voll, und ich fühle, vielleicht auch wegen meiner Aufmachung an jenem Abend, wie mich ein Typ beobachtet, um die Fünfzig, sehr dick mit einer ordentlichen Wampe, langes Haar, graumeliert, kurz und gut, fast noch schöner als Pavarotti.

Ich sag euch schnell noch, wie ich an dem Abend angezogen bin: Ich habe ein knappes, leuchtendgelbes Kleid an, das ich extra für das Fest in einer revolutionären Enteignungsaktion bei Rinascente* besorgt hab – die Größe ist leider voll daneben, wahrscheinlich würde mir das Kleid ausgezeichnet stehen, wenn ich zehn Jahre alt wäre.

Außer den Freunden, die ich schon erwähnt hab, platzt bei dem Fest auch mein damaliger aktueller Freund herein, Antonio. Dieser Antonio ist zwar mein aktueller Freund, aber mir geht's eigentlich sehr viel besser, wenn ich ihn nicht sehe. So werd ich auch direkt ganz nervös, als er auftaucht, denn da ist ja auch noch der Fünfzigjährige. Also wenn ich kein Interesse

---

* Warenhauskette in Italien, d. Übers.

mehr an einem Typ hab, ich sag's euch, kriege ich richtige Anfälle oder werde ganz schweigsam, wie jetzt bei diesem Antonio, der sich abmüht, mir was zu erzählen, und ich bin einfach stumm.

Irgendwann seh ich dann aber, wie der Dickbauch auf Antonio zugeht, ihn begrüßt und ihm die Hand schüttelt. Wie mir Antonio dann erklärt, ist er ein großer Künstler, nicht unbedingt berühmt, aber trotzdem ein großer Künstler, wie Antonio meint. Was für ein Künstler?, frag ich.

Er malt große Bilder im Stil der Futuristen, riesige revolutionär futuristische, avantgardistische Gemälde. Ich denke, gut, gut, und versuch diesen Antonio bei meinen Freunden Marco und Paolo loszuwerden, die zum Glück auch sofort blicken, was los ist. Dann steuer ich auf den wunderschönen (wenigstens für mich) Futuristen zu, warum auch nicht, Antonio hat uns ja miteinander bekannt gemacht – und sich damit auch endlich mal nützlich machen können. Ich stell mich neben ihn und erzähl ihm ganz dreist die Lüge, daß ich seine revolutionären futuristischen Gemälde sehr gut kenne und wirklich von ganzem Herzen schätze. Dann sag ich noch: Es lebe die Avantgarde.

Und er, der wunderschöne Futurist, fragt mich, wo ich sie denn gesehen hab, diese Bilder, die ich so sehr bewundere. Der Moment ist zwar ein bißchen peinlich, aber ich überspiel meine Verlegenheit mit immer größerer Dreistigkeit und fang an zu lachen und sag einfach, komm, trinken wir was zusammen. Hast du Lust? Um es kurz zu machen, wir setzen uns irgendwohin und fangen an zu quatschen, und dieser Futurist scheint wirklich sympathisch zu sein, schlagfertig und vielleicht auch etwas vertrottelt, jedenfalls aber ungeheuer ironisch, wie ein richtiger Futurist eben. Und darüber hinaus stelle ich schon bald fest, daß ihm ein Charakterzug zu eigen ist, den ich bei allen Leuten schätze, nämlich Alkoholexzessen nicht abgeneigt zu sein.

Auf alle Fälle, irgendwann setzt sich eine fixe Idee in meinem Kopf fest, und was mach ich, ich durchtriebenes Weib? – Ich schau auf die Uhr und sag, schade, wirklich schade, daß ich schon gehn muß, aber ich bin ziemlich müde, natürlich blöd jetzt um diese Zeit allein auf den Bus warten zu müssen, na ja, und das auch noch bei dem Regen... Also wenn's um Eroberungen geht, hab ich's wirklich voll drauf, ich schwör's euch. Und tatsächlich, der Futurist – und aktuelle Schuft – beißt an und fragt mich, ob er mich mit dem Auto heimbegleiten kann.

Aber natürlich kann er!

Wo ich wohne? Welch ein Zufall, fast neben ihm. Und wo wohnt er? Nur ein Stückchen weiter die Straße runter, willst du vielleicht noch ein Gläschen? Aber natürlich will ich.

Wir kommen also rein, und ich seh mich ein wenig um in dieser futuristischen Mansarde, und ich kann euch gleich sagen, ziemlich runtergekommen sieht's da aus, ungefähr wie bei mir, aber immerhin 'ne Menge Bücher, wie es sich für einen richtigen intellektuellen Künstler gehört. Ich stell mich also vor die Bücherwand, um zu sehen, was er so liest, vor allem, ob da auch Romane stehen, weil ich selbst nur Romane gern lese. Ich frag ihn, welcher von den Romanen hier liegt dir ganz besonders am Herzen, und er meint: »Sturmhöhen«, ja, da fällt mir sofort »Sturmhöhen« ein, den hab ich ganz besonders ins Herz geschlossen.

Und mir – schon mehr besoffen als nüchtern – geht das Herz auf vor Glück, denn, ob ihr's glaubt oder nicht, diese überwältigende Liebesgeschichte ist auch einer meiner Lieblingsromane, mit Miss Catherine und diesem wunderschönen Heathcliff mit seinem total leidenschaftlichen Charakter, ja, das ist noch wahre Liebe, im Leben und auch danach im Tod. Und ich denk mir, wenn einer »Sturmhöhen« so mag, dann ist er im Grunde seines Herzens ganz bestimmt kein Schuft, sondern ein total leidenschaftlicher Mensch.

Dann meint er, okay, jetzt drehen wir den Spieß aber um. Erzähl mir, welcher Roman dir besonders am Herzen liegt. Kinder, ich kann euch sagen, so eine Diskussion über Kunst und Liebe... man könnte meinen, wir wären Rodolfo und Mimì, da oben in der Mansarde.

Und ich, ohne zu zögern, sag laut: Die »Kartause von Parma«!

Er fragt: Was gefällt dir an der Kartause?

Und ich sage, mir gefällt alles an der Kartause, von der ersten bis zur letzten Seite, ich mag Clelia und Sanseverina, und ich mag auch Graf Mosca, wenn wir schon mal dabei sind, und mir gefällt vor allem der wunderschöne und ein bißchen wunderliche Fabrizio del Dongo, der sich nie verliebt, und dann, zack, schmeißen sie ihn ins Gefängnis, und da verliebt er sich auf einmal, der Ärmste.

Ich halte inne, um zu sehen, ob er mir auch zuhört, denn ich bin jetzt wirklich glücklich, daß ich so mit ihm über diese Liebesromane reden kann.

Dann sag ich noch: Ich werd dir erzählen, warum ich die Kartause sonst noch so liebe: Erinnerst du dich noch an diese Clelia, die vor der Madonna das Gelübde abgelegt hat, Fabrizio nie mehr zu sehen?

Klar, meint der Futurist, der sich mittlerweile auf das kleine Sofa gesetzt hat.

Und weißt du noch, als die beiden dann zusammen sind und sich wie die Verrückten lieben, was macht da die Ärmste mit ihrem Gelübde? Ich mach eine Pause und gieß mir mein Glas noch mal voll und setz mich dann neben ihn, und im Bauch spür ich schon meine Verliebtheit, die hoch und immer höher steigt und nicht mehr zu stoppen ist.

Was macht sie?, fragt er.

Hm, sie macht folgendes: Während sie sich lieben, hält sie die ganze Zeit die Augen geschlossen und bleibt so dem Gelübde treu, ihren geliebten Fabrizio nie mehr wiederzusehen.

Und er sagt, jetzt glänzen deine Augen.

Und ich sag, der Wein. Vom Wein krieg ich immer glänzende Augen.

Und er sagt, das kommt nicht vom Wein. Vorhin haben sie nicht so geglänzt.

Dann kommt es von der Geschichte von Fabrizio del Dongo, und während ich Dongo sage, seh ich, daß auch er ganz glänzende Augen hat, und ich denk, den will ich heiraten, na ja, und dann küssen wir uns, Tausende von Küssen, und dann lieben wir uns, genau wie im Film, wirklich wie die Verrückten.

Liebe Leute, ich kann euch sagen, wenn man alles reinlegt, ist die Liebe wahnsinnig schön.

Und am Tag danach, vielleicht bin ich etwas einfallslos, ergeht es mir wie beim letzten Mal mit dem Frauenarzt – was sag ich, stärker, viel viel stärker noch –, daß ich ziellos durch die Straßen laufe und dabei schreien könnte vor Glück und unermeßlicher Freude – ja, wie man sieht, ich bin wieder wahnsinnig verliebt.

Tja, und wie geht's dann weiter? Es geht so weiter, daß wir die nächsten Tage fast immer zusammen sind, und ich bin immer noch so glücklich, daß ich platzen könnte, und er, der Futurist, ist unheimlich lieb und zuvorkommend. Nur zum Beispiel: Er spendiert dauernd fürstliche Mittag- und Abendessen mit anständigen Besäufnissen. Wunderbar. Außerdem haben jetzt die Ferien begonnen, und ich bin meine kleinen Behinderten erstmal los, und er meint, daß er eine Zeitlang auch mal seine revolutionären futurischen Gemälde allein lassen kann, im Moment ist die Auftragslage sowieso etwas flau, und so schlägt er mir vor, wunderschöne romantische Avantgarde-Ferien mit ihm zu verbringen, wo, darf ich mir aussuchen, und wenn es mir nichts ausmacht, möchte er gern dafür aufkommen. Nee, das macht mir überhaupt nichts aus. Im Gegenteil, ich könnte noch lauter schreien vor all dem Glück, und wie schon beim letzten Mal sag ich mir, daß es ja gar nicht stimmt, daß ich von einem Pech mit kosmischen Ausmaßen verfolgt bin, das mich auch noch ins Grab begleitet, ach, woher denn, vielleicht darf ich mich sogar bald zu den Personen zählen, die das Glück mitten auf die Stirn küßt, ja, warum nicht, kann man nicht ausschließen.

Bis eines Abends in seiner Mansarde das Telefon klingelt und diese saublöde Kuh von Exgattin anruft, die auch seine Galeristin ist, und von einer unheimlich starken psychischen Krise faselt, und daß sie nicht stören will, aber ihr Psychiater sei in Urlaub, und sie müsse ihn jetzt unbedingt sehen und ein bißchen mit ihm reden. Diese saublöde Kuh von Exgattin lebt in London, und der infame Futurist will sofort los nach London, um elf Uhr abends.

Ich bin total von den Socken, wie Giovanna sagen würde. Ich könnt alles zusammenschlagen, aber dann setz ich mich doch ruhig hin und versuch, klar zu überlegen und vernünftig zu sein, ja, ich spiel ein richtig vernünftiges Mädchen, das keinem Menschen auf die Eier gehen will, und ich sag zu ihm, fahr, fahr nur, Liebster, warum sollst du auch nicht fahren, fahr, ich wart auf dich, du wirst ja nicht lange in London bleiben, bei dieser blöden Kuh.

Und er sagt, Clotilde ist keine blöde Kuh, ich bitte dich, nicht so von ihr zu reden, wir waren fünfzehn Jahre verheiratet, und ich hänge sehr an ihr, außerdem ist sie meine Galeristin. Du kennst sie noch nicht mal und nennst sie einfach blöde Kuh.

In diesem Moment bin ich alles andere als vernünftig. Ich schlag alles kurz und klein, sag ich zu ihm, und er meint, daß er gar nicht versteht, warum ich mich so aufrege, und er verspricht, höchstens zwei, drei Tage zu bleiben, die Sache zu klären und ein bißchen mit der verdammten Hure zu reden, und daß wir danach dann glücklich und zufrieden in die wunderschönen, romantischen Avantgarde-Ferien aufbrechen werden. Okay, in Ordnung, ich beruhig mich also.

Ich geh nach Hause, und da sitz ich dann und hab einen Riesenknoten in der Magengegend, doch ich sag mir, daß ich bestimmt wieder übertreibe, daß ich doch schon immer dazu geneigt habe zu übertreiben, was soll's, meine Venus steht nun mal im Skorpion, was Liebesdramen mit sich bringt, und außerdem mein Aszendent im Wassermann, der die niedersten irrationalen Instinkte favorisiert. Egal wie, eins ist sicher, ich hab ein Gespür dafür, wie sich die Dinge entwickeln, und diesmal spür ich einfach, daß die Geschichte mit der blöden Kuh die Sache ganz schön verkompliziert, und ich fühl auch, daß ein Verhängnis nach dem anderen bevorsteht.

In der Nacht ist an Schlaf nicht zu denken. Ich ruf meinen Ex-Lover und guten Freund Marcello an, erzähl ihm, was passiert ist, und er meint: Daß du dich immer auf so unmögliche Geschichten einlassen mußt...

Du bist ein unverbesserlicher Moralist, lieber Marcello, sag ich zu ihm, erklär mir mal, warum das 'ne unmögliche Geschichte sein soll.

Und er meint: Ach, hör doch auf, du kennst ihn doch noch nicht mal, wer zum Teufel ist das überhaupt? Was weißt du von ihm?

Und ich: Wie, ich weiß nichts von ihm? Entschuldige mal, aber ich weiß, daß er ein großer revolutionärer, futuristischer Künstler ist, daß er »Sturmhöhen« liebt, daß ich wahnsinnig in ihn verliebt bin, daß er ein toller Liebhaber ist... Was sollte ich sonst noch wissen?

Nach einigem Hin und Her wird Marcello ziemlich einsilbig, wie immer, wenn ich ihm was von meinem Gefühlsleben vorjammere, und ich leg auf und ruf meinen Freund Sergio Tasca an. Der lebt in Cossano, im Piemont, und ist nicht gerade begeistert von meinem Anruf, weil er, wie er mir erklärt, zur Zeit früh aufsteht und Post austrägt, ganz anders als ich, die ich nur rumhänge und mich dauernd in irgendwelche verlogene Kerle verliebe, so als wollte ich mir 'ne ganze Kollektion davon anlegen. Aber er meint, daß ich ihn ja mal besuchen kann, um uns ausgiebiger zu unterhalten. Na ja, das hebt ein wenig meine Stimmung, aber nur ein bißchen.

11 *Die verfluchte Zeit des Wartens beginnt,*
und ich besuch meinen Freund Ivano.

Am Morgen wach ich früh auf, weil ich sehr deprimierende
Sachen geträumt hab, zum Beispiel, wie ich allein an einem
grauen, desolaten Strand rumlaufe, um mich herum Berge von
Abfall, und ich fühl mich ganz genauso wie dieser Müll und
Unrat, überflüssig und weggeworfen. Ich schlüpf in meine
Schlabberhosen und spazier in den frühen Morgen und laß
mich einfach hierhin und dorthin treiben, und, sieh mal an, wo
stehe ich auf einmal? Ich steh vor dem Haus, wo der Schuft
seine futuristische Mansarde hat. Gut fünf Minuten steh ich da
mit offenem Mund wie ein Idiot, dann murmel ich schnell zwei
Muttergottes, wie es sich gehört, und reiß mich von dort los.
Nur wenige Schritte von dem Haus des Schuftes entfernt
wohnt Ivano. Dieser Freund Ivano ist stets ein guter Tröster
meiner gebrochenen Herzen.

Es ist acht Uhr. Ich weiß schon, daß er vielleicht noch schläft.
Aber in mir schlägt dieses aufgewühlte Herz, das von Vernunft
nichts wissen will, und ich klammer mich an die Klingel von
meinem Freund Ivano. Aber er ist zum Glück schon auf den
Beinen, und seine Wohnung steht voll mit Taschen und Kof-
fern, und er meint: Wieder mal Pech in der Liebe?

Ich sag, ja genau, du hast's erraten. Aber was machst du mit
dem ganzen Gepäck hier?

Und er erzählt, daß er eine längere Reise vorhat, weil nämlich
folgendes passiert ist: Gerade hat er am Telefon erfahren, daß er
Vater einer Tochter geworden ist.

Ich frag ihn daher, wie er sich jetzt fühlt und ob er aufgeregt
ist wegen dem Kind, aber er meint nur mit seiner näselnden
Stimme, die er immer hat, wenn er aufgeregt ist, ach Quatsch,

ist doch nichts Besonderes ein Kind. Ein ausgeflippter Krebs, dieser Ivano.

Während wir so reden, fällt mir ein, daß es jetzt schon neun Jahre sind, daß wir uns kennen, und auf einmal werd ich auch ganz sentimental, und so steh ich denn da, um acht Uhr morgens, und muß gegen die Tränen ankämpfen, die mit den Erinnerungen in mir hochsteigen. Ich erzähl euch mal, nur so zum Beispiel, eine gemeinsame Episode aus der Zeit, als wir so achtzehn, neunzehn waren und ich zu ihm sag, daß die Freundschaft zwischen ihm, dem großen Künstler, und mir als großer Schriftstellerin doch schon fast so 'ne tolle Künstlerfreundschaft ist wie die zwischen meiner geliebten Gertrude Stein und ihrem Freund Picasso.

Aber Ivano, ein Maler ohne Leinwand – also eher ein konzeptualistischer Künstler – meint: Also nee, mit Picasso hab ich nichts am Hut, entweder findest du einen anderen Künstler, oder es wird nichts aus meiner Freundschaft mit Gertrude Stein.

Die Mutter von Ivanos Tochter heißt Christina und ist eine Deutsche aus Lübeck und meine Freundin. Die Geschichte von dieser Christina erzähl ich euch jetzt.

Wir gehen noch mal ein Jahr zurück. Wie gewöhnlich, ihr könnt's euch vorstellen, bin ich ohne Arbeit und Geld, und so geh ich mit Giovanna die Stellenanzeigen der Zeitungen durch, nur Mist, wie immer. Dann lesen wir, daß in einem Nightclub in Nervi zwei Bedienungen gesucht werden.

Und ich sag, Mensch, vielleicht ist das gar nicht so übel, nachts arbeiten und am Tag die große Freiheit, das ist doch fast wie nicht arbeiten.

Giovanna sagt, jjjjjja! Und dann sagt sie, nein, ich als Bedienung in einem Nightclub, nee, das bringt mich noch mehr runter als zu hungern. Aber ich, die geborene Abenteurerin, geh hin.

Als ich an einem frühen Vormittag dort eintreffe, stehen da etliche Mädels Schlange, alle geschminkt mit Minirock, Netzstrümpfen und so weiter, und ich ganz ungeschminkt in einem langen Wollkleid bis zu den Knöcheln, das ich auch in einer revolutionären Enteignungsaktion, diesmal bei Coin, besorgt hab, die Größe ist also wieder mal voll daneben, und dieses Kleid hängt weit, lang und so traurig an mir runter, als wollte es sagen: Nee, an deinem Körper hab ich nichts zu suchen. Darüber trag ich einen sehr kurzen, blauen Dufflecoat von einem Ex-Lover, den er vielleicht getragen hat, als er zwölf war.

Giovanna hat mich schon vorher in dieser Aufmachung gesehen und gefragt, ob ich als Fan vom F. C. Genua gehen will, wegen dem roten Kleid und dem blauen Mantel, und dann beschimpft sie mich wieder, daß ich so einen schlechten Geschmack habe, trotz meines ästhetischen Sternzeichens.

An jenem Nachmittag fällt mir ein total blondes Mädchen auf, mit großen blauen Augen, auffallend lila geschminkten Lippen und einer großen roten Schleife im Haar. Sie kommt zu mir und spricht mich an, und ich denk, lieber Gott, wo kommt die denn her. Sie fragt mich, warum sich die Mädchen alle so aufgetakelt haben und meint, daß man in Deutschland nicht wie 'ne Nutte rumlaufen muß, um 'ne Stellung als Bedienung zu kriegen.

Jedenfalls geh ich rein zu diesem Vorstellungsgespräch, und die Typen meinen, ich solle meine Brille abnehmen, und dann, daß das mit dem Kleid nicht schlimm ist, weil ich sowieso eine Art Uniform gestellt bekomme. Nur eine Sache wollen sie noch wissen, ob ich Erfahrung in Sachen Bar habe. Und ob, kann ich da nur sagen, und erzähl ein bißchen von der Bar, wo ich mir gewöhnlich einen ansaufe. Eingestellt.

Nach mir ist die Deutsche Christina an der Reihe, ich bleib also noch etwas, um auf sie zu warten. Auch sie wird genommen.

Danach meint sie, daß wir unheimlich Glück gehabt haben,

weil die nur zwei Bedienungen gesucht haben, und gerade uns zwei haben sie genommen.

Ich sag, das kannst du laut sagen, wirklich Schwein.

Sie meint, daß ich ihr Glück gebracht hab und daß sie mich, wenn ich will, nach Hause fahren kann. Wir gehen also zu ihrem Käfer, und da mach ich dann Bekanntschaft mit einem riesigen schwarzen Hund – wie sich herausstellt, der berühmten Dora – einer gefährlich und furchteinflößend aussehenden Schnauzerhündin, die im Grunde aber eher vertrottelt ist. Christina ist meine einzige abstinente Freundin, dazu Reinlichkeitsfanatikerin und große Sportlerin. Also nicht in eine Bar, sondern in ein Café, wo's Tee und Gebäck gibt, sie bezahlt. Da sitzen wir dann den ganzen Nachmittag und erzählen uns unsere Lebensgeschichten. Ihre: Sie verläßt Lübeck, um einer italienischen Liebe zu folgen. Sie ziehen nach Siderno, sein Heimatdorf in Kalabrien, und am Anfang natürlich große Liebe, Versprechungen, wir machen dies, wir machen das und so weiter. Bis ihre große Liebe sie im Dorf sitzen läßt und auf Weltreise geht; was er da so genau treibt, weiß man nicht, jedenfalls kommt er ab und zu zurück mit einem Haufen Geschenke. Er macht Geschenke und sie macht Szenen.

Sie hängt allein in dem Dorf rum mit der Hündin Dora und wird immer melancholischer und versteht nicht, was sie in dieses Kaff verschlagen hat. Klar, im Sommer ist es da unheimlich schön, mit dem Meer und so weiter, aber sie ist immer allein, und der Winter ist wie ein langes Sterben. Am Strand lernt sie einen Typ aus Ligurien kennen, der nett zu sein scheint, und der meint, daß sie da fort muß und was sie da überhaupt will. Er gibt ihr seine Adresse in Santa Margherita, wo er wohnt, und dann: Auf Wiedersehen. Der kalabresische Geliebte kommt zurück, und wieder gibt's viele Geschenke von ihm und große Szenen von ihr. Und Ströme von Tränen. Bis sie dann eines Tages in ihren Volkswagen steigt und abhaut.

Sie landet in Santa Margherita. Dieser Typ lebt mittlerweile mit einer anderen Frau zusammen. Er schlägt ihr vor, bei ihnen einzuziehen. Sie ist zunächst einverstanden, weil sie an ein freundschaftliches Verhältnis glaubt, aber die beiden haben andere Sachen im Kopf. Du weißt, was ich meine, sagt sie zu mir.

Und dann erzählt sie, daß diese beiden den ganzen Tag nur rumhängen, saufen, Joints drehen, drücken, und ihr geht's wieder schlecht, doch zum Glück hat sie noch Dora. Sie findet eine Stelle als Kellnerin, aber ihr Chef ist ein geiles Schwein.

Und deine Familie, frag ich.

Tja, mit ihrer Familie sieht's so aus: Ihr Vater hat sich nach Kuba abgesetzt, als sie drei war, ihre Schwester ist mit ein paar verrückten Fixern von zu Hause abgehauen, und ihre Mutter ist Entwicklungshelferin in Kananga in Afrika.

Dann will die Deutsche wissen: Und du, nimmst du Drogen? Nee, hab ich nicht nötig, sag ich, ich bin von Natur aus durchgedreht. Ich lad sie noch auf 'ne Tasse Tee zu mir nach Hause ein, denn diese Deutsche ohne Heimat, ohne Familie und mit der roten Schleife im Haar ist mir sympathisch, und ich denk, die ist eine von uns.

Als wir bei mir reinkommen, pfeift sie laut voller Hochachtung durch die Zähne und meint, so 'ne schöne Wohnung und so sauber alles und fröhlich, und ich denk, Mamma mia, wo muß die bloß bis jetzt gelebt haben.

Dann sagt sie, wenn du Lust hast, können wir doch zusammen zu Abend essen, ich koche. Hast du was zu essen im Haus? Nein? Macht nichts, ich geh was einkaufen. Ich hab noch ein paar Traveller Checks übrig. – Ein Hoch auf Deutschland.

Als wir mit dem Essen fertig sind, wird sie plötzlich ganz betrübt und meint, wie furchtbar nach so einem schönen Tag wieder zu den Fixern zu müssen, und was mach ich also? Ich biet ihr an, bei mir zu schlafen.

Am Tag drauf ist die Geschichte mit dem Nightclub dran, und so gehen wir zusammen hin.

Dort geben sie uns als erstes unsere Arbeitskleidung. Ich sag zu Chris, hoffentlich kriegen wir keine Häschenkostüme. Häschen nicht, aber das hier: schwarzer Rock mit einem Schlitz hinten, der bis zum Hintern geht, weiße Bluse mit einem Ausschnitt vorn bis zum Bauchnabel. Dann meinen sie zu mir, daß meine Schuhe ja wohl ein Witz sind, und die Chefin gibt mir ihre Treterchen mit den hohen Absätzen. Dabei hab ich noch nie im Leben Absätze getragen. Dazu kommt die Schuhgröße von dieser Chefin, 36 nämlich, und ich hab 39 oder 40, je nachdem. Und dann meinen sie noch, daß ich meine Brille absetzen soll, weil wir hier doch nicht in der Schule wären.

Im Lokal ist es total dunkel, und außerdem verausgabt sich da eine Band auf der Bühne, mit Gitarre und unheimlich lauter Musik, die sich ab und zu in bunte Rauchwolken hüllt, die durchs ganze Lokal ziehen, genau wie bei den großen Konzerten. Ich mach alles falsch, was sich nur falsch machen läßt, weil ich überhaupt nichts seh, wegen meiner Kurzsichtigkeit und dem Rauch, und die Füße tun mir weh, und dauernd hab ich damit zu tun, meine Bluse zuzumachen, und darüber vergeß ich die Bestellungen oder verwechsel sie und daher: Gute Nacht. Christina ist dagegen unheimlich fix, und sie versucht mir auch zu helfen, aber als wir um fünf Uhr morgens das Lokal verlassen, bin ich unheimlich niedergeschlagen, und sie auch, und sie meint, daß wir uns eine andere Arbeit suchen sollten, denn die hier ist wirklich nichts für uns.

Die zweite Arbeit. Bei einer Immobilienagentur, für die wir als angebliche Häusersuchende durch die Gegend ziehen sollen, um so scheinheilig Informationen über leerstehende Häuser und ähnliches zu sammeln.

Der Chef bringt uns in ein Nobelviertel direkt am Meer, gibt uns seine Anweisungen und meint, daß er uns um eins abholen kommt. Na ja, ein bißchen ziehen wir auch so scheinheilig durch die Gegend und sammeln Informationen, aber bald stellt sich heraus, daß die Ladenbesitzer, denen wir die kostbaren

Informationen aus der Nase ziehen sollen, uns anmerken, daß wir nur erbärmliche Schwindler im Auftrag einer Immobilienagentur sind, und daher werden wir zunehmend unfreundlicher behandelt.

Also kaufen wir uns Pizzastücke und verbringen den Rest des Tages am Strand und lassen uns von der Sonne bescheinen. Als der Chef kommt, tischen wir ihm irgendeine Geschichte auf, die ich erfunden hab, aber als richtiger Chef läßt sich der Chef nicht für dumm verkaufen, und er beschimpft uns, daß er doch nicht doof ist und so weiter, und bringt uns noch nicht mal in die Stadt zurück.

Dritte Arbeit. Werbezettel verteilen für einen Verlag, der Kalender im Dialekt herausbringt. Der neue Chef teilt uns mit, daß wir fünf Lire für jeden verteilten Zettel bekommen. Ich nehm einen Packen Zettel in die Hand, der wer weiß wieviel Kilo wiegt, und wir überschlagen mal kurz, was uns als Verdienst erwartet, und kommen zu folgendem Ergebnis: Wenn wir den ganzen Tag wie die Wahnsinnigen rumlaufen und Blätter verteilen, kriegen wir am Abend gerade mal zwanzigtausend Lire raus. Wir schmeißen die ganzen Zettel in einen Abfallkübel und gehen in eine Konditorei, um mit Tee und Kuchen unsere wiedergewonnene Freiheit zu feiern, denn wir haben ja immer noch diese Traveller Checks.

Christina hat die geniale Idee, eine andere Arbeit zu suchen, ich bin aber eher mutlos. Wir schreiben uns bei der Babysitter-Vermittlung Mary Poppins ein, über die wir ab und zu einen Armleuchter finden, der eine Babysitterin braucht.

Christinas zweite geniale Idee: Sie verkauft ihr Auto, da wir bald sowieso kein Geld mehr für Benzin haben.

Dritte Idee: Wenn wir die Kosten für Miete und Essen teilen, können wir wie die feinen Damen leben. Abgemacht.

Als Babysitterin lande ich bei einer geschiedenen Bildhauerin mit dreijährigem Söhnchen, die in einem Reichenviertel wohnt und mich Samstagabends braucht, manchmal auch an anderen Abenden und auch sonstmal. Das Schöne beim Baby-sitten: Es gibt immer einen Kühlschrank leerzuräumen.

Christina hat's nicht ganz so gut getroffen. Sie muß zu verschiedenen Familien mit einer Oma, die immer da ist und unbestechlich jede Handbewegung der Babysitterin über-wacht. Kühlschrank-Plündern fällt also flach.

Mit der Deutschen Christina verbringe ich den Winter. Ein Winter mit einer Schweinekälte. Feuchte Wohnung, keine Heizung, an der man sparen könnte, Bohème auf höchstem Niveau. Und dann lange Wanderungen in den Hügeln, damit uns warm wird.

Eines Abends im Frühling dann das denkwürdige Fest im Studio von meinem Freund Ivano. Christina sieht ihn und ist sofort wahnsinnig verliebt.

Ein sehr schöner Mann, dein Freund Ivano, meint sie, erin-nert mich ein bißchen an den Kalabresen.

Ivano, der geborene Single, der allen verliebten Frauen aus dem Weg geht.

Sie stellt ihm nach, und er flüchtet. Ein Jahr geht das so. Und laufend fragt mich Christina: Erzähl, was dein Freund Ivano für einen Charakter hat –, denn Christina ist auch eine große Expertin in Psychologie. Und ich sag, ich glaub, Ivano ist ein geborener Einzelgänger, der keine engen Bindungen erträgt.

Aber Christina bleibt hartnäckig: Erzähl mir, wie er sich anderen Frauen gegenüber verhält. Und ich erzähl, daß er dauernd wegläuft und auf der Flucht ist wie ein Dieb, der seine Freiheit liebt.

Doch ein bißchen schnappt sie sich ihn, aber danach sucht er um so schneller wieder das Weite. Also setzt Christina ihren superteuflischen, ausgekochten Plan in die Tat um, der darin besteht, daß nun sie vor ihm wegläuft. Ich denk, das darf doch nicht wahr sein, als mich mein ex-freiheitsliebender Freund

Ivano am Telefon verzweifelt fragt, wo meine deutsche Freundin steckt.

Und ich sag – wie meiner deutschen Freundin feierlich versprochen –, daß ich keine Ahnung hab, vielleicht ist sie wieder nach Kalabrien oder nach Deutschland, oder sie hat sich in einen anderen verliebt, wer weiß. Was folgt, sind wüste Beschimpfungen von diesem ex-freiheitsliebenden Freund Ivano. Nachdem sie ihn lange genug hat leiden lassen, ruft sie ihn an, und dann zieht sie zu ihm in sein Studio mit der Hündin Dora, und schließlich wird sie schwanger. In Ivano kommen die alten Single-Gefühle wieder hoch, und er fühlt seine Freiheit bedroht durch das Kind.

Große Tragödien. Christina verläßt ihn. Mich hält sie auf dem laufenden, wo sie ist, jedoch unter schlimmsten Drohungen für den Fall, daß ich Ivano was sage.

Natürlich sag ich Ivano nichts, doch dann sag ich was, und er fährt hin und holt sie zurück – und sie lebten glücklich und zufrieden...

Danach ist Christina nach Deutschland, um das Kind zur Welt zu bringen, weil sie zu italienischen Krankenhäusern kein Vertrauen hat.

12 Zwölftes Kapitel, in dem ich wieder von der Zeit des Wartens erzähle und mit den Ideen einer spanischen Malerin Bekanntschaft mache.

Ich warte immer noch auf den verlogenen Schuft. Am Morgen wach ich sehr früh auf und bin gleich total sauer, aber immer noch besser sauer als deprimiert, denk ich mir. Ich geh in die Küche rüber, und als ich zur Decke hochschaue, was seh ich, von der Decke tropft's runter. Dieses Haus muß mit Wasser auf besonders schlechtem Fuß stehen. Ich bin schon dabei, die Hausbesitzerin anzurufen, aber dann fällt mir ein, daß die vielleicht auf die Idee kommen könnte, ihre Miete zu verlangen, und so belaß ich's lieber bei der tropfenden Decke. Dann geh ich einkaufen, und als ich bei der Bar von Armando vorbeikomme, denk ich, vielleicht triffst du hier ja irgendeinen Freund, bei dem du ein bißchen besser drauf kommst und der dich ablenkt, damit du nicht mehr an den verlogenen Schuft denkst, der nicht zurückkommt. Ich treff Daniel, der einen heiteren Eindruck zu machen versucht, aber man sieht ihm schon kilometerweit an, daß er unheimlich deprimiert ist. Dann treff ich Sandra, die wenigstens natürlich deprimiert ist und nicht so tut, als wenn sie fröhlich wäre. Ich trink ein Glas, und dann mach ich, daß ich fortkomme, und ich verfluch die Stadt und die Welt, und wenn wir schon mal dabei sind, das ganze Universum.

Zu Hause versuch ich mir einen tiefgefrorenen Hechtdorsch zu braten, den ich mir gekauft hab, aber dann fällt mir ein, daß ich keine Ahnung hab, wie. Ich versuch's einfach folgendermaßen: Ich mach Öl in der Pfanne heiß und schmeiß Knoblauch rein, der sofort anbrennt, und im Haus verbreitet sich ein Gestank, daß einem das Kotzen kommt. Dann schmeiß ich den Fisch dazu, daß es nur so zischt und spritzt. Ich verzichte aufs

Essen, denn der Appetit ist mir gründlich vergangen. Und ich sag zu mir, meine Liebe, übler kann man nun wirklich nicht mehr drauf kommen, es wird Zeit, was zu tun.

Ich verlaß also die Wohnung und geh in die Gasse hinter meiner und pfeif und ruf, GIO-VA-AAAAA'...

Sie kommt ans Fenster und sagt: Was ist denn los, zum Teufel?!

Und ich sag: Kommst du mit ans Meer?

Und sie: Welches Meer?

Ich: Los, komm... Also wenn du noch nicht mal im Sommer ans Meer willst...

Darauf sie: Ich zieh mir nur meine Schlappen an, dann komm ich, aber ich sag's dir gleich, ich werd kein gutes Bild abgeben am Strand, ich bin fett und nicht enthaart.

Sie kommt runter, und während wir zum Bahnhof gehen, betrachtet sie sich ihre Beine und meint, ich muß abnehmen. Lieber Himmel, bin ich fett, ich muß unbedingt abnehmen. Na ja, Giovanna wiegt vielleicht fünfzig Kilo, wenn überhaupt, und ist ungefähr einen Meter siebzig groß. Wir nehmen den Zug, und ich sehe, daß jetzt einzelne Wolken am Himmel aufziehen. Als wir am Strand ankommen, hat es sich total zugezogen. Wir ziehen uns aus, und Giovanna meint, verfluchte Scheiße, warum ziehen wir uns eigentlich aus? Während sie das sagt, geht plötzlich ein Mordsgewitter los, und wir laufen so schnell es geht zu einer Bar, und dabei rutsch ich auf den glitschigen Felsen aus. Mit einem mächtigen Rums fall ich auf meinen Arsch und kann mich nicht mehr bewegen.

Au, au, Giova', ich bin gelähmt, lieber Himmel, Giovanna, jetzt bin ich auch noch gelähmt. Es dauert aber nicht lange, bis ich merke, daß ich nicht gelähmt bin, nur ein Wahnsinnsschmerz am Arsch und im Rücken. Und Giovanna kommt aus dem Lachen gar nicht mehr raus und meint, ach du großer Gott, bist du ein Tolpatsch, aber wirklich nicht zu knapp.

So ist sie immer, meine Freundin Giovanna, nichts als Hohn und Stänkereien. Nie ein tröstendes Wort. Ich schlepp mich hinkend zur Bar auf der kleinen Piazza Camogli, mein Hintern tut mir höllisch weh, und ich bin total durchnäßt. Jetzt fällt mir ein, daß mir das I Ging geweissagt hat, daß es ein Vorzeichen sublimen Glücks ist – wie es da heißt –, wenn mich in diesen Tagen ein Regenschauer überrascht.

Was ich dazu denke, werd ich euch in einem offenen Satz sagen: Das sublime Glück kann mich mal!

Ich sag zu Giovanna, das verdammte Schicksal hat's auf mich abgesehen. Ich spür das, im Ernst, wenn einer das Pech an den Fingern klebt, spürt sie das.

Sie gibt mir in ihrer typischen Art einen Klaps auf meine armen, schmerzenden Arschbacken und meint, red keinen Scheiß. Ich hab jetzt keinen Bock, mir diesen Scheiß anzuhören.

Also gut.

Sie ruft laut nach dem Kellner und bestellt einen Grapefruitsaft, aber ohne Zucker, ohne Eis und ohne Wasser. Sie erklärt mir, daß sie gerade mit der Diät eines befreundeten nordafrikanischen Homöopathen angefangen hat.

Und was trinkst du?

Für mich einen Gin Tonic.

Giovanna verzieht angeekelt das Gesicht und bestellt auch für mich. Dann gibt sie mir wieder einen Klaps, diesmal auf den Schenkel, und meint, nun mal los, erzähl mir alles, was du mir zu erzählen hast.

Ich bin nicht besonders scharf drauf zu erzählen, weil ich nicht wieder diesen Riesenknoten in der Magengegend kriegen will. Aber dann raff ich mich doch dazu auf.

Ich erzähl die ganze Geschichte von Anfang an, weil wir uns, seit sie aus Afrika zurück ist, noch gar nicht so richtig alles erzählt haben, und ich leg voll los und laß nichts aus, auch nicht Fabrizio del Dongo und die »Sturmhöhen«. Und Giovanna freut sich. Denn sie meint, daß sich das nach einer wirklichen Liebesgeschichte anhört, einer wunderschönen Liebesgeschichte, und daß er vielleicht ein verlogener Schuft ist, aber auf alle Fälle was von einem richtigen Mann hat. Sie sagt: Endlich ein Mann. Endlich vergeudest du deine Zeit nicht mehr mit einem Mozzarella.

Sie schlägt mir noch mal kräftig auf die Schultern und meint, Kopf hoch, ich spür, daß bessere Zeiten auf dich warten, im Ernst, ich spür das.

Das passiert Giovanna öfter, daß sie spürt, daß bessere Zeiten kommen.

Während wir zum Bahnhof zurückgehen, merke ich, wie sie meine Haare mustert, und ich hoffe, daß sie jetzt nicht wieder mit ihren Stänkereien anfängt. Doch leider tut sie's.

Du, kann ich dir mal was sagen?, meint sie. Also mit deinen Haaren mußt du unbedingt was machen. Gütige Madonna, tu mir den Gefallen, mach was damit.

Ich fahr mir daraufhin leicht durch die Haare und sag ganz schüchtern zu meiner stänkernden Freundin, ja ... ich müßte vielleicht zum Fris ... Aber sie läßt sich nicht beirren und meckert weiter, ohne mir zuzuhören: Verstehst du nicht, ein schlampiger Stil ist eine Sache, wirklich schlampig zu sein eine andere.

Und ich kann nur sagen, ja, klar.

Aber sie ist nicht zu stoppen: Ganz schön schlimm, wenn man nicht nur schlampig rumläuft, sondern auch 'ne Schlampe ist! Oder was meinst du?

Giovanna hat schon immer diese nervende Unart gehabt, alles an mir zu kritisieren, nie ist was in Ordnung für sie.

Also sag ich zu ihr, immer hast du was an mir rumzumeckern. Du bist schon wie meine Mutter.

Ist doch gar nicht wahr, meint sie, ist mir eben halt aufgefallen an dir, stimmt doch gar nicht, daß ich nie was gut an dir finde. Ich meine nur, daß du dich nicht richtig pflegst, und du hättest es schon nötig, mehr auf dich zu achten, einfach um mehr her zu machen.

Ich sag gar nichts mehr. Dann meint sie, und außerdem find ich oft genug Vorzüge an dir, Sachen, die ich nicht habe. Was denn zum Beispiel?, frag ich, begierig ein paar Komplimente zu hören. Aber sie zuckt nur mit den Achseln und meint, ach laß doch, du weißt ja, daß ich so ein Gesülze nicht über die Lippen krieg... ich bin halt eher kritisch eingestellt. Zum Beispiel kann ich einfach nicht sagen, »meine Freundin«. Wenn ich an dich denke, denk ich nicht an meine Freundin...

Ach nein, sag ich.

Nein, denn irgendwie sind wir doch eher wie Schwestern. Dann lacht sie laut los und meint, na gut, willst du ein Kompliment hören? Deine Titten, zum Beispiel.

Ich sag, gerade die waren immer mein Problem. Als ich elf war, hätt ich alles getan, um sie wieder wegzukriegen. Ich hab mir total enge Büstenhalter angezogen, um sie zu verstecken...

Und dann?, fragt sie.

Ja, dann hab ich verstanden, daß nichts dran zu ändern war, daß ich sie wohl oder übel behalten mußte.

So Probleme hab ich nie gehabt, meint sie, das heißt, ich hab nie richtige Titten gehabt.

Und ich hätte dem Teufel meine Seele vermacht, um wieder ganz flachbrüstig zu werden. Du kannst dir gar nicht vorstellen, wie ich alle Flachbrüstigen beneidet hab.

Während wir zu ihr hochgehen, erzählt sie von ihrer Afrikareise zu den Dogon in Mali, in die sie sich unsterblich verliebt hat. Sie meint, komm, ich lad dich zum Abendessen ein und laber dir ein bißchen den Kopf voll.

Beim Abendessen halten wir uns an die Diät des nordafrikanischen Homöopathen, aber im Grunde essen wir genau das, was wir auch sonst immer essen aufgrund unseres verfluchten ärmlichen Lebens, das heißt: Reis mit verschiedenen Gemüsen, Bohnen, Zucchini, Möhren, Zwiebeln. Sie trinkt Leitungswasser, und für mich Alkoholikerin findet sie im Kühlschrank noch eine Flasche Weißwein, die schon wer weiß wie lange offen ist. Nach dem Essen setzen wir uns auf die kleine Terrasse, und die kühle Luft, die zu uns rauf weht, ist total angenehm.

Dann meint sie: Komm, wir machen das Radio an, um die Zeit bringen sie immer Interviews mit irgendwelchen Hosenscheißern.

Mit was für Hosenscheißern?, sag ich

Na ja, mit phantasielosen weißen westlichen Künstlern eben.

Und warum willst du dir das anhören?

Sie zuckt mit den Achseln.

Heute abend ist der phantasielose weiße westliche Künstler eine Künstlerin, eine spanische Malerin. Ich kenn sie zwar nicht, aber ich hab gelesen, daß sie große, von Toreros getötete Stiere malt.

Wir machen also das Radio an und hören dieser Malerin zu, die meint: Ich identifiziere mich mit den Stieren, weil sie genau wie ich eine Menge Vitalität und Energie in ihre Sache legen, und dann werden sie regelmäßig niedergemacht. Und weiter: Ich versuche mir eine Sphäre des Zaubers zu schaffen, aber sie hat nie Bestand, jedesmal folgt danach wieder die Ernüchterung.

Dann fragt die Interviewerin: Und was, Signora, führt bei Ihnen zur Ernüchterung? Was ist das?

Und ich denk, hören wir mal, was sie sagt.

Und die Malerin erklärt: Die Liebe zum Beispiel, die Liebe vernichtet den Zauber. Und ich sag: Sieh mal an, die spanische Malerin hat also auch Pech in der Liebe. Giovanna sagt, schscht... halt doch mal die Klappe.

Aber dann fügt die Malerin noch hinzu, daß sie glücklich ist mit ihrer Malerei und daß sie damit den Zauber wieder erlebt. Auch mit ihren Freunden sei sie glücklich, sagt sie, und sogar mit ihren Kindern, von denen sie drei hat. Und ich sag zu Giovanna, ich kann nicht malen, Kinder hab ich keine, und zur Zeit bringen mich auch meine Freunde runter. Also bin ich ernüchterter und unglücklicher als diese spanische Malerin. Giovanna macht mir mit der Hand ein Zeichen und meint, sei doch mal ruhig.

Als letztes sagt die spanische Malerin noch, daß Frauen auf jeden Fall über eine große Vitalität verfügen, daß sie, egal, was passiert, diese besondere Kraft in sich haben.

An diesem Punkt bin ich bedient. Ich verabschiede mich von Giovanna und geh in meine kleine Wohnung rüber, wobei ich zu mir selbst sag, daß ich mich, als Frau, eigentlich schon ein bißchen vitaler fühlen müßte – wenn die spanische Malerin recht hat jedenfalls.

Wie ein Stein fall ich ins Bett und schlaf ein.

Am anderen Morgen wach ich um elf auf, weil sich das Scheiß-Telefon endlich dazu entschlossen hat zu klingeln.

13 *Kapitel mit Entzauberung.*

Er ist's tatsächlich, der verlogene Schuft. Aber als ich seine wunderschöne futuristische Stimme höre, vergeß ich augenblicklich meine Traurigkeit und auch das Gift, das ich im Körper hab, und was mach ich? Ich leg eine ganz ruhige, zufriedene Stimme auf, denn ich will immer noch nicht, daß er meint, daß ich eins von diesen nervenden anhänglichen Klettenweibchen bin, die dauernd große Szenen machen, o nein. Der verlogene Futurist ist wie gewöhnlich sehr höflich und nett und fragt mich, wie es mir geht. Mir geht's saubeschissen, und auf einmal kann ich nicht mehr anders und sag ihm das auch, und ich verlier total die Kontrolle über mich und mach ihm eine Szene wie ein richtiges nervendes anhängliches Klettenweibchen.

Und er, der Schuft, wartet, bis ich mich ausgetobt hab, und ich beruhig mich einigermaßen und sag, na ja, jetzt bist du ja wieder da, wann fahren wir denn los in die Ferien? Er erklärt mir, daß er eigentlich gar nicht so richtig wieder da ist und daß er mich genaugenommen aus London anruft.

Ich bin immer mehr von den Socken, um es mit den Worten meiner Freundin Giovanna zu sagen. Daher ein langes Schweigen am anderen Ende der Leitung.

Und was um alles in der Welt machst du noch in London? Seiner Frau geht's noch nicht besser, sagt er, und er kann sie so nicht allein lassen, nach diesen immerhin fünfzehn Jahren und so weiter – und außerdem vergiß nicht, sie ist meine Galeristin.

Ich fang also an, ihm zu drohen, und ich schwör's euch, meine Lieben, wenn ich mich aufs Drohen verleg, bin ich wirklich fürchterlich. Also gut, mein lieber Schuft von einem

Futuristen, droh ich ihm, wenn das so ist, fahr ich eben allein, oder noch besser, ich fahr, mit wem's mir paßt, an Einladungen hab ich keinen Mangel, lieber Schuft. Und wenn du glaubst, ich wart auf dich, hast du dich gewaltig geschnitten.

Natürlich erhoff ich mir von meinen Drohungen, daß der Schuft sofort klein beigibt. Aber der meint nur, du hast ganz recht, fahr los und warte nicht auf mich. Dann sagt er noch, daß es ihm wirklich leid tut, aber daß es schon mal vorkommen kann, daß was dazwischen kommt. Und daß er hofft, daß ich mich amüsier in den Ferien und daß wir uns danach wiedersehen, und zum Schluß meint er noch, daß wir doch noch das ganze Leben vor uns haben.

Scheiß-Leben, sag ich und knall den Hörer auf die Gabel, wütend, aber auch stolz, daß ich das eben gesagt hab: Scheiß-Leben. Nach dem futuristischen Telefongespräch bleib ich einfach so sitzen in meinem abgeschabten Sessel und starr die Wand an, mindestens zehn Minuten lang. Dabei denk ich überhaupt nichts, absolut leer. Nach diesen zehn Minuten erhol ich mich etwas, und ein untrügliches Zeichen der Erholung ist es, daß ich wie wild zu fluchen anfange, noch mal mindestens zehn Minuten lang. Nach den Flüchen bin ich wieder still, und ich fühl mich ganz genau so: allein, verloren, total verlassen, die unglücklichste Kreatur auf der ganzen Welt.

Aber dann geh ich auf die Straße und wander einfach drauf los, ein gutes Zeichen der Besserung und das beste Mittel gegen den Riesenknoten in der Magengegend. Ich lauf die ganze Umgehungsstraße ab, wie eine richtige Marathonläuferin. Und dabei schwör ich mir: Ich werd mein beschissenes Leben ändern. Jetzt geht's andersrum. Und dann: Ich warte nicht mehr auf den Mistkerl; von wegen, das ganze Leben noch vor uns, ich muß mein Leben wieder genießen, so richtig genießen.

ICH FAHR INS AUSLAND.

Und dann denk ich noch: Schön und gut, ins Ausland, aber wohin? Und das Geld?

In dem Moment fällt mir die spanische Malerin ein, und ich sag zu mir, Leute, ich grüß euch, ich hau ab, ich fahr nach Spanien. Und mit dem Geld mach ich's wie sonst auch, ich leih mir was von irgendwem, und danach sehen wir weiter. Ich geh also zum Bahnhof und frag, wieviel eine Fahrkarte nach Spanien kostet. Spanien ist groß, meint die Frau hinter dem Schalter. Ich sag, nicht so weit weg in Spanien, ich hab nicht so viel Geld. Und sie meint, die Fahrt nach Barcelona kostet zum Beispiel hundertsechzigtausend Lire, ist das in Ordnung oder hast du nicht genug Geld? Natürlich hab ich genug, blöde Tussi.

Ich verlaß den Bahnhof und häng mich sofort ans Telefon.

Pronto, sagt Tasca.

Pronto, liebster Freund, sag ich.

Was ist denn jetzt schon wieder los?, fragt er.

Willst du einer alten Freundin das Leben retten?

Werd deutlicher, was willst du?

Kannst du mir ein bißchen Geld leihen, damit ich eine Reise machen kann, wie früher die jungen Damen aus feinem Haus, die auf ihren Reisen die verlogenen, schweinischen Bastarde vergessen wollten, die sie verführt und dann wie blöde Gänse sitzen gelassen haben.

Und er meint, warum kommst du nicht vorbei und erzählst mir alles?

Ich komm vorbei, aber du mußt mir auch das Geld geben.

Ich hab gerade genug zusammen, um mein Motorrad reparieren zu lassen.

Ach komm, besser ein kaputtes Motorrad als eine tote Freundin, oder?

Okay, meint er.

14 *Jetzt kommt die Geschichte meiner*
Freundschaft mit Sergio Tasca.

Ich fahr also los nach Cossano zu meinem Freund Tasca. Ich
muß sagen, daß ich immer wie verwandelt bin, sobald ich im
Zug sitz. Ich laß meinen Blick über die berühmten Hügel von
Monferrato wandern, zünd mir 'ne Zigarette an und sitz einfach ganz friedlich da, ohne an den Schuft zu denken. Als ich
am Bahnhof von Nizza Monferrato ankomme, wartet Tasca
schon auf dem Bahnsteig auf mich; er hat das himmelblaue
Sweat-Shirt an, das ich ihm in der Nobel-Boutique Bord geklaut hab, und er umarmt mich, und dann ziehen wir die alten
Sturzhelme auf, um auf dem kaputten Motorrad zu ihm nach
Hause zu fahren.

Dort macht er Essen für mich, Ravioli, Reissalat, Hühnchen
und ein Tiramisù, das so gut ist, daß man ihn heiraten müßte,
diesen Tasca, wegen seinem Tiramisù. Also zuerst mal erklär
ich ihm meinen Plan, in Ferien zu fahren und mir's mal so
richtig gut gehen zu lassen, und er leiht mir auch tatsächlich das
Geld dafür, und so können wir uns dann in aller Ruhe daran
machen, uns unsere Geschichten zu erzählen. Mit Tasca war es
schon immer so, daß wir uns haarklein unsere ganzen Abenteuer erzählen.

Jetzt muß ich euch noch sagen, wie das mit der Freundschaft
mit Sergio Tasca angefangen hat. Kennengelernt hab ich ihn vor
ein paar Jahren bei Armando in der Bar, und da hab ich ihm
auch gleich von dem Liebeskummer erzählt, den ich damals
hatte, und er hat sich unheimlich amüsiert, ach ja, jetzt erinner
ich mich, der Liebeskummer, das war wegen der Geschichte
mit Loredana, eine Geschichte mit ziemlich viel Sex. Und die

ging so: Also zuerst kommt diese Loredana ständig bei mir vorbei, weil sie bei mir Trost sucht wegen ihrem Freund, der sie verlassen hat. Ich schlag ihr dann vor, nach Venedig zu Freunden zu fahren, damit sie da ihre Enttäuschung vergessen kann, ja, und dann in Venedig erleben wir zusammen eine richtige Liebesgeschichte, zu der vor allem eine Menge Sex gehört. Als wir zurückkommen, hat sich's ihr Freund anders überlegt, er kann ohne sie nicht leben, hat er gemerkt, und so weiter. Sie sind dann also wieder zusammen, und dieser Freund kommt bei mir vorbei und meint, daß er mich nur nicht zusammenschlägt, weil ich eine Frau bin. Ganz schön eifersüchtig, dieser Freund von Loredana.

Und diese Geschichte erzähl ich Tasca an jenem Novembertag in der Bar, und er meint sofort, daß auch er Abenteuern mit Männern und viel Sex absolut nicht abgeneigt ist.

Und Frauen?, will ich wissen.

Frauen, Männer..., sagt er.

Dann bittet er mich, nicht direkt überall herumzuposaunen, was er gerade gesagt hat, denn im Unterschied zu mir sei ihm sehr an Zurückhaltung gelegen. Er meint, daß er bei mir eine Ausnahme gemacht hat, weil ich ihm sofort sympathisch war, und deswegen reden wir jetzt auch einfach drauf los.

Er sagt, eine Zeitlang hab ich nur überlegt, bin ich nun homosexuell oder heterosexuell? Was bin ich eigentlich?

Doch dann wird ihm klar, daß es seine Natur ist, den Sex zu genießen, mit Männern und mit Frauen.

Verliebst du dich denn richtig in Männer?, frag ich.

Ja.

Und in Frauen?

Klar, auch in Frauen.

Und du? Mir geht's genauso, sag ich, aber große tragische Leidenschaft gibt's bei mir nur bei Männern. Ah ja, sagt er und lacht dann wieder.

Ich frag ihn, welches Sternzeichen er ist, und dabei hab ich schon einen Verdacht.

Waage, meint er.

Ihr könnt euch vorstellen, sofort enge Freundschaft wie zwei Geschwister. Und diese Freundschaft hält auch ohne Schwierigkeiten, bis er mir eines Tages anvertraut, daß er Feuer gefangen hat, und zwar ganz leidenschaftlich, für einen gemeinsamen Freund, der aber Jungfrau ist als Sternzeichen, also nicht besonders zu einer Waage paßt, und darüber hinaus ist er auch sonst Jungfrau und außerdem Philosoph mit einer großen wahnsinnigen Leidenschaft für den Denker Kant. Tasca meint, daß ihm von dem Philosophen schon soviel klar ist, daß er überhaupt kein Interesse an Sex hat, weder mit Männern noch mit Frauen, nur Kant interessiert ihn. Aber Frauen schaut er wenigstens an, und vielleicht gefallen sie ihm ja auch. Also schlägt Sergio folgendes vor: Wir essen zusammen zu Abend, alle drei zusammen, Abendessen, und dann machst du den Vorschlag, daß wir ins Bett gehen, und zwar alle drei zusammen.

Ich sag: Mensch Tasca, du hast sie wohl nicht mehr alle, so Sachen mach ich nicht, dazu bin ich zu konservativ.

Und er sagt: Okay, versteh ich, aber jetzt hab ich ihn schon eingeladen, kommst du trotzdem zum Abendessen? Und ob ich komme.

Und wie geht die Geschichte weiter? Na ja, dieser Philosoph ist an dem Abend nicht wiederzuerkennen, wir erzählen uns eine Menge interessanter Sachen, und er säuft sich auch einen an, obwohl er eigentlich abstinent ist, und er erklärt mir seine Beobachtungen über das Gefühl des Schönen und Sublimen und die Voraussetzungen zu jeder künftigen Metaphysik, und dann hört er auf zu erklären, und schließlich lieben wir uns, ich und dieser jetzt nicht mehr jungfräuliche Kant-besessene Philosoph. Tasca zieht stinksauer Leine.

Als ich ihn das nächste Mal sehe, meint er, daß das ein

schlimmer Verrat war an unserer brüderlichen Freundschaft und daß er mich gemeine Verräterin nie mehr wiedersehen will. Ich versuch ihm zu erklären, daß er keine Chance gehabt hätte bei diesem Philosophen mit seinen hochmoralischen Reden. Aber es nützt nichts. Über ein halbes Jahr lang spricht er kein Wort mehr mit mir.

Eines Morgens treff ich ihn wieder in der Bar von Armando, und er gibt mir einen aus, und dabei hat er ein Grinsen drauf, das sich von einem Ohr zum andern zieht, und ich frag ihn, was er angestellt hat, und er erklärt mir ganz glücklich, daß er nicht mehr sauer auf mich ist, weil der ex-jungfräuliche Philosoph jetzt keine hochmoralischen Reden mehr hält und eingewilligt hat, mit ihm ins Bett zu gehen. Genaugenommen, verbessert sich Tasca dann, hält er immer noch hochmoralische Reden, aber eingewilligt hat er trotzdem. Na gut, ich freu mich natürlich, und ab da sind wir wieder brüderliche Freunde.

Und jetzt erzähl ich ihm also von dem Schuft. Er amüsiert sich königlich bei meiner Erzählung, ich hingegen, wie gewöhnlich, nicht so besonders.

Später kommt ein Typ vorbei, den Tasca im Schwimmbad kennengelernt hat. Muskelbepackt, gesundheitsstrotzend, tiefbraungebrannt, und da muß ich sofort an Big Jim denken, den Freund der schrecklichen Barbie-Puppe. Er hat einen venezianischen Akzent und erklärt jetzt, daß er Kurse für Manager und alle möglichen anderen Aufsteiger leitet, so im amerikanischen Stil. Und wozu sollen die gut sein, die Kurse? frag ich.

In diesen Kursen werden Selbstvertrauen, Durchsetzungskraft und Willensstärke der Teilnehmer verbessert.

Und er erklärt weiter: Psychologie im Sinne von Leute heilen, denen es schlecht geht, interessiert uns überhaupt nicht. Um Himmels willen. Wenn zum Beispiel Leute mit Alkoholproblemen zu uns kommen, oder Drogenabhängige oder Neurotiker, die schicken wir gleich wieder weg. Wir, wertes Fräulein, sind für Menschen da, denen es gut geht und denen es noch besser gehen soll. Die interessieren uns. Leute, denen an Karriere, Erfolg, Geld und ähnlichem liegt.

Der ist total bescheuert, einer von der oberflächlichen Sorte, meint Tasca zu mir. Und dieser Bademeister-Typ schüttelt mir jetzt so fest die Hand, daß ich das Gefühl hab, er reißt sie mir ab, und ich denk, das muß eine der Regeln aus seinem Kurs sein, um Durchsetzungskraft, Selbstvertrauen und Willensstärke zu vermitteln, aber mir vermittelt er damit nur die unbändige Lust, ihm in die Fresse zu schlagen.

Sergio hat sich wohl an den Typ rangemacht, weil er unheimlich Lust auf Sex mit ihm hatte, aber jetzt meint er ganz leise zu mir, daß ihm die Lust vergangen ist und daß alles seine Grenzen hat, sogar seine Lust auf Sex, die eigentlich nicht zu bändigen ist, nur diesmal schon.

Ich sage: Legen wir »Don Giovanni« auf?

Währenddessen hat dieser Blödmann auch noch Prospekte von seinem Kurs hervorgekramt.

Sergio gießt ihm ein Glas Wein ein, und ich merk, daß er ihn irgendwie so schnell wie möglich los werden will. Und der Hirni sagt zu allem laufend: Schön! Wunderschön, wirklich wunderschön! Ja, sehr gut, ja! Wirklich sehr, sehr gut, ja! Tasca und ich werfen uns vielsagende Blicke zu und fangen an zu lachen. Und der Blödmann fragt mich, finden Sie ihn nicht auch sehr gut, diesen Wein, mein Fräulein?

Ich antworte, für mich ist alles sehr gut, wo nur genug Alkohol drin ist.

Er wackelt ein bißchen mit seinem Dummkopf und beißt sich leicht verlegen auf die Lippen.

Dann fragt er mich noch mal: Und womit beschäftigen Sie sich, mein Fräulein?

Ich sag ihm, daß ich mein Leben in vollen Zügen genieße und daß ich den ganzen Tag keinen Finger krumm mache und daß ich am liebsten einfach nur so rumhänge, zum Beispiel in der Sonne liege und ordentlich was trinke.

Tasca unterbricht mich und meint, daß ich ruhig die Wahrheit sagen soll, daß ich eine berühmte Terroristin bin und daß ich mich bei ihm im Haus verstecke. Und daß er ihm das alles aber nur erzählt, weil er weiß, daß er sehr intelligent ist, und daß er ihm daher vertraut. Dann erzählt er noch, daß meine Mutter eine berühmte Nazi-Jägerin ist, daß ich also aus einer traditionsreichen Familie komme.

Ich schwör's euch, wenn Tasca und ich richtig loslegen, fallen uns die bescheuertsten Sachen ein. Ich denk mir, daß der Blödmann doch nicht so blöd sein kann, das alles zu glauben. Aber er glaubt's.

Er ist jetzt ein bißchen eingeschüchtert, schlägt die Augen nieder auf die gläserne Tischplatte und sagt, ach so, ich verstehe.

Na wenigstens sind wir ihn schnell los.

Als er weg ist, machen wir uns immer noch weiter lustig über ihn. Während dem Essen geht es dauernd: Sehr gut, ja! Sehr schön, ja! Finden Sie das nicht auch sehr gut, mein Fräulein? Der Rotwein, den Tascas Vater selbst macht, ist dickflüssig wie Pudding und steigt mir sofort in den Kopf. Wir drücken uns noch etwas Tiramisù rein und werfen uns dann in die Liegestühle draußen auf der Terrasse.

Ich lieg also da in meinem Liegestuhl und betrachte mir diese Piemonteser Landschaft, und dabei muß ich auch an Pavese, den Schriftsteller, denken, und ich frag Tasca, könntest du dich umbringen? Er meint, nein, weil er sein Leben genießen und niemals sterben will. Dann sagt er, daß er folgende Pläne für die Zukunft hat: zehn Kilo zuzunehmen, viel Sport zu machen und sich Kontaktlinsen zu beschaffen.

Warum?, frag ich.

Weil jeder, der mich sieht, zuerst denken soll, Mensch, der sieht aber gut aus, ob das ein berühmter Schriftsteller ist, vielleicht ein Pornodarsteller? Und danach erst soll er erfahren, daß ich nebenbei auch noch ein großes Genie bin.

Also dieser Tasca, ich kann euch sagen, hat echt was an der Birne, aber ist ja vielleicht normal bei Waagen.

Und du?, fragt er mich.

Was ich?

Was sollen die Leute von dir denken, wenn sie dich sehen?

Und ich erklär ihm, was ich mir wünsche, das die Leute von mir denken sollen, nämlich daß ich diesen großen tragischen Zug in meinem Leben hab. Und folglich auch in der Liebe, wahrscheinlich wegen der Venus im Skorpion.

Sergio gehört auch zu denen, die meine Betrachtungen über die Sternzeichen nicht gut hören können.

Ach Quatsch, die Venus, meint er, ich weiß, was mit dir los ist, dich haben die Nonnen von klein auf verdorben, genau das ist es.

Er springt auf und verschwindet im Haus und kommt dann mit den *Fratelli d'Italia* von Arbasino zurück, seinem Lieblingsschriftsteller, weil das auch einer ist, der im Leben nur Genuß sucht. Er fängt an, mir den Beginn des vierten Kapitels vorzulesen, wo dieser Arbasino was über die katholische Erziehung in Italien schreibt. Dann erzählt mir Tasca von seiner Jugend als Selbstmordkandidat. Er meint, wenn er doch wenigstens so ein Melancholiker wie zum Beispiel der junge Leopardi gewesen wäre, der aus seinem Unglück eine große kulturelle Leistung entwickelt hat. Aber nein. Tasca, mein brüderlicher Freund, gesteht mir, daß er keine Ahnung hat, wie er sich damals als Jugendlicher so die Zeit vertrieben hat, und daß er nur noch weiß, daß er immer traurig war.

Mittlerweile knallt die Sonne ganz schön auf die Terrasse, und wir gehen rein und ich leg mich aufs Sofa, immer noch ganz träge und benebelt vom Tiramisù und vom Rotwein, und Tasca setzt sich zu mir und beginnt mich zu streicheln und gibt mir einen Kuß auf den Hals.

Und ich sag zu ihm, hör mal Tasca, du hast doch wohl keine schweinischen Sachen im Kopf?

Und ob ich schweinische Sachen im Kopf hab, antwortet er. Oh nee. Du bist doch viel zu jung für mich. Und dann . . ., sieh dich doch mal an, nicht mal eine Andeutung von Bauch.

15 *Jetzt schau ich noch bei meinem Vater vorbei.*

Geduldet euch noch ein bißchen bis zu meiner Abreise. Vorher hab ich nämlich noch was zu erledigen, und zwar will ich mich von meinem Vater verabschieden, nur von ihm, wie es sich für eine ordentliche Ödipustochter gehört. Mein Vater ist zweiundsechzig und leicht wie eine Feder und, vielleicht auch deshalb, noch total fit auf den Beinen. Als ich bei ihm reinkomm, sitzt er in der Küche auf einem Stuhl, und zwischen der Sitzfläche und seinem Hintern stecken mindestens zwei Kissen, denn das hat ihm schon immer gefallen, so weich zu sitzen. Meine Mutter und mein Bruder sind am Meer, was ich gewußt hab, und so bin ich jetzt froh, daß er allein ist, denn im Grunde hab ich, trotz meiner ganzen Ödipusgeschichten und so weiter, mit meinem Vater im ganzen Leben vielleicht drei Worte in aller Ruhe unter vier Augen gewechselt.

Jetzt legt er sofort los mit einem guten Rat, der aber auch als Vorwurf zu verstehen ist.

Du solltest endlich etwas Ordnung in dein chaotisches Leben bringen, sagt er. Ich wünsch mir wirklich, daß du anfängst, ein geregeltes Leben zu führen.

Ja, warum nicht, ist alles möglich, sag ich.

Dann schaut er sich in der Küche um, so als wenn er sie zum erstenmal sehen würde, aber ich weiß, daß er das immer so macht, bei bestimmten Themen. Dann sagt er, du hast keine Arbeit, eine richtige Arbeit, mein ich…

Ach Papa, sieh mal…

Dann meint er, daß er gern wissen möchte, ob er es wohl noch schafft, vor seinem Tod ein Kind von mir zu Gesicht zu bekommen.

Wer weiß, sag ich.

Ja, denn letztendlich will man doch nur...

Dann bricht er ab und betrachtet aufmerksam seine Schuhspitzen. War noch nie ein großer Redner, mein Vater.

Jetzt laß gut sein, sag ich daraufhin, ich wollt mich nur von dir verabschieden, ich fahr los...

Er tut so, als wenn er mich gar nicht gehört hätte, und sagt, irgendwann muß man der Realität schon ins Auge sehen.

Ja natürlich.

Du hast immer nur gemacht, was du wolltest.

Und ich denk, lieber Himmel, jetzt macht er mir eine Szene, wenn das keine Szene gibt...

Ich seh ihn mir ganz genau an und denk, wie ist das nur möglich, daß dieser knöcherne Zweiundsechzigjährige der Quell meiner ganzen Liebesqualen ist, und dabei ist er noch nicht mal mein Typ, viel zu mager.

Dann sagt er, na gut, ich will dir jetzt mal was erzählen. Weißt du, was ich geträumt hab?

Woher soll ich das wissen. Auch mein Vater hatte schon immer die Manie, seine Träume zu erzählen.

Na, dann hör mal zu: Ein komischer Zufall, aber gerade heut nacht sagt einer zu mir, daß ich wegfahren muß, daß es jetzt Zeit ist für mich zu fahren; er sagt, Mensch los, mach schon, und ich werd stinksauer und schrei ihn an und sag ihm, daß ich mich zuerst noch von meiner Tochter verabschieden muß und daß sie mir das nicht verbieten können.

Und ich sag, wirklich ein komischer Traum.

Und er meint, seltsam, ja, aber du, paß auf dich auf, auf deiner Weltreise, du Rumtreiberin.

Ach hör doch auf, Papa, wieso Rumtreiberin?

Und dann sag ich noch zu ihm: Weißt du, daß ich auch bestimmte Träume hab?

Na und, jeder hat Träume, antwortet er, als wenn er keine Ahnung hätte, was ich meine.

Ja schon, sag ich, aber ich träum zum Beispiel unheimlich oft, wie ich ein kleines Mädchen bin, und du bist auch da, und wir sind zusammen in den Bergen, im Schnee, manchmal auch am Meer. Und du bringst mir das Schwimmen bei, oder auch das Skifahren, wie du es ja ab und zu auch getan hast, wenn du zufällig mal nicht gerade abgehauen bist.

Treffer, mitten ins Herz. Jetzt nimmt die Geschichte eine sentimentale Wende, die unserer Kontrolle entgleitet. Und tatsächlich, meinem Vater hat's die Sprache verschlagen. Ich seh, wie er heftig schluckt, und ich weiß, daß er ein sensibler, irgendwie abgehobener Fisch ist, der sich leicht rühren läßt, ganz anders als meine Mutter, dieser irdische, abgebrühte Steinbock.

Jetzt kommt mir der Gedanke, daß es vielleicht eine astrologische Erklärung für meine ziemlich durchgedrehte Familie gibt: Mein Bruder ist nämlich Widder, ein Feuerzeichen, und damit hätten wir alle vier Elemente beisammen, aber vielleicht ist das auch alles nur Mist, was ich da erzähle.

16 *Endlich die lange angekündigte Abreise.*

Der Zug in die wunderbaren Ferien fährt um neun Uhr abends ab. Ich hab mir sogar einen Platz im Liegewagen reservieren lassen, wie 'ne feine Dame, Tasca bezahlt ja.

Als ich reinkomme, ist mein Abteil ganz leer. Zwei Minuten später erscheint ein Typ, der wie ein Ire aussieht, und er stellt sich vor und sagt, daß er aus Brasilien kommt und Pablo heißt. Nach diesem Pablo kommt keiner mehr rein, und er scheint ganz zufrieden deswegen, und er erklärt, was er beruflich macht, daß er Anwalt ist und in Bahia wohnt, einer Stadt, wo man das Leben in vollen Zügen genießt; so ist an Schlaf nicht zu denken, denn er erzählt, und ich erzähl auch, die ganze Nacht durch, und als wir dann morgens um halb sieben in Port Bou ankommen, hab ich keine Sekunde geschlafen, verdammter Mist.

Dieser Anwalt ist eigentlich ganz sympathisch, auch wenn er vielleicht ein Aufreißertyp ist, und er will auch gleich wissen, ob ich verheiratet bin. Ich sag, ja. Natürlich ist seine nächste Frage, warum ich dann allein unterwegs bin wie ein waschechter Single. Wie immer kann ich meine Klappe nicht halten, und ich sag, weil mein Mann ein Schuft ist.

Dann denk ich, daß es unheimlich bescheuert war, ihm sowas zu erzählen, weil er sich jetzt natürlich herausgefordert fühlt, seine Anmacher-Tour zu fahren. Na ja, jetzt ist es eben passiert.

Er fragt: Hast du Kinder?

Natürlich, vier sogar.

Und wo sind die jetzt?

In Ferien, in Polen mit meiner Mutter, die ist nämlich Polin.

Und was arbeitest du?

Ich bin Sängerin, Sopran an der Oper.

Und wie heißt du?

Guglielma.

Ein schöner Name.

Und so geht das die ganze Nacht, daß ich diesem Anwalt aus Bahia irgendeinen Unsinn erzähle, denn das war schon immer mein größtes Vergnügen, Leuten, die mich nicht kennen, irgendeinen Mist zu erzählen, besonders in Zügen.

Auf alle Fälle ist er von meinem Mist so begeistert, daß er morgens um halb sieben dann mit großen Liebeserklärungen anfängt, daß ich unbedingt bei ihm bleiben muß, daß wir uns nicht mehr trennen können und daß wir die so schön begonnenen Ferien auch weiter zusammen verbringen müssen, ich, die Opernsängerin, und er, der in Giuseppe Verdi vernarrte Anwalt.

Ich sag ihm, daß ich auf Männer, die mit mir ihren Urlaub verbringen wollen, nicht mehr reinfalle und daß Ferien mit Männern sowieso Scheiße sind und daß ich ein freier Geist bin, dem's nur so richtig gut geht, wenn er allein ist.

Er versucht's noch mal mit einer Liebeserklärung und fängt an, davon zu schwärmen, wie sich italienische Wärme und polnische Kühle auf so wunderbare Weise in mir vereinigen.

Ich hoff, daß ich ihn beim Umsteigen loswerde, aber denkste, wir fahren über die Grenze, und er, der eigentlich nach Madrid wollte, hängt sich an mich dran und nimmt auch den Zug nach Barcelona. Allmählich werd ich ziemlich nervös, und ich könnt schreien, weil der Typ so nervt.

Was mach ich also, als wir in Barcelona ankommen? Ich laß mich zunächst zum Frühstück einladen, und dann sag ich zu ihm, daß ich mal telefonieren gehen muß und daß er doch bitte dort in der Bar auf mich warten soll und daß ich gleich zurück bin. Und dann ab in die U-Bahn und viele Grüße.

Als ich aus dem U-Bahnschacht rauskomme, find ich mich auf der Plaça De Catalunya wieder, die im vollen Sonnenlicht liegt, und ich fühl mich so gut, daß ich in die Luft springen könnte vor Glück, wenn ich nicht vor Müdigkeit schier zusammenbrechen würde. Trotzdem werf ich schon mal einen Blick auf die spanische Männerwelt, und ich muß sagen, einige Exemplare sind gar nicht so übel.

Wo ich hier in Barcelona unterkommen kann, weiß ich von meinem Freund Clivio, der zu mir gesagt hat: Wenn du wenig Geld hast, wie's bei dir normalerweise der Fall ist, geh einfach zum Hotel Kabul. Ich hab mir bestimmt fünfundzwanzigmal erklären lassen, wie man da hinkommt, und tatsächlich finde ich es auch gleich.

Als ich in die sogenannte Empfangshalle reinkomme, ein trauriges Bild. Dreckiger noch als bei mir zu Hause und ein Nebel wie in Mailand durch den ganzen Zigarettenrauch, und dann eine ganze Heerschar von Jugendlichen in kurzen Hosen und mit Rucksäcken aus aller Herren Länder, Koreaner, Schotten, Amerikaner – ein wildes Durcheinander.

Nur ich hab keinen Rucksack, nee, ich hab meine große Tasche dabei, mit der ich schon seit Schulzeiten immer unterwegs bin, und dann hab ich einen langen blauen Rock an, halb aus Seide, und eine ärmellose gelbe Bluse, sehr elegante Sachen, die ich bei der reichen geschiedenen Bildhauerin geklaut hab, wo ich als Babysitterin war, der mit dem vollen Kühlschrank. Natürlich alles ziemlich zerknittert, zugegeben, nach der Nacht im Zug, aber immer noch Top-Klamotten. Jedenfalls fühle ich mich wie eine richtige Außenseiterin. Also frag ich, ob sie noch ein Einzelzimmer haben. Der Spanier, der aus allen Poren schwitzt, fängt an zu lachen und meint, nein, es wär nur noch was in den Schlafsälen zu haben. Ach du lieber Gott, das fängt ja gut an, wo ich doch meine Ferien allein und in meditativer Zurückgezogenheit verbringen wollte. Was soll's, ich bin einer Ohnmacht nahe wegen der Hitze und vor Müdigkeit, nehmen wir also für heute nacht den Soldatenschlafsaal, und morgen sehen wir weiter, wie die mutige Rossella O'Hara gesagt hätte.

Und dann sind das auch noch alles Etagenbetten. Über mir richtet sich ein junger Typ ein, der unablässig lächelt und sich auch gleich vorstellt und sagt, daß er Mexikaner ist. Genau wie der letzte hört der auch nicht auf zu reden, und ich komm fast um vor Lust, mich ein bißchen auszuruhen, zu duschen, meine jetzt schon leicht heruntergekommenen Luxusklamotten zu wechseln und aufs Klo zu gehen.

Obwohl ich eigentlich eher antibürgerlich proletarisch eingestellt bin, muß ich sagen, daß ich solche Schlafsäle schon immer gehaßt hab, weil sie mich an folgendes erinnern: an Ferienlager mit Nonnen, an Soldaten, Kasernen und an Krieg. Jedenfalls ruh ich mich nach dem Duschen noch etwas aus, und danach geh ich in die Stadt, weil ich diese große Unruhe in mir spüre, die mich nie ganz losläßt, egal an welchem Breitengrad ich mich auch aufhalte. Ich hab mir einen Minirock angezogen und stell jetzt fest, daß die Enthaarung sehr zu wünschen übrig läßt, aber wer sieht mich hier schon, in dieser großen ausländischen Metropole voller Versuchungen.

Dann mach ich das, was ich immer mach, wenn ich neu irgendwo bin, das heißt, ich lauf wie 'ne Wahnsinnige hektisch durch die Stadt, weil ich alles sofort sehen will und mich einleben will und alles kennenlernen und durch die Straßen ziehen, als wenn es bei mir zu Hause wäre, bis ich dann auf einmal absolut nicht mehr kann und eine heftige Abneigung verspüre gegen die unbekannte Stadt.

So auch hier in Barcelona – bei mindestens fünfzig Grad und einer Schwüle, daß einem die Luft wegbleibt –, wo ich die berühmten Ramblas entlanglauf, und eine Plaça hier und eine Avenida da. Dann stürz ich mich in die Boqueria, denn auf Märkte fahr ich voll ab, mit all den Wahnsinnsfressalien, die da aufgebaut sind und die man sich sogar umsonst anschauen darf.

Das ist wirklich was, was mir schon immer als großes Glück vorgekommen ist. Ich spazier also da rum zwischen kandierten Früchten, getrockneten Früchten, normalen Früchten, gigantischen Würsten, Riesenmozzarellas, Schinken, Schwertfischen, Seezungen, Langusten – ein Gefühl, das nur mit dem vor dem Jüngsten Gericht in der Sixtinischen Kapelle zu vergleichen ist.

Bis um sechs Uhr lauf ich so da rum, dann komm ich zur Carrer Montcada und seh das Picasso-Museum, und ich hab auch Lust reinzugehen, aber dann bemerk ich eine Gruppe von Touristen, die sich gegenseitig fotografieren, und zwar unter einem schrecklichen Bild, auf dem er, das Genie, Picasso, ganz groß in der Mitte dargestellt ist, und an den Seiten neben ihm, viel kleiner, Dalí und Miró, gerade so als wenn mein geliebter Miró das letzte Arschloch wäre.

So werd ich also leicht sauer und denk haargenau das: Verpiß dich Picasso. Ich hol mir schon mal ein Bierchen, und dann lauf ich noch ein Stück und komm zur Galerie Maeght, wo es eine Miró-Ausstellung gibt, die keinen interessiert, und ich denk, klar, für die scheint Miró wirklich das letzte Arschloch zu sein. Ich geh also rein, und ich hab immer noch diese Unruhe in mir, und ich renn hin und her zwischen diesen berühmten Farben des großen Künstlers Miró, bis sich irgendwann dann alles dreht in meinem Kopf. Ich setz mich auf einen Stuhl, und ich kann euch sagen, meine Birne ist völlig leer. Dann rüttelt mich plötzlich etwas auf, und ich heb den Kopf und hab vor mir eins der berühmten Bilder von Miró, und in dem Moment passiert es mir zum erstenmal, seit ich losgefahren bin, daß ich an den Schuft denke, und ich werd augenblicklich wütend und denk bei mir, weil ich wirklich bös denken will, du Schuft von einem Futuristen kannst doch nur davon träumen, so ein großer Künstler wie Miró zu sein, du Hund mit deinen lächerlichen futuristischen Gemälden, daß ich nicht lache, geh doch heim mit deinem Mist, du futuristischer Schuft. Dann les ich, wie das Bild heißt, das ich vor mir hab, nämlich folgendermaßen: *Esca-*

lade vers la lune, die Ersteigung des Mondes, und ich weiß auch nicht so genau warum, aber auf einmal wird mir ganz warm ums Herz, und ich denk, so 'ne Ersteigung des Mondes hast du doch auch schon erlebt, damals in der ersten Nacht, wo's wie im Film war, mit ihm, dem Schuft, in der Mansarde, mit den »Sturmhöhen« und dem ganzen Rest, und ich denk, ja, genauso war's, wie zum Mond hochzuklettern und die Scheiß-Erde mit der Armut und all dem Pech ganz weit hinter sich zu lassen.

17 *Gespräche mit Miguel.*

Als ich rausgehe, fühl ich mich komischerweise innerlich ganz ruhig und ausgeglichen. Ich laß mich noch ein bißchen durch die Straßen treiben, und dabei ist mir, als wenn irgend etwas in mir in Ordnung gekommen wäre. Um diesen inneren Frieden zu feiern, setz ich mich dann in eine Bar auf einer Rambla und bestell eine gesunde Zitronenlimonade, für die sie mich soviel wie für ein komplettes Mittagessen zahlen lassen.

Dann kommt ein Typ an meinen Tisch, der wie ein südamerikanischer Indio aussieht, mit einem Hütchen auf dem Kopf und einer total bunten Weste und einem Hund, und ich schwör's euch, so einen häßlichen Hund hab ich noch nie gesehen, abgehärmt, voller Flöhe, alt.

Dieser Indio sagt auf englisch zu mir: Ich heiß Miguel, bist du Französin?

Ich sag überhaupt nichts, denn gerade jetzt, wo ich meinen wiedergefundenen Seelenfrieden feiere, hab ich absolut keine Lust, mir den sofort wieder versauen zu lassen.

Er streichelt seinen ekligen Köter und meint, das ist Chico. Und dann fragt er noch mal, Spanierin?

Ich dreh mich von ihm weg, und dieser Miguel hat verstanden und dampft ab, sein häßlicher Chico hinter ihm her.

Als ich wieder in der Kaserne bin, ist von meiner guten Laune schon nicht mehr viel übrig. Ich schmeiß mich auf meine Pritsche und schlaf wie eine Tote bis um zehn. Dabei träum ich, daß ich mit dem Schuft ein Kind hab, einen Sohn. Dieser Sohn ist auch ein Schuft, haargenau wie sein Vater, und die beiden hängen sich voll rein und malen riesige futuristische Bilder, die bald das ganze Haus überschwemmen, und ich werde begraben und verschwinde unter diesen revolutionären Gemälden.

Als ich aufwache, hab ich einen Bärenhunger. Ich dusch noch mal – was hier gratis ist, so daß ich ausgiebig Gebrauch davon mache – und geh dann wieder auf die Straße in ein Café auf der Plaça Reial, wo man draußen sitzen kann. Doch bald schon lauf ich wieder durch die Gegend, denn ich schaff's einfach nicht, länger still zu sitzen, und plötzlich bin ich in den Gassen des Barrio Chino, und ich denk, ich muß schon so eine Art Ratte geworden sein, wie es sie auch bei mir zu Hause genügend gibt, weil ich mich nie von den verrufensten Gassen fernhalten kann.

Irgendwann hör ich dann plötzlich einen unheimlich lauten Schrei, und ich denk, da ist jemand von 'nem Hund gebissen worden, denn ich kenn von mir so ein lautes Geschrei – abgesehen von den Auseinandersetzungen mit dem Schuft – nur von damals, als mir der verfluchte Köter in den Arsch gebissen hat.

Aber es ist kein Hund. Ich geh in die Richtung von dem Geschrei und seh zwei Frauen, die ziemlich nordeuropäisch aussehen, vielleicht Deutsche, die auf einen Schwarzen ein-schlagen, der offensichtlich einer der beiden die Handtasche stehlen wollte. Die beiden haben ihm die Handtasche wieder abgenommen und verpassen ihm jetzt eine Tracht Prügel. Kann sein wegen Giovannas Vorliebe für Schwarze, auf alle Fälle halt ich zu diesem Taschendieb, und ich feuer ihn im stillen an: Los, gib's ihnen und dann mach, daß du wegkommst, es leben die Unterdrückten der ganzen Welt, die ihre Ketten abwerfen. Aber die beiden Frauen lassen nicht mit sich spaßen, und ich verzieh mich lieber, weil sie vielleicht merken könnten, daß ich zu dem Taschendieb halte, und dann denk ich, komisch, ich bin die einzige Frau, die in diesem berüchtigten Barrio Chino allein unterwegs ist, und dann auch noch so provozierend im Mini-rock, komisch, ich müßte doch eigentlich Angst kriegen, und die bekomm ich jetzt auch. Und dann denk ich noch, bleib ruhig, du siehst doch nicht so nach Geld aus wie diese Nordeuropäerinnen, aber trotzdem ist es mir jetzt ziemlich mulmig, und ich will nur noch so schnell es geht aus diesen verfluchten dunklen Gassen raus, was aber gar nicht so einfach ist, weil ich total die Orientierung verloren habe. Passiert mir immer, wenn ich Angst habe, da verlier ich den Überblick. Dann dringt plötzlich eine Stimme an mein Ohr, die mir nicht unbekannt vorkommt, und die sagt so ungefähr, auf spanisch, schon übersetzt: Keine gute Idee, so allein hier rumzulaufen. Was meint ihr, wer könnte das sein? Natürlich, wieder dieser Indio Miguel mit seinem verlausten Chico. Was soll ich euch sagen, ich bin vielleicht bescheuert, aber jetzt freu ich mich wirklich, jemanden zu sehen, der mir nicht total unbekannt ist – immerhin seh ich ihn jetzt schon zum zweitenmal –, und ich sag: Hey, Miguel.

Dann denk ich, vielleicht ist er ja auch ein gemeiner Dieb und Mörder, wer sagt mir denn, daß er kein gemeiner Dieb und Mörder ist? Aber dann komm ich zu dem einleuchtenden Schluß: Was gibt's bei mir schon zu stehlen?

So gehen wir also zusammen weiter. Er versucht's noch mal mit dem Geheimnis meiner Herkunft und fragt, also Engländerin?

Und ich sag: Hör mal Miguel, hab ich vielleicht irgendwas von 'ner Engländerin?

Und er: Aaaahhhh!!!! Italienerin!!!

Er scheint erleichtert zu sein, daß sich die Sache endlich geklärt hat, und reicht mir die Hand, um sich in aller Form vorzustellen. Angenehm, meint er, angenehm, antworte ich, ich heiße Ferdinanda.

Ein schöner Name, meint er, und dann erklärt er mir noch mal, daß das hier kein Ort ist, wo man sich nachts alleine rumtreibt.

Wo geht man denn sonst so spazieren?, frage ich.

Am Hafen, meint er, in der Gegend vom Hafen.

Also los. Wir kommen an einer Hütte vorbei, in einer Gasse, wo es streng nach Pisse riecht, und er macht mich stolz auf sie aufmerksam, so als würde es sich um ein Kunstwerk handeln, und verkündet feierlich: Da ist mein Haus.

Ich muß euch gleich sagen, daß er mir sympathisch ist; außer wenn er diesen ekligen Köter Chico streichelt und von mir verlangt, daß ich ihn auch streichle, weil er so ein zuneigungsbedürftiger Hund sei. Ich bin auch zuneigungsbedürftig, sag ich ihm, aber ich wasch mich und hab keine Flöhe.

Wir kommen zum Hafen, und dort setzen wir uns auf die Mole, und dieser Miguel will wissen, was ich so arbeite, und ich sag ihm, daß ich Bildhauerin bin und riesige marmorne Dreiecke herstelle, also eine Arbeit mache, bei der es auf reine Kraft ankommt, nur damit er weiß, womit er gegebenenfalls zu rechnen hat.

Und dann fragt er mich, ob ich einen Mann hab, und ich sag ihm sofort, daß ich unheimlich verheiratet bin. Dann meint er, daß ich eigentlich nicht wie eine Italienerin aussehe, eher wie eine einzelgängerische Engländerin.

Aaaahhhhh!!! Ich bitte dich, Miguel, hör jetzt auf mit deinen Ländern und Nationalitäten. Sag lieber mal, was machst du eigentlich so?

Er sagt, daß er Musiker ist, Geigenspieler. Dann folgt seine Geschichte: Er ist tatsächlich in Südamerika geboren, in der Nähe von Lima, ist dann ausgewandert, um an der Sorbonne zu studieren, weil sein Vater, ein Diplomat, will, daß er auch Diplomat wird. Er bricht sein Studium ab, weil er die Intellektuellen nicht mehr erträgt. Von Paris geht er nach London und eröffnet dort einen Damenfriseurladen, mit dem er viel Geld verdient.

Er lernt 'ne englische Alkoholikerin kennen (ich denk, ich werd ihn doch wohl nicht an die erinnern) und heiratet sie, und sie bekommen eine Tochter, die jetzt sieben Jahre alt ist – ganz süß, ein tolles Verhältnis, sie sehen sich alle zwei, drei Jahre einmal –, dann die Scheidung, er geht nach Mailand mit einem Freund aus Sizilien, den er in London kennengelernt hat, eröffnet eine Luxusboutique und macht wieder sehr viel Geld. Aber seine große Leidenschaft war und ist die Geige, und er erklärt mir, daß er trotz des ganzen Geldes nie glücklich war und ständig dieses große Loch hier – er legt die Hand auf seinen Bauch – gespürt hat.

Ich erspar euch hier meine Ansichten zu dem Thema »Geld, das ein Loch im Bauch verursacht«, denn diese Geschichten sind absolut nichts für meine Ohren. Auf alle Fälle, eines Morgens, nach einem Traum von einer sonnendurchfluteten Straße, auf der ein nacktes Kind spaziert, verläßt er die Boutique, den sizilianischen Freund, Mailand und das Geld und zieht nach Barcelona, weil man hier, so erklärt er, nicht viel zum Leben braucht, und er fängt wieder an, intensiv Geige zu spielen, was er unheimlich lang nicht mehr gemacht hat.

Er ist jetzt richtig gerührt und hat fast Tränen in den Augen; dann fängt er an, mit Blättchen herumzuwerkeln und baut sich eine Tüte von einem joint, so groß wie ein Cornetto Algida*. Nach ein paar Zügen erklärt er feierlich, daß er jetzt glücklich ist! Daß er gelernt hat, einfach in den Tag zu leben! Daß er für die Musik alles tun würde! Und daß Musik Magie ist! Und daß man im Leben den Straßen folgen muß, die ein Herz haben!!! Und daß er Schütze ist!

Und dann kommt die berühmte Frage: Und du, welches Sternzeichen bist du? Unglückliche Waage. Und er, mit Riesenaugen, die fast aus den Augenhöhlen treten, protestiert sofort, WARUM?!? Warum unglücklich? Und daß ich so sympathisch bin und romantisch. Und daß er sofort verstanden hat, daß ich unheimlich sensibel bin und eine zügellose Träumerin.

---

* italien. Eis im Hörnchen, d. Übers.

Wörtlich sagt er: Ich hab dich verstanden, du liebst die Einsamkeit, wie alle sensiblen Menschen.

Ja, ja, natürlich, Miguel.

Dieser Miguel hört nicht auf, mir zu erklären, wie ich bin, und meint, daß er sicher ist, daß ich irgendwas in meinem Leben such.

Ich zieh jetzt auch an der Tüte, und plötzlich werd ich redselig und sag: Miguel! Ich möcht ein ganz anderer Mensch sein. Weißt du Miguel, meine Freundin Giovanna sagt zum Beispiel, daß ein schlampiger Stil nicht heißen darf, daß man wirklich 'ne Schlampe ist, und daß ich was mit meinen Haaren machen muß, und mit dem ganzen Rest auch. Miguel, ich hab einen Futuristen kennengelernt, und mit dem hab ich den Mond bestiegen! Kennst du Miró? Und Gertrude Stein? Weißt du, was ich denke, vielleicht hast du ja recht, ist nicht auszuschließen, daß ich was Bestimmtes such. Und dann, nach der Tüte und bei den ganzen Vertraulichkeiten, fang ich auf einmal an zu lachen und bin nicht mehr zu halten.

Dann dreh ich mich zu Miguel um, und ich denk, daß er auch wer weiß wie lachen müßte, aber weit gefehlt, zum zweitenmal schon an diesem Abend macht er ein total gerührtes Gesicht und sagt gar nichts und streichelt seinen ekligen Chico, und dann ran an die zweite Tüte Cornetto Algida. Ich bin zu diesem Zeitpunkt aber schon so breit wie eine Flunder, wie meine Freundin Giovanna sagen würde, und todmüde.

Ich sag ihm, daß ich jetzt schlafen gehen muß, und er begleitet mich, und als wir auf dem Plaça Reial ankommen, schlägt er vor, noch was zusammen zu trinken, und obwohl ich im Stehen schlaf – wie könnte ich da nein sagen.

In der Bar dann eröffnet er eine Gesprächsrunde zum Thema Liebe. Ob ich schon oft verliebt war? Ich antworte ihm, daß das ja wohl meine Sache ist, aber er läßt sich nicht entmutigen, und ab geht's mit der Geschichte seiner großen Liebe an der Sorbonne.

Dieser Tütenbauer Miguel vertritt folgende Theorie: Wahre Liebe findet man nur, wenn man nicht vögelt, denn wenn man vögelt, ist bald die Soße alle und die Sache beginnt schal zu schmecken.

Ich sag ihm, daß er wohl nicht richtig tickt, und da ich jetzt schon mein zweites Bierchen intus hab, füg ich noch hinzu, daß ich jetzt wirklich schlafen gehen möchte.

Aber er meint, nein, nein, und daß ich ihm jetzt erklären muß, warum er nicht richtig tickt, wenn er das denkt, und so eröffnet er, mit der dritten Tüte, eine Diskussion, die ihm offensichtlich sehr wichtig ist. Ich bestätige ihm, daß meine Leidenschaften nie platonisch sind, wegen der Sache mit der Ersteigung des Mondes und so weiter, daß mir das, wie man sieht, absolut nicht entspricht und daß ich – auch wenn er meint, daß ich eine total romantische Träumerin bin – einfach nicht für die platonische Liebe geschaffen bin.

Er ist jetzt anscheinend ein bißchen enttäuscht von mir, weil er wohl gerade eine schöne platonische Beziehung mit mir anfangen wollte. Und da er enttäuscht ist, läßt er mich endlich schlafen gehen.

Ich komm in die Kaserne, und da brauch ich nur mein Bett zu berühren, als ich auch schon ohne mich auszuziehen einschlaf.

Am Morgen weckt mich der Mexikaner von oben drüber, schon frischgewaschen, mit seinem unerschütterlichen Lächeln, ekligem Gel in den Haaren, Rucksack auf dem Rücken, und er verabschiedet sich von mir und meint, daß er nach Mexiko zurückfährt. Ich schau auf die Uhr und seh, daß es erst acht ist, und ich denk, wenn es wirklich einen Gott gibt, muß der Kerl jetzt die Treppe runterfliegen.

Ich dreh mich auf die andere Seite und versuch wieder einzuschlafen, aber ein Haufen von diesen Jugendlichen wird jetzt gerade wach, und der Tag beginnt mit Lärm, Duschen, Deo-

Gestank, daß einem das Kotzen kommt, und ich werd nervös und kann einfach nicht mehr einschlafen, in dieser Scheiß-Kaserne.

Ich schwör mir, daß ich hier keinen Tag länger mehr bleib. Schließlich schmeiß ich mich unter die eiskalte Dusche. Als ich meine große Tasche zumache, bin ich schon wieder besserer Laune, denn diese Handlung, den Kram zusammenzupacken und abzureisen und viele Grüße, macht mich immer irgendwie fröhlich.

18 *In Cadaqués in totaler geistiger Zurückgezogenheit, und dann gibt's da noch einen wunderschönen Traum.*

Ich komm also zum Bahnhof, wo ich versuch, mir einen Ort einfallen zu lassen, der natürlich nicht weit weg sein darf, wegen der verfluchten chronischen Geldknappheit. Ich denke an Miró. Ich denk an Picasso und den anderen auf dem Bild, den Spinner von Dalí, und sag laut zu mir selbst: Das ist es! Auf nach Cadaqués! Ein spanischer Eisenbahner dreht sich zu mir um und schaut mich blöd an, aber was soll's, ich fahr ja sowieso gleich weg. Ich nehm den Zug nach Figueras und von da den Autobus nach Cadaqués.

O Wunder, den Bus nach Cadaqués erwisch ich beim ersten Anlauf. Es ist immer noch wahnsinnig heiß, aber wenigstens geht etwas Wind, im Bus sind wir nur zu viert oder fünft, und ich such mir einen schönen Platz und hau mich da ganz bequem hin und spür endlich wieder diesen inneren Frieden in mir.

Ich muß euch noch sagen, daß ich so eine magische Fähigkeit besitze: Sobald ich in irgendeinem Ort ankomme, merk ich sofort, wie da die Vibrationen für mich sind, ob der Ort was für mich ist oder nicht. Cadaqués ist in Ordnung, ich weiß es genau, und versucht nicht, mir was anderes einzureden.

Zwei Uhr mittags. Die Sonne knallt, kein Lüftchen regt sich, nur Zikaden, ein paar Touristen und sonst alles dicht. Ich schlepp mich mit der Riesentasche ins Zentrum von dem Kaff und beginn die Jagd aufs Fremdenverkehrsamt. Nachdem ich viermal daran vorbeigelaufen bin, ohne es zu sehen, find ich es endlich, das Scheiß-Amt, und da steht, daß es die Jungs langsam angehen lassen und daß sie erst um fünf wieder aufmachen, und da kann man ruhig platzen, das ist denen scheißegal. Ich entschließ mich, meinen berühmten kühlen Kopf zu bewahren, und schmeiß mich erstmal auf einen Stuhl in einer Bar und trink ein Bierchen.

Ich frag den Kellner, ob er hier eine Pension kennt, und er meint, nein. Na wunderbar. Nachdem ich mich ein bißchen ausgeruht habe, nehm ich meine Scheiß-Tasche und mach mich auf, mir auf eigene Faust eine wunderschöne Pension für meine phantastischen Ferien zu suchen.

Ich find eine, geh rein, kein Zimmer frei.

Ich find eine andere, geh rein, wieder nichts.

Ich find eine dritte und denk mir, wenn's da wieder nicht klappt, verübst du auf der Stelle Selbstmord, hier in diesem wunderschönen Kaff Cadaqués. Aber irgendwie ist mir ganz schwindlig, und mir fällt ein, daß ich seit gestern abend nichts mehr gegessen hab, und ich entschließ mich, in eine Bar zu gehen, um der Wahrheit mit vollem Bauch entgegenzusehen.

Ich bin also in dieser Bar und schlag meine Zähne in ein Brötchen, und der Typ hinter der Theke meint, Hunger, was?

Ich denk: Noch ein Wort, und ich schick ihn zum Teufel.

Und er sagt, gerade angekommen, wie?

Na gut, aber ich schick ihn trotzdem nicht zum Teufel, weil mir der Geistesblitz kommt, daß ich ihn nach einer Pension fragen könnte.

Einmal in zehn Jahren ungefähr haben meine Geistesblitze Erfolg, und jetzt hab ich tatsächlich einen Zettel mit der Adresse eines Freundes von diesem Barmann in der Hand, der Raimundo heißt und Chef einer Pension gleichen Namens ist. Der Barmann meint, daß er natürlich nicht weiß, ob da noch was frei ist, und daß er selbst Pedro heißt und daß ich ruhig wieder bei ihm vorbeikommen soll, wenn ich irgendwas brauch. Auf der Straße sag ich laut, lieber Gott und heilige Jungfrau, helft mir, sonst sterb ich, ich spür's ganz deutlich, sonst sterb ich hier in Cadaqués, helft mir.

Und meine Gebete haben tatsächlich Erfolg. Der Raimundo in der Pension ist zwar eher eine Raimunda, unverkennbar hochgradig schwul, mit einem freundlichen Lächeln, und er meint, wenn mich Pedro schickt, werden wir schon ein Zimmer für dich finden. Er findet eins, zwar kein Einzelzimmer für 'ne Einzelne wie mich, sondern ein Doppelzimmer. In Ordnung? Natürlich in Ordnung, besser ein Doppelzimmer als der sichere Tod. Die Pension und das Zimmer sind zur Abwechslung mal wirklich schön, ich stell mich sofort unter die Dusche, und dann zähl ich vorsichtshalber mal nach, wieviel Geld ich noch hab.

Jetzt kommt die Zusammenfassung meiner Tage in Cadaqués, alles kann ich euch wirklich nicht erzählen. Auf alle Fälle waren es Tage in totaler meditativer Zurückgezogenheit, mit viel Nachdenken und Grübeln, und dann lange, lange Spaziergänge, wie von einer Verrückten.

Ich beschreib einfach mal, wie ein typischer Tag so aussah. Morgens wahnsinnig früh aus dem Bett, dann runter ans Meer zum Schwimmen, wie 'ne richtige Schwimmerin, danach Frühstück in der kleinen Bar von Pedro, der, wie ich bald merke, auch ganz schön schwul ist. Lange philosophische Gespräche mit diesem Barmann Pedro aus Cadaqués. Dann am frühen Nachmittag los zum Wandern in den Bergen oder am Strand, Stunde um Stunde. An einem Nachmittag lauf ich bis nach Port Lligat, um das berühmte Haus von Dalí zu besuchen, vierzehn Kilometer hin und zurück, und als ich zu der Villa komme, ist die berühmte Villa geschlossen, und nur zwei Steineier sind im Garten zu sehen, und ich denk mir folgendes: Leck mich, Dalí.

Ich hab keine Lust, irgendwen kennenzulernen, und stell einen persönlichen Rekord im Schweigen auf. Ich denk nach, und manchmal scheint es mir, als wenn ich alles verstanden hätte, vom Leben und wie der Hase so läuft, und dann wieder eine totale Leere im Kopf, so daß ich mir sage, Mensch, du hast aber auch überhaupt nichts begriffen, aber mir geht's trotzdem einfach gut, und nur das ist wichtig, wen juckt das schon, begriffen oder nicht.

Wollt ihr wissen, ob ich noch an den Schuft denke? Und ob, kann ich da nur sagen. Ich muß euch ja wohl nicht erklären, daß man alles mögliche vergessen kann, aber wenn man mal so eine Liebe im Kopf hat, dann beißt sie sich dort fest, und man kriegt sie nicht wieder raus, noch nicht mal mit Kanonenschlägen, verfluchter Mist.

Der beste Beweis dafür, daß ich für diesen Schuft von einem Futuristen total den Kopf verloren hab, ist die Tatsache, daß ich allen männlichen oder weiblichen Blicken beharrlich ausweiche und immer kurz angebunden bin, wenn jemand Kontakt sucht und internationalen Austausch und so weiter, und das ist eigentlich überhaupt nicht meine Art, o nein, wirklich überhaupt nicht.

Aber immerhin hab ich diese philosophischen Diskussionen mit dem Barmann Pedro, und wir diskutieren über das Problem, was man so in seinem Kopf drin haben sollte und was lieber nicht. Eines Abends sitz ich also in seiner Bar und sauf mir einen an, und er tischt mir folgende Theorie auf: Irgendwann kommt für einen der Moment, wo man versteht, wie der eigene Kopf funktioniert, denn kein Kopf ist ja wie der andere, meint er.

Und was willst du damit sagen?, frag ich.

Damit will ich sagen, daß man unheimlich viele Sachen in seinem Kopf hat, von denen eine ganze Menge eigentlich gar nicht reingehört.

Und?

Und deshalb fängt man an, darüber nachzudenken, ob eine bestimmte Sache okay ist für den eigenen Kopf, so wie er gemacht ist. Du schaust dir die Sache an und siehst vielleicht, daß sie überhaupt nichts in deinem Kopf zu suchen hat, und wenn du Mut hast, schmeißt du sie einfach weg.

Dann meint er noch, daß man so übers Behalten und Wegschmeißen die Gedanken findet, die für den Kopf in Ordnung sind. Das ist wie beim Schuhekaufen, sagt er, da mußt du die passenden Schuhe für deine Füße finden, nur hier sind es Gedanken und Vorstellungen, die die richtige Größe für deinen Kopf haben müssen.

Also ich muß sagen, den Vergleich mit den Schuhen find ich nicht schlecht.

Dann fragt er, und du, hast du viele Gedanken in deinem Kopf?

Wie? – Aber nicht zu knapp.

Er sagt, daß ich sie einfach alle ausprobieren soll, und wenn sie die richtige Größe für meinen Kopf haben, soll ich ganz beruhigt sein.

In Cadaqués hab ich auch einen Traum, der mich total aufrüttelt. Und zwar träum ich, daß mir der Künstler Dalí höchstpersönlich die Tür zu seinem Haus öffnet – das mich allerdings an mein eigenes erinnert – und zu mir sagt, kommen Sie, kommen Sie herein, und ich trete ein. Im Haus zeigt er mir ein Bild, an dem er noch arbeitet, und zwar ist es das berühmte mit den wabbeligen Uhren, die wie Spiegeleier zerfließen, und ich schau es an und heule los und weine wie ein blödes Kalb. Aber die Geschichte geht noch weiter. Denn dieser Dalí setzt sich hin und schreibt etwas für mich auf, und als ich es dann lese, steht da wörtlich: Komm mit mir ins Haus der Liebe.

Schau mal einer an.

19 *Jetzt erzähl ich, wie ich nach Hause komme, und dann noch, wie ich meine Familie besuche.*

Es ist halb vier Uhr nachts, als ich nach ziemlich viel Verspätungen endlich in meiner verdammten Heimatstadt ankomme. Da steh ich dann also am Bahnhof mit sechstausend Lire in der Tasche, und draußen ein Mordsgewitter. Na ja, das kann ja heiter werden. Meine große Tasche ist wahnsinnig schwer, weil ich meine halbe Wohnung mitgeschleppt hab, um dann letztendlich gerade mal fünfzehn Tage wegzubleiben.

Ich nehm ein Taxi, und als wir in der Gasse unter meinem Haus ankommen, frag ich, wieviel? Der Taxifahrer ist ein junger, eigentlich ganz sympathischer Typ, zu dem ich während der Fahrt betont freundlich war, weil ich schon das Schlimmste befürchtet hab.

Macht siebentausendfünfhundert, Nachttarif, sagt er.

Und ich antworte, im Moment hab ich genau sechstausend Lire dabei, und keine Lire mehr.

Dann geh das Geld in deiner Wohnung holen, ich kann warten, meint er.

Ich lächle ziemlich gequält und sag, wenn man's genau nimmt, kannst du meine Wohnung auf den Kopf stellen, ohne auch nur hundert Lire zu finden. Und dann erzähl ich noch die Geschichte, wie sich ein Dieb zu mir verirrt hat, weil ich die Tür nicht abgeschlossen hatte, und er absolut nichts zum Klauen gefunden hat, nur ein altes Radio.

Noch nicht mal einen Fernseher?, will der Taxifahrer wissen.

Nee, damals hatte ich keinen Fernseher – und heute auch nicht.

Der freundliche Taxifahrer meint daraufhin, in Ordnung, vergessen wir halt den Nachttarif, gib mir die sechstausend.

Sehr freundlich, der Herr!

Bevor ich die Haustür erreiche, schaff ich's noch, mich total durchnässen zu lassen und meine Espadrillas in sämtlichen Pfützen der Gasse einzuweichen. Als ich in meine Wohnung reinkomme, überfällt mich eine tiefe Traurigkeit, die, wie man sieht, dort auf mich gewartet hat.

Aber ich sag mir, bleib cool, jetzt schläfst du erstmal, und morgen sehen wir weiter – wie Rossella O'Hara sich wahrscheinlich auch gesagt hätte.

Am nächsten Morgen wach ich spät auf und seh das ganze Durcheinander um mich rum, das auch auf mich gewartet hat, und mir fällt ein, daß ich wieder total abgebrannt bin, und mein erster Gedanke natürlich, wen kann ich diesmal anpumpen.

Das Telefon klingelt. Ich spring auf wie von der Tarantel gestochen.

Meine Mutter.

Die Idee.

Ich nehme den Zug und richte es so ein, daß ich zum Mittagessen bei ihnen eintrudel, womit dann wieder ein Problem gelöst wäre.

Sie sagen folgendes: Wir freuen uns ja so, dich zu sehen.

Ich denk: Da stimmt doch was nicht.

Ich erzähl lieber erst mal, was es zu essen gibt: Lasagne aus der Tiefkühlpackung, dann die berühmten Findus-Fischstäbchen, natürlich auch tiefgefroren, schließlich tiefgefrorene Profiteroles*, auch von Findus.

Meine Mutter sagt zu meinem Vater: Hast du auch Obst eingekauft?

Wieso, er sollte doch gehen, meint mein Vater, wobei er auf meinen Bruder deutet.

---

* Kleine, meist mit Pudding gefüllte Windbeutel, d. Übers.

Dazu meint mein Bruder: Leckt mich doch am Arsch, immer ich.

Und meine Mutter: Immer nur Flüche und unanständige Worte hier im Haus.

Und ich sag: Guten Tag, liebe Familie, ist doch herrlich, nach Hause zu kommen und festzustellen, daß sich nichts geändert hat.

Meine Mutter meint zu mir, weißt du, heute hatte ich keine Zeit zum Kochen.

Darauf mein Bruder: Ich hab dich noch nie kochen gesehen.

Und mein Vater: Du mußt grad reden. Du machst doch den ganzen Tag keinen Finger krumm.

Warum sagst du ihr das nicht?, antwortet mein Bruder. Die hängt doch nur den ganzen Tag rum und läßt sich's gut gehen. Ich bin immerhin noch hier und muß mich mit euch rumschlagen.

Meine Mutter beginnt zu schreien und brüllt ihn an: DANN HAU DOCH ENDLICH AB, dann etwas leiser, um dem großen Schmerz Ausdruck zu geben, den ihr diese Bestien von Kindern ständig zufügen: Ach ich weiß ja, Kinder machen doch nur...

Du hast immer noch keine richtige Arbeit, meint mein Vater zu mir.

Ich antworte: In ein paar Tagen kann ich wahrscheinlich anfangen, eine gute Arbeit, bei einer Firma für Import-Export, ja, eben deswegen..., und ich bringe ganz geschickt die Sprache auf eine kleine Anleihe, auf die ich spekuliert hab, aber mein Vater unterbricht mich und meint, wenn ich bedenke, daß du als Kind fast normal schienst.

Meine Mutter fügt hinzu: Na ja, normal kann man vielleicht nicht sagen, Renato, aber immerhin konnte sie alle Hauptstädte der Welt aufsagen.

Mein Bruder pflichtet ihr bei: Ich hab immer gewußt, daß die es auf keinen grünen Zweig bringt.

Darauf sag ich: Liebe Eltern, ich habe euch immer geliebt –
womit ich ein anderes unverstandenes Genie zitiere, fast so
vom Pech verfolgt wie ich, Franz Kafka, den berühmten
Schriftsteller, dem die Freuden des Lebens verschlossen blie-
ben.

Mein Vater sagt: Du brauchst also schon wieder Geld?

Du weißt doch, daß wir immer alles für dich getan haben,
was in unserer Macht stand, meint meine Mutter.

Und mein Bruder: Du läßt dich auch nur blicken, wenn du
Geld brauchst.

Also kündige ich ihnen groß an: Liebe Eltern, liebe Familie,
ich werde bald heiraten, ich bin sehr verliebt, und er liebt mich
auch, er ist schön, reich, jung, intelligent und rührend um mich
besorgt.

Meine Mutter reagiert so darauf: Sei nur vorsichtig, die Welt
ist voller Betrüger.

Mein Bruder: Wie alt ist er denn, neunzig oder einundneun-
zig? Und er fängt an zu lachen mit seinem Fischstäbchen im
Mund, das sich prompt querlegt, und er hustet wie wild mit
Tränen in den Augen vor Lachen.

Mein Vater nimmt die freudige Nachricht folgendermaßen
auf: Wer weiß, was das wieder für ein Spinner ist.

Darauf meine Mutter zu ihm: Ach laß doch, Renato, sei nicht
immer so pessimistisch.

Dann wendet sie sich an mich und fragt: Ist er wirklich jung?

Ich sag: Ja klar.

Letztes Mal war der junge Mann ein vierundvierzigjähriger
Glatzkopf, meint mein Bruder.

20 *Die Geschichte vom deprimierten Archäologen.*

Nachdem ich ein bißchen Kleingeld von meinen Eltern losgeeist habe, fahr ich nach Hause, und am Nachmittag geh ich dann einkaufen.

Ich trab also durch die Gassen in meinem Viertel, und wer läuft mir da über den Weg: der deprimierte Archäologe. Gut zwei Jahre hab ich nichts mehr von ihm gehört.

So, nun paßt gut auf, denn jetzt erzähl ich euch noch von einem weiteren Schuft. Ich muß vorausschicken, daß dieser Schuft ein armes Schwein ist und nichts dafür kann, daß er so schuftig ist, aber all den anderen Schuften wird nicht verziehen, verstanden?

Dieser Schuft ist ständig so deprimiert, daß er einem fast leid tun kann. Aber trotzdem meine ich, und darüber bin ich mir auch mit Giovanna einig, daß einer, der so voller Depressionen steckt, lernen muß, selbst damit zurechtzukommen, ohne seinen Mitmenschen auf die Eier zu gehen.

Er heißt Gigi, wird aber von mir – und mittlerweile von meinen Freunden auch – nur der deprimierte Archäologe genannt. Kennengelernt hab ich ihn durch meinen Freund Mario Cavettini, von dem ich euch aber nicht viel erzählen will, weil's da nichts weiter zu erzählen gibt, obwohl, wenn ich mir's genauer überlege, gibt's da was, ist aber sehr kurz. Also, dieser Freund Mario Cavettini ist seit acht Jahren in eine »Frau aus Stein« verliebt. In diesen acht Jahren ist sonst absolut nichts bei ihm gelaufen. Dummerweise bin ich eine Zeitlang mit dieser »Frau aus Stein« ziemlich befreundet. Als Mario das erfährt, hab ich keine ruhige Minute mehr. Ständig ruft er mich an oder platzt bei mir rein, um mich über die »Frau aus Stein« auszuquetschen, die allerdings, wie ich ihm auch sag, nur bei ihm aus Stein ist und sonst munter in der Gegend rumvögelt, zum Beispiel auch mit meinem Freund Ivano, der aber natürlich wieder, als eingefleischter Single und Feind aller verliebten Frauen, die Flucht ergreift.

Dieser Mario fragt mich daher die ganze Zeit: Hat sie von mir gesprochen? Oder: Hat sie mich vielleicht erwähnt? Hat sie etwa nach mir gefragt?

Und ich: Nein, zunächst noch ganz ruhig.

Dann: NEIIIN!, schon viel ungeduldiger.

Schließlich: Leck mich am Arsch, Mario, mit deiner Scheiß->Frau aus Stein<.

Eines Tages steh ich also in der Via Garibaldi (die Hauptgeschäftsstraße meiner Stadt, für alle, die sich dort nicht auskennen) und beschimpfe Mario Cavettini, der wegen der Frau aus Stein in Tränen aufgelöst ist, als uns ein Engel erscheint. Schön, groß, athletisch, sooo Schultern, riesige blaue Augen und lange dunkelblonde Haare, die hinten zu einem Pferdeschwanz zusammengebunden sind. Ich denk, das ist eine Erscheinung, ein Engel, der vom Himmel gefallen ist, ja klar, in dieser Scheiß-Stadt wär mir so ein Engel sonst schon längst aufgefallen.

Wenn ich nur wüßte, wer das ist.

Wie ich euch jetzt beweisen werde, gibt es tatsächlich noch Wunder, denn dieser Engel steuert geradewegs auf uns zu. Jawohl, meine Damen und Herren. Auf mich und diese Nervensäge Mario Cavettini. Schulterklopfen, Mensch, sieht man sich auch noch mal. Was machst du denn hier? Wir haben uns ja eine Ewigkeit nicht..., und so weiter. Auf alle Fälle ist dieser Engel ein alter Klassenkamerad von Mario, studiert jetzt Archäologie und arbeitet nebenher für eine Firma, die überall auf der Halbinsel archäologische Ausgrabungen macht. Vorstellung. Der Engel hat fünfzehn Tage Ferien. Ich schlag vor, daß wir die Ferien am Abend alle drei zusammen feiern. Abgemacht.

Abendessen bei meinem Freund Mario, dem ich vorsorglich erkläre, daß ich mich, wenn ich gehen will, von dem Engel nach Hause begleiten lasse, und daß ich ihm die Ohren abreiße, wenn er zu sagen vergißt, daß er leider müde ist und der Engel mich nach Hause bringen soll.

Mein ausgekochter Plan gelingt.

Der Engel begleitet mich nach Hause, und ich schlag vor, am nächsten Tag zusammen ans Meer zu fahren, weil ja auch Samstag ist.

Er sagt, in Ordnung, ich sag auch Mario Bescheid.

Klar, warum nicht, Mario kommt auch mit. Sobald ich in meiner Wohnung bin, ruf ich Mario an und sag ihm, daß ich ihm die Fingernägel einzeln ausreiß, wenn er die Einladung annimmt. Kurz und gut, ein Tag am Meer unter Engeln, ja, die gibt's wirklich, ich schwör's euch. Ich starr ihn nur die ganze Zeit an, könnt ihn auffressen mit den Augen, keine Ahnung, was er sagt, ich sitz einfach nur da wie nicht ganz bei Trost, mit einem wahnsinnigen Verlangen, und freß ihn mit den Augen auf. Am Abend begleitet er mich wieder nach Hause, und als er dann gehen will, sag ich zu ihm, hey, mach keine Witze, mein Engel. Ich frag ihn, ob er was für Opern übrig hat, und er meint, daß er zwar nicht viel Ahnung davon hat, aber so vom Hören findet er Opern nicht schlecht. Magst du zum Beispiel Pavarotti? Also um ehrlich zu sein, ich versteh ja nicht viel davon, aber Pavarotti mag ich nicht besonders. Macht nichts, macht überhaupt nichts, mein Engel. Sag mir einfach, wen du magst. Na ja, Caruso gefällt mir. Ah, die Entdeckung des Jahres, und sonst? Tja... ich weiß nicht. Wie, ich weiß nicht, und Rockwell Blake, sagt dir das auch nichts? Also wenn dir auch Rockwell Blake nicht gefällt..., tut mir leid, du magst vielleicht ein Engel sein, aber dann bist du trotzdem bescheuert. – Doch, doch, spiel mir was von diesem Rockwell Blake vor. Komm, wir machen's uns ganz bequem zum Musikhören, der Plattenspieler ist ja im Schlafzimmer, komm, wir ruhen uns ein wenig aus, du bist doch auch müde. Und schon fallen wir übereinander her und lieben uns in dieser Sommernacht mit Rockwell Blake, der schreit und sich ins Zeug legt, und wir, wir legen uns noch mehr ins Zeug als er und Pavarotti zusammen. Auf alle Fälle ist er ein toller Liebhaber, dieser Engel, der vom Himmel herabgestiegen ist. Ja und, wo ist der Haken bei der Geschichte, werdet ihr fragen. Hier ist er: Nachdem wir uns geliebt haben, beginn ich wieder, klar zu denken und zu Verstand zu kommen, weil dieses irrsinnige Verlangen weg ist, und so sag ich zu ihm, komm, wir erzählen uns was.

Und er, der Engel, schaut mich unwillig an und meint, wieso?

Was denn? Ich weiß nicht... ich hab nichts zu erzählen. Wozu soll das auch gut sein, reden?

Wie, wozu soll das gut sein?, sag ich.

Es ändert doch sowieso nichts, sagt er.

Er wird unheimlich traurig, wie eine ganze Heerschaar trauriger Engel, und sagt nichts mehr, nur noch, daß er jetzt schlafen will, denn wenn er nicht arbeitet, will er an gar nichts denken, nur schlafen, schlafen, und nicht denken.

Na, das kann ja heiter werden. Und warum willst du nicht denken. Was soll das heißen, wozu soll das gut sein? Wieso sagst du, wozu soll das gut sein?

Ja, ist doch sowieso immer das gleiche, immer die gleiche Scheiße. Ich schlaf jetzt, ciao, gute Nacht.

Wie, gute Nacht, es ist Mittag, und du schnarchst seit gestern abend.

Na und, wenn ich nicht schlafe, denk ich, wenn ich denke, werd ich deprimiert, und wenn ich deprimiert bin, will ich mich umbringen.

Und warum bringst du dich nicht gleich um?

Nur wegen meinem Kindermädchen, nur wegen ihr, sonst interessiert mich niemand auf der Welt.

Und deine Familie?

Ach, diese Bastarde. Die interessieren mich einen Dreck.

Und deine Freunde?

Ich hab keine Freunde.

Und Mario?

Ach was geht mich ein alter Klassenkamerad an, den ich fünf Jahre nicht gesehen habe.

Und Frauen, Liebesgeschichten?

Ich hab mich noch nie verliebt.

Ich vermeide es, von mir selbst zu sprechen, sonst endet es noch damit, daß ich ihn kalt mache, bevor er dazu kommt.

Auf alle Fälle, liebe Freunde, der Typ macht keine Witze. Er schläft wieder ein und verschläft tief und fest den ganzen Tag. Mich macht das wahnsinnig, daß da einer den ganzen Tag schnarchend in meinem Bett liegt, und dann muß ich ja auch einige Sachen erledigen. Ich geh also aus dem Haus, komm zurück, zieh wieder los, komm wieder zurück, und er liegt die ganze Zeit da und pennt.

Und ich nehm mir vor: Wenn er aufwacht, jag ich ihn zum Teufel. Ich schwör's vor Gott, das mach ich. Aber dann, als er aufwacht, bin ich von so 'nem Samaritergeist beseelt. Ich versuch, ihn zum Reden zu bringen, zum Erzählen, was da in seiner weichen Birne vorgeht, wahrscheinlich auch weil ich denk, diese ganzen Gottesgaben darf man doch nicht so verkommen lassen. Die nächsten Tage treffen wir uns dann öfter. Und er ist immer sehr, sehr schweigsam.

Eines Tages sitzen wir in einer Trattoria (ein Pluspunkt für ihn, daß er sich aus nichts was macht, also auch nicht aus Geld, und es gedankenlos ausgibt), und ich sag zu ihm: Erzähl mir zur Abwechslung doch mal was!

Er zuckt mit den Achseln und meint: Wozu denn?

Und ich: Warum versuchst du's nicht mit dem klassischen Auftakt und erzählst mir deine Familiengeschichte?

Er: Meine Familiengeschichte will ich vergessen.

Ich: Aber irgendwas muß dir doch Spaß machen im Leben.

Er: Schlafen macht mir Spaß.

Und sonst?

Sonst, ein Scheiß.

Aber ich zum Beispiel, gefall ich dir nicht?

Er meint: Das mit uns bedeutet mir gar nichts.

Wie bitte, das bedeutet dir nichts?

Ich fühle nichts.

Überhaupt nichts?

Nein! Ich hab noch nie was gefühlt.

Was für ein Sternzeichen bist du?

Fische.

Und Aszendent?

Keine Ahnung. Und überhaupt, was geht mich die Astrologie an?

Oh, entschuldige vielmals, aber Archäologie zum Beispiel? Du studierst Archäologie und reist rum und machst archäologische Ausgrabungen wie Indiana Jones – die muß dir doch was bedeuten, die Archäologie.

Antwort: Einen Scheiß.

Dann erklär mir mal, Schätzchen, warum Archäologie und nicht Pharmazie zum Beispiel.

Er: Weil das Graben anstrengend ist, und dabei denkt man an gar nichts, und wenn man mit Graben fertig ist, geht man ins Bett, und wenn man aufwacht, muß man wieder graben.

Bist du denn schon immer so, oder ist das nur zur Zeit so mit dir, du weißt schon, jeder hat mal...

Der Archäologe unterbricht mich und meint, daß ich ihm allmählich auf die Eier geh, mit meinen Fragen à la Sherlock Holmes, und daß es ja schön für mich ist, wenn ich glücklich bin und so begeistert vom Leben, daß ich ihm damit aber bitte nicht auf die Eier gehen soll.

Ich antworte folgendermaßen: Dann häng dich doch auf, aber ich rat dir, mach's gleich; weißt du, wenn ich Lust hab, mich umzubringen, dann mach ich's eben und fertig (stimmt natürlich nicht, kam aber gut). Typen wie dich kenn ich genug. Erst groß rumreden, und dann geben sich die anderen die Kugel, weil sie das Geschwätz nicht mehr hören können.

Und dann, meine Lieben, bringe ich diese, vielleicht etwas übertriebene, kinoreife Aktion: Ich greif mir ein volles Weinglas und gieß es ihm über den Kopf, und da ich schon mal dabei bin, nehm ich auch noch den Teller mit den überbackenen Auberginen zur Hand und kipp ihn ihm über die Hose. Dann geh ich, und ich hab eine Wut im Bauch, daß ich wer weiß was anstellen könnte. Aber ich sag mir, daß ich meine Wut nicht für diesen Wurm verschwenden darf.

Tja, und danach passiert doch tatsächlich folgendes: Dem deprimierten Archäologen scheint mein Kino-Auftritt, ihm Speis und Trank überzukippen, gefallen zu haben, und er erwacht ein bißchen aus seiner Trägheit und fängt an, mich anzurufen und meint, daß er mich wiedersehen will, daß er nachgedacht hat und daß er bereit ist, mir seine Familiengeschichte zu erzählen. Und er ringt sich sogar ein schüchternes Lachen ab.

Und ich fall drauf rein wie ein dummes Huhn, und er fängt an wie die Typen – ihr wißt schon –, die sich an einen klammern und einem die Seele aussaugen, weil offensichtlich ihre eigene irgendwo verloren gegangen ist, in ihrer ganzen, ach so bequemen Traurigkeit.

Und dann muß er mich auch noch mit seiner Psychoanalytikerin verwechselt haben. Denn – das hab ich euch noch gar nicht erzählt – in einem Anflug von Tatendrang hat er nämlich Hilfe bei einer Psychiaterin gesucht, die ihn nach zwei Sitzungen fortgejagt hat, wobei sie ihm sagte, daß manchen Menschen durch die Psychoanalyse nicht nur nicht zu helfen ist, sondern daß es den Psychoanalytikern selbst auch sehr schlecht bekommt, mit solchen Typen zu tun zu haben.

Ja, und nachdem das mit der Psychoanalytikerin schief gelaufen ist, meint dieser Archäologe doch – dem vorher jedes

Wort zuviel war –, jedesmal wenn wir uns treffen, mir seine Lebensgeschichte erzählen zu müssen, von seiner traurigen Kindheit, daß ihn nie jemand geliebt hat und daß ihn keiner versteht – wirklich zum Davonlaufen, meine Lieben.

Er tut also so, als wenn ich seine Psychoanalytikerin wäre, auch wenn er mich gar nicht gefragt hat, ob ich das will, und jedesmal wieder die gleichen Geschichten und dann auch noch die klassische Aggressivität, und an einem Abend voller Haß und Liebe umarmt er mich, und nach der Umarmung legt er mir die Hände um den Hals und drückt zu, und danach heult er los und stammelt, ach, wie schön, und daß er mich unsagbar liebt. Aber ich sag: Halt! Jetzt reicht's, mein lieber Engel und Archäologe, ich hab genug damit zu tun, mit meinem eigenen verflixten Leben klarzukommen. Dann füg ich noch hinzu, daß meine eigenen Mißgeschicke immerhin noch lustig sind – wenigstens für meine Freunde, denen ich davon erzähle –, daß er aber nur todlangweilig ist, und daher, bye, bye, auf Wiedersehen, ihm und seinen Depressionen, den archäologischen Ausgrabungen und überhaupt allen Arschlöchern von Engeln.

Auf alle Fälle scheint das Sprichwort seine Richtigkeit zu haben, in dem es heißt, ein Unglück kommt selten allein. Als wenn das traurige Warten auf den futuristischen Bastard nicht genügen würde, läuft mir jetzt auch noch dieser Depressions-Nobelpreisträger über den Weg. Aber was soll man machen. Er sieht immer noch gut aus, mit kurzen Haaren und einem Bart, und dann hat er tatsächlich ein bißchen Fett angesetzt, was mir, wie ihr allmählich wißt, keineswegs mißfällt. Und er lächelt sogar!

Das erste, was er sagt, ist: Rat mal, an wen ich gerade gedacht hab.

Und ich: Keine Ahnung.

Er: Ich bin hier so durch die Gassen gelaufen und hab an dich gedacht.

Ach wirklich.

Jedenfalls scheint dieser deprimierte Archäologe ein bißchen aus seinen großen Depressionen herausgefunden zu haben. Er sieht weniger traurig aus und meint sogar, daß es ihm ganz gut geht. Und dann sagt er noch, daß er mich zum Abendessen einladen will. Für ein Abendessen bin ich sogar bereit, mir eine Stunde Depressionen reinzuziehen.

Wir sitzen also im Restaurant, und dieser Gigi plaudert ganz angeregt, und ich hör ihm zu, und dabei schau ich ihn mir, wie ich zugeben muß, ganz interessiert an.

Ich denk auch mal kurz an den futuristischen Schuft, und ich sag mir, liebes Mädchen, du mit deinem chaotischen Kopf, hast du dir nicht vorgenommen, das Leben wieder so richtig zu genießen? Wolltest du nicht aufhören, auf den Schuft zu warten?!

Als wir fertig gegessen haben, zahlt er, und dann treten wir in die laue Sommernacht hinaus, die nach Meer riecht, und auch ein bißchen nach den Mülltonnen, die man hier in den Gassen, wahrscheinlich als Touristenattraktion, in jeder Ecke aufgestellt hat.

Und dieser Archäologe, ja, was macht der? Er pfeift munter vor sich hin und legt dann seelenruhig seinen Arm um meine Taille und beginnt mich leicht zu streicheln. Und ich, auch wenn ich mir einen kurzen Gedanken an den Schuft in London nicht verkneifen kann, ja, ich spür allmählich, wie Ströme der Lust von meinem Bauch aus hochsteigen, und mein Kopf ist total leer von den zwei Flaschen Vermentino, und als dieser Archäologe für einen kurzen Moment innehält, um dann so richtig loszulegen, geb ich jeden Widerstand auf, so wie Clelia beim Ansturm von Fabrizio del Dongo.

So stehen wir also da und knutschen und schmusen wie die Wahnsinnigen, und nach dem Geknutsche nimmt er mich bei der Hand und meint, jetzt gehen wir zu mir nach Hause. Was hältst du von der Idee?

Und ich sag: Lieber Archäologe, ich halt sie für die Idee des Jahrhunderts.

Als wir bei ihm in die Wohnung reinkommen, meint er zu mir: Mach die Augen zu. Ich mach sie zu, und dann mach ich sie wieder auf, und mein Blick fällt auf die strahlende Erscheinung von meinem erotischen Traum-Mann Pavarotti, als Herzog von Mantua auf einer Rigoletto-Schallplatte.

Ich weiß auch nicht warum, jedenfalls krieg ich einen nervösen Lachanfall und kann mich nicht mehr halten.

Und er, der Archäologe, legt zuerst die Platte auf, und dann beginnt er, das Sofa auszuziehen. Er macht die Lichter aus, bis auf eine kleine Lampe, so daß sofort eine schweinische Atmosphäre entsteht, er zieht sich das Hemd aus, und mir den Rock. Dann fängt er an, mich zu küssen und an mir rumzumachen und meint, daß er ständig an mich gedacht hat und mich unheimlich begehrt.

Du auch?, fragt er. Wenigstens ein bißchen?

Na klar!

Wir schmeißen uns aufs Bett, aber ich muß immer noch lachen wie eine Verrückte. Er hört auf, schaut mich an und fragt, ist alles okay?

Ja, ja, sag ich, während mein Traummann Pavarotti jetzt *Questa o quellaaa-aaaa per me pari so-oonnnooooo...** singt.

Nach dem Lachanfall wird mir plötzlich schlecht, und ich sag zu Gigi: Entschuldige, aber ich glaub, ich muß gleich kotzen.

Er macht ein total trauriges Gesicht und meint: Hab ich diese Wirkung auf dich?

Nein, nein, das hat nichts mit dir zu tun..., kann ich gerade noch sagen, bevor ich in Windeseile ins Bad flitze und mir da, wie man so sagt, die Seele aus dem Leib kotze.

---

* »Die eine oder die andere, für mich sind sie gleich«, d. Übers.

Als ich zurückkomme, sitzt er da wie ein Häuflein Elend –
oder wie der deprimierte Archäologe in seinen besten Zeiten.

Ich zieh mich an und sag, ich muß an die frische Luft. Ich geh
mal ein paar Schritte nach draußen.

Ich komm mit, sagt er.

Um Himmels willen... ich muß ein bißchen allein sein.

Und warum hast du gekotzt? will er wissen.

Keine Ahnung, das passiert mir in letzter Zeit öfter, daß mir
plötzlich schlecht wird.

Kann ich dich morgen anrufen?, fragt er.

Hm, also, jjja...

Draußen auf der Straße denk ich, ich bin ja wirklich bescheuert,
so ein Abendessen auszukotzen.

21 *Giovanna trifft sich wieder mit ihrer großen Liebe, und dann fallen sogar die Sterne vom Himmel.*

Ich bin gerade erst ein paar Tage wieder in der Stadt, und Giovanna macht sich auf die Reise nach Roccella Ionica, wo ihre große Liebe Davis wieder ein Konzert gibt, genau wie vor drei Jahren. Vor der Abreise hat sie die Zellulitis an ihren Schenkeln mit Schlammpackungen behandelt, ihre Haare mit Henna rot gefärbt und ihren Körper von oben bis unten enthaart, und jetzt sieht sie aus wie ein gerupftes Huhn. Dann hat sie drei Tage Fasten eingelegt und einen Tag Zen-Meditation, das heißt, eine Sitzung von zwölf Stunden in ihrem Zimmer mit dem Gesicht zur Wand. Als gutes Omen haben wir dann noch in einem Geschäft in Campetto einen kleinen afrikanischen Rucksack geklaut.

Dann haben wir die I Ging-Karten zu Rate gezogen, um so zu erfahren, ob alles gut gehen würde. Zunächst kam ein total beschissenes Hexagramm raus, die achtundvierzig, also der Brunnen, Pech und Mißgeschick ohne Ende, aber Gott sei Dank konnte man es noch umändern, und so wurde es zur Sechsundvierzig, die Aufstieg und Erfolg verspricht. Giovanna war total hin und her gerissen und meinte: Mensch, was soll denn das jetzt bedeuten? Vielleicht, daß mein Zug entgleist und er kommt mich im Krankenhaus besuchen und verspricht mir, daß er sich scheiden läßt und mich schnell noch heiratet, bevor ich sterbe. Was meinst du? Oder daß er nichts mehr von mir wissen will, und ich verlieb mich in den anderen Jazzer, den, der nicht verheiratet ist. Schwarz ist er ja auch. Madonna, ich stürz mich vom höchsten Felsen in Roccella, wenn er mich nicht mehr sehen will. Und ich sag: Du spinnst ja, der und dich nicht mehr sehen wollen, nachdem ihr euch das letzte Mal so romantisch geliebt habt und er es dir eine Woche lang jede Nacht so tüchtig besorgt hat, das gab's noch nie, daß einer nach so was nicht mehr will, und so weiter.

Dann meint Giovanna, daß sie bei Coin so ein afrikanisches Kleid gesehen hat, auf das sie ganz scharf ist, und daß sie sicher ist, wenn Davis sie damit sieht, richtet sich sogar sein Saxophon auf. Also ziehen wir wiedermal zu Coin los, zur x-ten revolutionären Enteignungsaktion, die diesmal auch noch einen Antiapartheids-Charakter hat. Und da wir schon mal dabei sind, enteignen wir auch noch Slips, Büstenhalter, Guêpieres und Strapse, die wir zwar nicht tragen, aber was soll's, auch die Unterwäsche ist wichtig, wie ich von meiner Freundin Giovanna weiß.

Jedenfalls fährt sie los, und nach drei Tagen ist sie schon wieder zurück. Sie ruft mich von unten von der Gasse und meint, ich soll sofort runter kommen, weil sie mir so viel zu erzählen hat. Ich also im Spurt die Treppen runter, und sie sagt: Komm, wir gehen was trinken, ich erzähl dir alles.

Weißt du noch, was mein I Ging gesagt hat?, legt sie los, erinnerst du dich noch an den Brunnen?!

Sicher.

Gütige Madonna, Brunnen wär noch schön gewesen. Der ist doch tatsächlich mit seiner Frau da unten aufgekreuzt, und seinem Sohn, dem Sohn seiner Frau aus erster Ehe, und zwei vietnamesischen Schwägern!

NEIN!!!

Wie, nein, aber ja!

Ja, und was habt ihr gemacht? Nichts?

Denkste, zum Glück ist er seinem Clan entflohen und zu mir ins Hotel gekommen, um zwei Uhr nachts. Ich hatte schon befürchtet, daß er es nicht mehr schafft, weil er eigentlich um sechs abends da sein wollte. O Jungfrau Maria, ich kann dir sagen, dieses Warten, das waren die schlimmsten Stunden meines Lebens.

Und dann?

Dann ist alles ganz glatt gegangen.

Los erzähl schon, sag ich – eifrige Sammlerin grandioser Liebesgeschichten – ungeduldig.

Und sie sagt, daß das Schöne an Davis ist – und daher weiß sie auch, daß er der Mann ihres Lebens ist –, daß es mit ihm immer folgendermaßen abläuft: Zuerst gehen sie voll zur Sache und machen alle Schweinereien, die man sich nur vorstellen kann, und dabei geben sie wirklich alles, in dieser kosmischen Verbindung von Schwarz und Weiß, Himmel und Erde, Blitz und Donner, und danach reden sie und erzählen sich alles mögliche.

Giovanna erzählt ihm zum Beispiel, daß sie ein künstlerisches Projekt im Kopf hat, das nicht nur die abendländische Kunst revolutioniert, sondern auch die afrikanische Kunst gleich mit; Davis fragt sie, was das für ein Projekt ist, und sie erklärt ihm, was für eine Performance sie in der Rübe hat, und daß sie sich sogar schon einen Titel ausgedacht hat: Performance für Erde und Saxophon.

Dann die Geschichte mit dem Kind, der Frucht ihrer Liebe, von dem man bis jetzt nur eins sicher weiß, wie sie ihm sagt, daß es nicht blond sein wird.

Ich frag, und die Geschichte mit der Seele? Hat er dir wieder die Sache mit der Seele erzählt?

Nee, diesmal nicht, dazu war keine Zeit.

Auf alle Fälle, es ist doch noch ganz gut gelaufen, nur war's eben viel zu kurz. Dreißig Stunden im Zug, meint Giovanna, dreißig Stunden, nur für ein bißchen Sex und Liebe. Und sie beginnt laut zu lachen.

Tja, und das bei all den Typen, die hier so rumlaufen.

Und jetzt muß ich auch lachen, denn es ist so sonnenklar, daß wir beide uns zur Zeit aus den Typen, die hier so rumlaufen, wirklich überhaupt nichts machen.

Dann schaut sie mich prüfend an und meint: Hey, mit deinen Haaren hast du aber auch nichts gemacht. Guck doch mal, wie schlampig du damit aussiehst.

Danach fragt sie, gehen wir ins Kino heut abend? Ich hab noch was von dem Geld, das mir meine Eltern gegeben haben, ich dachte, ich würde länger in Roccella bleiben.

Was läuft denn?

Ein Film mit Robert De Niro, im Open-Air-Kino.

Warum nicht, Robert De Niro mag ich. Und du?

Ein bißchen zu hellhäutig für meinen Geschmack, na ja, er ist nicht schlecht, für einen Weißen noch ganz annehmbar.

Und für meinen Geschmack ist er ein bißchen zu mager, sag ich, und zu jung, trotzdem, schlecht ist er nicht.

Wir sehen uns also diesen Film an, und die Geschichte geht so, daß dieser Robert De Niro, gut im Futter mit allem Drum und Dran, ein Problem hat, und zwar ist er Analphabet, und deswegen läuft er vor Jane Fonda davon, die es sich hingegen in den Kopf gesetzt hat, ihn einzufangen. Dann aber läuft er nicht mehr vor ihr davon, und die brave Jane Fonda setzt sich mit ihm zusammen und bringt ihm Lesen und Schreiben bei, und dann ziehen sie ganz zusammen und machen auch noch 'ne Menge Geld.

Was macht man nicht alles für ein bißchen Liebe, ist unser Fazit, als wir aus dem Kino kommen. Dann kriegen wir Lust auf einen unserer traditionellen nächtlichen Spaziergänge. Zuerst durch die Via Gramsci mit dem gewohnten Szenarium von Nutten, Zuhältern, Transvestiten, Fixern, Dealern, Piraten, Sarazenen... Dann rauf zum Aussichtspunkt Castelletto, der uns aber fast schon zu den Ohren rauskommt, denn seit unzähligen Jahren spazieren wir hier schon hoch, zusammen oder allein, bei Regen oder Hitze, am Boden zerstört oder glücklich – wahrscheinlich eher am Boden zerstört, denn vom Pech verfolgt läuft es sich besser, da sind die Beine lockerer.

Weißt du, daß wir heute den zehnten August haben, sag ich

zu Giovanna, die Nacht von San Lorenzo, das Fest der Stern-
schnuppen?

Und, wünschst du dir was dabei?, fragt Giovanna.

Na klar!

Gehen die Wünsche in Erfüllung?

Keine Ahnung, manchmal, glaub ich, schon. Aber ich hab
den Eindruck, ich mach irgendwas falsch beim Wünschen.
Zum Beispiel im Jahr mit dem ersten Schuft, dem Frauenarzt,
hab ich mir gewünscht, daß er seine blöde Schlampe verläßt.

Und?, fragt Giovanna.

Na ja, verlassen hat er sie schon, aber danach hat er sich
direkt 'ne andere Schlampe angelacht.

Du bist ja auch ganz schön blöd, du hast dich einfach nicht
richtig ausgedrückt. Du hättest dir wünschen sollen, daß er
dich liebt und nicht daß er die andere verläßt, denn wenn du dir
das erst mal gewünscht hast, kann er gar nicht mehr anders, als
seine ganzen Schlampen zu verlassen.

Siehst du, ich kann mir noch nicht mal was richtig wünschen,
siehste...

Komm, jetzt hör schon auf, meint meine Freundin Giovanna
und gibt mir einen Mordsschlag auf den Hintern, mit all ihrer
Neger-Kraft, komm, jetzt schauen wir mal, was sich am Himmel tut, ob wir irgendeine Scheiß-Sternschnuppe erwischen,
drei Wünsche hab ich schon parat. Dann meint sie noch zu mir,
paß gut auf mit deinen Wünschen, überleg sie dir gut.

22 *Ich treff Lella wieder, die Fachärztin für Magen-Darm-Krankheiten.*

Die Geschichte mit der Übelkeit ist allerdings noch nicht vorbei. Es sieht echt so aus, als wenn ich mir einen Arzt leisten müßte, und dann ist das Geld schon wieder flöten, das mir meine Eltern gegeben haben. Geistesblitz. Lella, meine Freundin und Ex-Geliebte, ist Fachärztin für Magen-Darm-Krankheiten.

Ich geh zu ihr ins Krankenhaus. Sie sieht gut aus, total braungebrannt, wie 'ne richtige braungebrannte Ärztin, lächelt mich an und freut sich, mich zu sehen. Zum Glück. Sie lädt mich ein, in der Krankenhausbar was zu trinken, und ich bin dabei, auch wenn das nicht unbedingt das richtige Ambiente ist, um mich hochzuziehen.

Sie streichelt mir das Gesicht und meint, wie geht's dir, na, wie geht's dir? Warum hast du dich nicht mehr blicken lassen? Wie kommt's, daß du dich nicht mehr hast blicken lassen?

(Lella hat die Angewohnheit, alles zweimal zu sagen.) So sitz ich also in der Bar vor meinem scheußlichen Krankenhaus-Kaffee und erzähl ihr die Geschichte von dem Schuft, von meiner Reise allein nach Spanien und vom Abend mit dem Archäologen, als ich gekotzt hab.

He, du verlierst aber auch wirklich keine Zeit, meint sie.

Ich zuck mit den Achseln und fühl mich ein bißchen down.

Dann meint sie, ich hab heut abend Zeit, kommst du mit zum Chinesen? Wie in alten Zeiten?

Dazu muß ich sagen, daß Lella sich praktisch nur von chinesischer Küche ernährt, und was mich angeht, solange es auf anderer Leute Kosten ist, mach ich alles mit, egal ob chinesisch oder eskimonesisch.

Jetzt ist aber erst mal die Geschichte von dieser Lella an der Reihe. Im letzten Frühling, an einem dieser superlangweiligen Samstagnachmittage, ruf ich meine Freundin Laura an und schlag ein gemeinsames Besäufnis in einer Bar vor. Aber Laura hat schon was vor, sie will zu einem philosophischen Frauenseminar und meint, ich solle doch mitkommen. Sie sagt, daß sie nach diesen Versammlungen der Philosophinnen regelmäßig zu einer von ihnen nach Hause gehen, um ordentlich was zu essen und zu trinken. Also los.

Am Abend bei dem Philosophinnenessen lern ich Lella kennen, die zwar keine Philosophin ist, dafür aber Ärztin für Magen-Darm-Krankheiten. Wir verstehen uns gleich sehr gut; sie gesteht mir, daß sie nur wegen dem »Danach« zu den Frauentreffen geht, dem Essen und Trinken eben, aber mehr noch wegen dem Trinken, wie sie mir schon leicht bedudelt sagt. Und dann gesteht sie noch, daß sie von Philosophie keinen blassen Dunst hat und ob ich philosophische Bücher lese.

– Nee, nee, das einzige, was ich wirklich gern lese, sind Romane.

Auf alle Fälle, wir sind uns sofort unheimlich sympathisch. Sie ist auch eine Liebhaberin von Horoskopen, und so stürzen wir uns sofort in die gewagtesten astrologischen Diskussionen. Und da sie Schütze mit Aszendenten Waage ist, ist sie mir gleich noch viel sympathischer. Viel später dann, schon fast am Morgen – die Philosophinnen diskutieren immer noch über Philosophie, und wir haben schon ganz schön einen in der Birne –, schlägt Lella vor, auf der Terrasse draußen ein bißchen frische Luft zu schnappen.

Unser Thema: die Liebe. Ich leg sofort richtig los und entwickel noch gewagtere Thesen über Liebe, Sternzeichen, Sex und Horoskope. Und diese Lella redet so: Eine Person, mit der ich eine Beziehung hatte. Oder: Eine Person, in die ich verliebt war. Also alles sehr diskret, nicht so wie ich, die ich immer sofort mit Namen, Vornamen, Adresse rausrücke.

Irgendwann erklär ich ihr dann meine Theorie, daß die großen Lieben meines Lebens alle Waagen sind, einschließlich Pavarotti, und sie fragt, und Schützen? Und was ist, wenn der Aszendent Waage ist?

Ich muß lachen, denn auch wenn ich einen im Tee hab, den Wink mit dem Zaunpfahl hab ich trotzdem verstanden, und ich sag, heh..., und Lella, diese Ärztin für Magen-Darm-Krankheiten, wird auf einmal ganz zappelig und schlägt mit ihrem Kopf gegen die Wand, und dann lacht sie, und ich sag, hey, beruhig dich, was machst du denn da, beruhig dich doch, und sie tritt ganz nah an mich heran, und dann umarmt sie mich ganz fest und streichelt mich und fängt an, mich abzuschlecken, das Gesicht, den Hals, wie eine Verrückte, und dabei faselt sie, daß sie das so sehr gewollt hat, seit dem ersten Moment, als sie mich gesehen hat, und daß das Liebe auf den ersten Blick ist, daß sie schon richtig verliebt ist und daß sie gar nicht versteht, wie das passieren konnte. Und ich erklär ihr, daß es sich wahrscheinlich so verhält: Sie hat ein Feuer-Sternzeichen und entflammt sehr leicht, und ich ein Luft-Sternzeichen, und das ist praktisch so, als wenn ich ins Feuer blase. Auf alle Fälle treffen wir uns danach regelmäßig, und diese Lella erzählt mir, daß sie immer nur Frauen geliebt hat, ihresgleichen, Menschen vom eigenen Geschlecht also. Und Männer nie, will ich wissen, wirklich nie? Nein, nie!, antwortet sie.

In der Zeit, als wir richtig zusammen sind, taucht sie keinmal ohne Wein, Süßigkeiten, Kuchen und so weiter bei mir zu Hause auf, und sie schenkt mir eine Menge Bücher, alles Romane. Und sie ist total aufmerksam mir gegenüber, singt dauernd »Amada mia«, schaut mich stundenlang nur an, schleckt mich ab und haucht Worte voller Leidenschaft und Liebe.

Und was passiert dann? Tja, dann kommt der Abend, an dem ich den futuristischen Schuft kennenlerne, und wer denkt da noch an Lella? Lella aber denkt noch an mich. Sie ruft mich an, und ich erzähl ihr, was los ist, und sie knallt den Hörer auf die Gabel und ist in Windeseile bei mir, klingelt Sturm und bearbeitet mich dann, völlig außer sich, mit Faustschlägen und Ohrfeigen.

Bei der Geschichte muß ich an meinen Vater denken, der mir immer prophezeit hat, daß mir eines Tages mal ein Mann so richtig das Gesicht bearbeiten wird – und jetzt ist es eine Frau, die meinem Vater recht gibt.

Am Tag drauf ruft sie mich aber an und meint, daß es ihr wirklich leid tut, ihr feuriges Sternzeichen Schütze sei schuld an dieser impulsiven Reaktion, daß sie das nicht gewollt hat und wir sollen doch Freundinnen bleiben.

Und jetzt sitzen wir also bei dem Chinesen und stopfen uns voll mit süß-saurem Schweinebraten, Huhn mit Mandeln, Pekingsuppe und anderen chinesischen Gottesgaben, und ich sag zu ihr: Meinst du, ich krieg Diabetes von dem, was ich alles trinke? Oder Leberzirrhose?

Und sie fragt, trinkst du eine Flasche am Tag? Eine Flasche am Tag muß schon sein, wenn's einem gut gehen soll.

Ich weiß nicht, ob sie das ernst meint, und sag: Keine Ahnung.

Sie schaut mich an und fragt: Geht's dir nicht gut?

Und ich darauf, ja, natürlich geht's mir nicht gut, aber dann sag ich ihr auch, daß ich beschlossen habe, daß es mir nicht mehr schlecht gehen soll, daß ich diesen Schuft aus meinem Herzen verbannen will. Ich schwör's dir, das mach ich, sag ich zu ihr. Und dann erzähl ich ihr, daß ich neuen Lebensmut in mir spüre und daß Frauen sowieso die Fähigkeit haben, den Zauber wiederherzustellen, wiederhol ihr also das, was die spanische Malerin im Radio gesagt hat.

Und sie meint, klar können Frauen den Zauber wiederherstellen. Dann zieht sie an ihrer Zigarette, schaut mich halb zärtlich, halb verschmitzt an und meint, da kannst du sicher sein, daß Frauen das können. Sie streichelt mir ein bißchen das Gesicht und sagt dann, wir hatten doch unseren Spaß, als wir zusammen waren, oder nicht? Und ich muß an die ganzen Sachen wie Abendessen, Süßigkeiten, Kuchen und Wein denken, die Lella immer angebracht hat, und sag, klar hatten wir unseren Spaß, Lella.

Und dabei überleg ich mir, daß die Frauen vielleicht recht haben, die von den Männern die Nase voll haben und nur noch Frauen lieben wollen. Und ich sag mir, daß ich zum Beispiel noch nie auf einen Anruf von dieser Frau Lella warten mußte und daß sie noch nie zu ihrer Ex-Gattin nach London abgehauen ist.

Und wenn ich auch eine Frau werde, die nur noch ihresgleichen liebt? Ich frag sie, ob sie zur Zeit irgendwelche Geschichten laufen hat. Sie schaut mich ganz ernst an und meint, nein.

Als wir bei mir zu Hause ankommen, schmeißen wir uns sofort aufs Bett, und ich leg »Così fan tutte« auf und fang an, die Melodie der Ouvertüre laut mitzusingen. Wir haben wieder ganz schön getrunken, ich glaub, wir sind so voll wie an jenem Abend auf der Terrasse bei den Philosophinnen. Wir umarmen uns, Lella beginnt, mich auszuziehen und meint, daß sie mich jetzt untersucht.

Sie tastet meine Leber ab, um festzustellen, ob sie sich vergrößert hat. Dann meint sie, daß ich so gesund bin wie ein Pferd. Daß mein Kopf vielleicht nicht besonders gut funktioniert, aber von der Gesundheit her bin ich wie ein Pferd. Und dann küßt sie mich und schleckt mich ab, wie sie's immer gemacht hat, diese Lella, Fachärztin für Magen-Darm-Krankheiten.

23 *Dreiundzwanzigstes Kapitel, jetzt beschreibe ich einen schönen Ausflug zu den Seen und stelle in Gesprächsform Betrachtungen an über das Leben und die Liebe.*

Als ich am Morgen drauf aufwache, finde ich einen Zettel auf dem Nachttisch, auf dem steht: Guten Morgen, guten Morgen, hast du gut geschlafen, ja? Übermorgen ist Ferragosto*, machen wir was zusammen? Hast du Lust?

Ich kann euch sagen, ich hab den Zettel kaum gelesen, da bin ich schon wieder deprimiert. Einmal, weil Lella mich daran erinnert hat, daß bald Ferragosto ist, und ich weiß auch nicht wieso, an Ferragosto bin ich regelmäßig deprimiert, wie überhaupt an allen offiziellen Feiertagen. Und dann ist mir jetzt klar, daß Lella wieder richtig mit mir zusammen sein will, und ich bin absolut nicht in der Stimmung, mich wieder mit ihr einzulassen. Wenn ich's recht bedenke, bin ich auch nicht in der Stimmung, mich mit sonst irgendwem einzulassen. Schwerfällig wie ein blöder Roboter steh ich auf und schlepp mich zum Telefon. Am Ende ist das Schwein von einem Futuristen wieder in der Stadt.

Scheiße!

Drei Sekunden später klingelt das Telefon, und ich denk: Also doch, meine Damen und Herren, das klassische Beispiel von Gedankenübertragung zwischen zwei Personen, die sich so lieben, wie der gemeine Schuft und ich uns lieben.

Pronto, ruf ich aufgeregt in den Hörer.

Pronto, du Verrückte, sagt mein Freund Marco am anderen Ende der Leitung.

---

* wichtiger italien. Feiertag am 15. August, d. Übers.

Ciao, geb ich enttäuscht zurück.

Was machst du denn so?

Was soll ich schon machen, antworte ich und laß eine Reihe von Flüchen folgen, die sich gewaschen haben.

Wir haben dich gestern gesehen, in Campetto, mit deiner Ex-Geliebten ... (er kichert).

Na und? sag ich, schon total abgenervt.

Ich mein ja nur ... Was machst du an Ferragosto?

Was schon? Däumchendrehen.

Dann komm doch lieber mit uns nach Piani di Praglia, unberührte Natur, kleine Seen, Sonne, Schatten ... alles was du magst.

Wir brechen also in Marcos Fiat 126 zu diesen kleinen Seen auf. Marco vorn am Steuer, und neben ihm Cristiana, seine rechtmäßige Verlobte. Dahinter, ein bißchen eingequetscht, wir drei unglücklichen Unverlobten, Paolo, Lorenzo und ich. Marco und Cristiana, ich sag's euch gleich, sind unheimlich verliebt ineinander. Und das schon seit sechs, sieben Monaten, die Glücklichen. Sie haben sich letzten Winter kennengelernt, während der Universitätsbesetzung, als alle Studenten munter besetzt und sich voll reingehangen haben, mit den berühmten selbstbestimmten Seminaren und diesen ganzen Geschichten.

Marco hat schon vor einer ganzen Weile sein Examen gemacht, aber als die Sache mit der Besetzung und den selbstbestimmten Seminaren und so weiter anfing, war er direkt Feuer und Flamme und hat 'ne ganze Menge mit organisiert. Bei dieser Aktion hat er seinen Enthusiasmus wiedergefunden, und die große Liebe noch dazu, der Glückliche.

Cristiana, seine rechtmäßige Verlobte, studiert im dritten Jahr Philosophie und hat bis jetzt drei Prüfungen gemacht, eine pro Jahr, um sich nicht zu verausgaben. Während wir also zu dem See hochfahren, wollen meine Begleiter alles über meine berühmte Reise nach Spanien wissen.

Marco meint, daß er sich Sorgen gemacht hat um mich, ja schon, denn allzu viel traut er mir nicht zu, dieser Marco. Dann fügt er noch hinzu, aber der Typ ist wirklich ein echter Hurensohn.

Ich sag: Stop, so geht's nicht, mein lieber Freund.

Denn ich verteidige den Schuft immer, wenn jemand anfängt, schlecht über ihn zu reden, weil mir sonst der Spaß vergehen würde, selbst schlecht über ihn zu reden.

Irgendwo stellen wir dann das Auto ab und laufen ein Stück zu Fuß weiter. Am See angekommen, packt Cristiana Brot, frischen Käse und eine Flasche Grignolino aus und haut schon mal kräftig rein. Marco begnügt sich mit Plätzchen.

Paolo und ich, wir setzen uns direkt ans Seeufer und quatschen über die Liebe und schmeißen wie zwei blöde Kinder Steine ins Wasser. Paolo hat mir schon lange nicht mehr von seinem unglücklichen Liebesleben erzählt, und auch ich bin bei ihm noch nicht mein todlangweiliges Gejammere über den Schuft losgeworden.

Lorenzo hat es sich unter einem Baum bequem gemacht und döst mit einer Zeitung über dem Gesicht.

Hey, müßt ihr euch unbedingt allein vollfressen, ruft Paolo zu den beiden rüber, laßt uns wenigstens noch ein bißchen was übrig.

Also verstaut Cristiana die Fressalien wieder im Rucksack, und dann läßt sie sich mit ihrem ganzen Gewicht auf Marco fallen und schmeißt ihn der Länge nach zu Boden, und es ist klar, daß sie jetzt voll loslegen mit Schweinereien.

Paolo lacht, aber ich werd sauer und werf ihnen einen Stein rüber und ruf, hört auf, hört auf, ich kann mir das nicht mitansehen. Die beiden knutschen und befummeln sich noch eine Weile, dann stehen sie auf und kommen zu uns rüber.

Paolo meint, jeder hat seine eigene Art zu lieben.

Cristiana sagt dazu: Manche Menschen werden erdrückend,

wenn sie lieben, sie gehen in ihren Gefühlen auf und plätschern darin herum, und dann versinken sie darin, tiefer und immer tiefer.

Lorenzo ist inzwischen aufgewacht und setzt sich jetzt zu uns, ißt einen Pfirsich – hoffentlich läßt er auch für uns noch welche übrig – und meint kauend: Es gibt auch Leute, die eine unheimliche Power zeigen, wenn sie verliebt sind, die sich voller Energie fühlen, wegen dieser Liebe, die sie in sich haben.

Er ißt noch ein bißchen weiter und fährt dann fort: Andere lösen sich auf und verlieren sich, wenn sie verliebt sind. Er macht eine Pause und meint dann, mir zum Beispiel geht's viel besser, wenn ich verliebt bin, aber ich versuch mich trotzdem nie zu verlieben.

Dann gibt Paolo seinen Senf dazu, und der sieht so aus: Ich bin eigentlich immer verliebt, nur wird meine Liebe nie erwidert. Das geht praktisch schon seit meiner Geburt so, daß ich mich dauernd verliebe, und nie verliebt sich jemand in mich, keine Ahnung, wieso.

Marco hat einen Arm um Cristiana gelegt und streichelt sie und sagt, für mich ist die Liebe ein Teil vom täglichen Leben, ich meine, sie ist wie Essen und Trinken und Schlafen und so weiter.

Und ich sag: Ich glaub, so wie man zum Leben steht, so steht man auch zur Liebe. Für mich ist es leider so, daß meine Venus im Skorpion steht, und das ist eine ziemlich tragische Konstellation für die Liebe, und fürs Leben auch. Und wie man sieht, geht's bei mir tatsächlich ganz schön tragisch zu. Paolo meint, daß ich mir immer alles mit meinen Horoskopen erkläre und überhaupt nicht in der Lage bin, mal eine klar durchdachte Theorie zu entwickeln.

Cristiana gibt ihrem Marco einen zärtlichen Kuß und meint dann, wißt ihr, was meiner Meinung nach am allerwichtigsten ist? Wie man zu sich selbst steht, was man von sich hält. Ich meine, wie wichtig man für sich selbst ist. Wenn man es schafft, allein zu sein und sich doch gut zu fühlen...

Ich habe einen Artikel gelesen, unterbricht sie Lorenzo, über Leute, die allein in Urlaub fahren.

Was?, sag ich.

Ja, warum nicht, meinst du, du bist die einzige Unglückliche auf der Welt, die einzige, die allein ist. Also wenn mir bewußt wird, daß ich allein bin, denk ich einfach an was anderes.

Jetzt redet Cristiana wieder und sagt, mir ist es schon öfter passiert, daß ich allein war und mich gut und wichtig gefühlt habe. Wie einmal Silvester in Österreich, alles verschneit, und ich hab mir diese blonden Österreicherinnen angesehen und hab mich allein gefühlt und glücklich.

Marco sagt, was ist denn das für eine komische Geschichte, du hast blonden Mädchen nachgeschaut?

Dann schlag ich vor, ins Wasser zu gehen, denn durch das Gerede und Nachdenken über die Wechselfälle der Liebe ist meine Stimmung ziemlich abgesackt.

Cristiana hält sich den Bauch und meint, ich krieg 'nen Herzschlag, wenn ich mich jetzt ins Wasser schmeiß.

Marco sagt, das glaub ich, du hast ja auch gefressen wie ein Schwein.

Ich spring jedenfalls rein, und Paolo auch. Und dann macht er wie gewöhnlich sein Spielchen, das er unheimlich lustig findet – ich weniger; er taucht unter und zerrt mich an den Beinen, als wäre er ein Hai, der sich in den See verirrt hat.

Am Abend von diesem verdammten Ferragosto gehen wir zu Cristiana was essen. Bei ihr zu Hause angekommen, mach ich sofort den Fernseher an und laß mich aufs Sofa fallen, weil ich müde bin vom Rumlaufen und den Gesprächen über Liebe und überhaupt...

Auf einmal meint Paolo, hey, schau mal, wen haben wir denn da...

Ich mach's mir noch bequemer auf dem Sofa, streck die Beine aus und genieß in vollen Zügen das, was sich da vor meinen Augen abspielt. Ja, meine Damen und Herren, er ist es tatsächlich, er und kein anderer, mein erotisches Ideal, Luciano Pavarotti. Er läuft da über den Bildschirm und kreischt aus vollem Hals: *Vedi 'u mare qua-nto è be-ellooooooo... spira ta-anto sentimentoooo...* *.

O Gott, ist das schön!!!, ruf ich begeistert.

Währenddessen singt er weiter: *To-orna a Surrie-en-tooooooo...* **.

Und meine Freunde lachen los und verarschen mich und mein erotisches Ideal.

Ich mach, Ssssch, sssssch, ihr Arschgeigen! Seid doch endlich mal ruhig. Schaut euch doch mal dieses Lächeln an, o lieber Himmel, was für ein Lächeln.

Danach ein Interview.

Sie fragen meinen Traummann, gefallen Ihnen Frauen, Signor Pavarotti? Und er, mit seinem erotischen emilianischen Akzent, meint, aber sicher gefallen mir Frauen. Aber an erster Stelle steht für mich die Familie. Ich hänge sehr an meiner Familie, ich bin sehr treu, wissen Sie.

Ich bin wie vom Donner gerührt.

Lorenzo kriegt sich nicht mehr ein vor Lachen, als er meinen Schmerz sieht, dann greift er zu einer Zeitung und fängt an zu lesen. Paolo läßt seine Faust auf meinem Kopf niedersinken. Marco und Cristiana machen etwas, was mir einen kleinen Trost verspricht: Sie gehen in die Küche und fangen an, Spaghetti mit Pesto zu kochen.

---

* »Sieh doch, wie schön dort das Meer, so viele Gefühle strömt es aus«, d. Übers.
** »Geh zurück nach Surriento«, d. Übers.

24 *Der letzte gemeine Schicksalsschlag.*

Ivano ist wieder aus Deutschland zurück, und er hat Christina, den Hund Dora und Caterina, sein kleines Töchterchen, mitgebracht. Er organisiert ein Riesenfest in seinem Studio, praktisch eine Vernissage für seine Tochter. Ich geh da also hin, und ich muß sagen, es sind wirklich alle gekommen, die ganze Bande aus unserem Viertel, alle total gut drauf, es wird gefressen und gefeiert, und auch ich fühl mich ganz unbeschwert und fröhlich, mein Kopf ist frei, um ordentlich was zu essen und zu trinken, und dann alle Freunde zusammen... Aber das kann ja nicht lange gut gehen. Es scheint mein Schicksal zu sein, daß ich immer wieder eins reingewürgt krieg; und daher bin ich ja auch mittlerweile eine absolute Expertin in Sachen Pech und Unglück, durch die ganzen Schicksalsschläge, die diese blöde Kuh von Madonna mir nie zu schicken vergißt. Vielleicht genießt sie das sogar noch, daß ich sie regelmäßig aus vollem Herzen verfluche, vielleicht hat sie ja auch eine masochistische Ader, neben ihrer ausgeprägt sadistischen. Aber der Reihe nach: Auf dem Fest ist auch Mario, den ich unheimlich lange nicht mehr gesehen habe, wahrscheinlich seit der Zeit mit dem depressiven Archäologen. Und mit diesem Freund Mario – ich weiß nicht, ob ich schon gesagt hab, daß er auch so ein brotloser Künstler aus diesem Klüngel ist – unterhalte ich mich über die Ferien, was hast du gemacht und was hab ich gemacht, was machst du zur Zeit, und so weiter. Ein Typ kommt zu uns, den ich nur vom Sehen kenne, begrüßt Mario, und dann legen die beiden auch schon los, was hast du im Sommer gemacht, wo warst du, die üblichen Sachen. Bis dann auf einmal ein Satz fällt, bei dem ich wie ein Esel die Ohren spitze. Und zwar sagt dieser Typ, von dem ich nicht weiß, wie er heißt: Hast du in letzter Zeit noch mal was von Oreste gehört? Dazu muß ich noch sagen, daß Oreste der Name des Schufts ist, der großen Liebe meines Lebens. Nun gut, das große Zittern beginnt. Auf der einen Seite sag ich mir, bleib ruhig, das ist doch bestimmt nicht der einzige Schuft, der so heißt, vielleicht ist er es gar nicht; dann sag ich mir, in diesem Kreis von brotlosen Künstlern kenn ich aber sonst keinen, der Oreste heißt; und zum Schluß sag ich mir noch, mach daß du hier wegkommst, hör nicht zu, was sie über ihn sagen. Und sag mir jetzt keiner, daß ich's nicht geahnt habe.

Also sag ich, okay Mario, bis später dann, ich hol mir was zu trinken. Aber dieser Hohlkopf läßt mich nicht allein, er legt seinen Arm um meine Taille und meint, warte, ich komm mit, und sagt dann noch zu dem anderen Vollidioten, von dem ich gern wissen möchte, ob er auch ein Abgesandter der Gottheiten ist, die so scharf auf mein Blut und meine Tränen sind, er sagt also zu ihm: Oreste hab ich vor ein paar Monaten getroffen, da hat er mir erzählt, daß er was mit einer Verrückten angefangen hat und nicht weiß, wie er sie wieder loswerden soll. Der andere meint dazu: Immer noch der gleiche Aufreißer, dieser Oreste, was?

Ich steh kurz vor einer Ohnmacht. Das Blut gefriert mir in den Adern, ich will sterben, aber auf der Stelle, dann will ich nur noch heulen und auch mein Glas noch mal voll machen, denn auf einen Schlag bin ich so klar im Kopf, als wenn ich noch keinen Tropfen angerührt hätte.

Und ich will drei Zigaretten auf einmal rauchen, und mir brennt schon der Hals, aber ich rauch trotzdem, ist doch scheißegal, ich geh ja jetzt sowieso auf den Balkon raus und stürz mich in die Tiefe, warum soll ich mich nicht mit Halsweh umbringen, ist doch vollkommen egal.

Na ja, es bringt ja auch nichts, wenn ich mich jetzt so lang darüber auslasse, wie ich mich in dem Moment gefühlt hab, auf alle Fälle bin ich traurig und verzweifelt wie eine tränenreiche

Madonna, und Marco merkt, was los ist, und zieht mich in eine Ecke, und ich erklär alles, und er meint: Zum ersten, Mario ist ein Schwachkopf, zum zweiten, der verlogene Futurist ist auch ein Schwachkopf, und ein Bastard und Hurensohn noch dazu. Aber wenn er das echt gesagt, dann hat er das vielleicht nur gesagt, um sich vor den anderen aufzuspielen. Und dann meint dieser Freund Marco noch, daß er doch gesehen hat, was mit dem Schuft an jenem berühmten ersten Abend los war, wie er mich angeschaut hat mit diesen Augen wie ein gekochter futuristischer Fisch, und seiner Meinung nach heißt das, wenn einer Augen hat wie ein gekochter futuristischer Fisch, daß es gefunkt hat, und nicht, daß er nicht weiß, wie er jemanden wieder loswerden soll.

Ich denk, daß das gar nicht so aus der Welt ist, was mein Freund Marco da sagt, und auch wenn es nicht stimmt, ist es jedenfalls schön, daß er sich diese Erklärungen ausgedacht hat, so bleibt mir, auch wenn ich die Liebe des Futuristen verloren hab, immer noch eine schöne Freundschaft, und ich muß mich nicht mehr unbedingt umbringen, Gott sei Dank.

Und dann sagt Marco noch, daß ich nicht lockerlassen soll, daß mir der Bastard diese Sachen ins Gesicht sagen soll, wenn er sie wirklich denkt, und dann ist ja immer noch er da, um den Kerl zum Duell herauszufordern, und dann wird er es ihm schon zeigen.

Auf alle Fälle, die Freude an dem Fest, das so schön begonnen hat mit dem Wiedersehen mit Christina und Dora und dem neuen Töchterchen, ist gründlich im Eimer.

Als ich nach Hause komm, hab ich immer noch Lust zu heulen, aber auch die Scheißtränen kommen nie dann, wenn sie sollen. Großer Knoten in der Magengegend, leere Stadt, sinnloses Leben, alles falsch gemacht, von vorne bis hinten. Verdammte Kacke, wieder mal alles im Arsch, wieder mal reingefallen, wann wirst du endlich klug, und so weiter.

Am Tag drauf kündigt sich 'ne Riesendepression an, und wenn so eine Depression im Anmarsch ist – ich weiß nicht, was ihr dann macht –, muß ich mich beeilen, muß ich schneller sein als sie, sonst ist alles zu spät.

Wie ich sie bekämpfe? Folgendermaßen: Auf, Mädchen, wir fahren ans Meer, richtig schwimmen, richtig saufen, und schon sieht alles ganz anders aus. Aber das Problem ist, sich zu entscheiden. Nee, also ans Meer hab ich wirklich keine Lust, sagt ein Teil von mir, doch, ich hab unheimlich Lust, ans Meer zu fahren, sagt der andere; nee, ich hab absolut keine Lust, was juckt mich das Meer, ich will zu Haus bleiben und in Ruhe leiden. Du hast doch keine Ahnung, gerade in so einer Situation hilft nur eins: Schwimmen gehen.

Kurz und gut, es ist schon nach sechs, als die Entscheidung fällt: Ich fahr nach Recco. Leicht bedeckter Himmel, frisches Septemberlüftchen, und ich geh ins Wasser und schwimm und schwimm, zuerst Kraulen wie eine Weltmeisterin und Rückenschwimmen, gut fürs Kreuz, dann Schmetterling zum Ausruhen und wieder Freistil wie eine todunglückliche Weltmeisterin, und als ich endlich raus geh, ist mir schwindlig, das Lüftchen ist zu einem kalten Wind geworden, die Sonne total hinter den Wolken verschwunden, ich bin deprimiert, der Strand einsam und verlassen, Ergebnis: neununddreißig Grad Fieber.

Das Wochenende verbring ich also im Bett, mit Fieber und Wahnsinns-Schwitzen, daß ich denk, ich schwitz mir noch die Seele aus dem Leib, und dann auch noch Alpträume, wie eine richtige Romanheldin, die an ihrem schweren Schicksal erkrankt ist. Und ich sag keinem ein Wort, zum einen weil ich mich schäme mit meiner dekadenten Liebe-Tod-Krankheit, zum anderen aber auch, weil ich's einfach nicht schaffe bis zum Telefon im Flur.

Ich würde so gern mit Giovanna reden, aber sie kann Leute

nicht ausstehen, die aus Liebe krank werden und mit einer Krankheit ihre Probleme lösen wollen, wie im »Jungen Werther« zum Beispiel oder in den »Sturmhöhen«, wenn wir schon mal beim Thema sind.

Am dritten Tag schwitze ich dann weniger, und offensichtlich hab ich auch was von dem Knoten in der Magengegend und meiner Blödheit ausgeschwitzt, also, mir geht's besser, und ein untrügliches Zeichen dafür sind die ganzen Flüche, die ich jetzt unablässig ausstoße. Und ich hab einen Bärenhunger, was allerdings kein Zeichen der Besserung ist, weil ich immer hungrig bin, aus Mangel an Zuneigung und auch an Geld.

Als ich mich anziehe, dreht sich mir alles, aber ich geh trotzdem runter, ganz langsam, zum Markt, wo ich mir was zu essen kaufe bei meiner Freundin Adele, die einen Obst- und Gemüsestand hat, und wo ich anschreiben lassen kann.

Dann hab ich auch Lust, was zu trinken. Aber anscheinend ist mein Körper weiser als ich, denn als ich in den Getränkeladen will, reagiert er mit Übelkeit und Brechreiz, und genauso macht er's beim Tabakladen, wo ich mir eine Packung MS kaufen will.

Ich bin ganz schön sauer auf meinen Körper, der jetzt auf einmal den Gesundheitsapostel spielt, ich hoffe nur, daß er nicht auch noch Buddhist werden will.

Ohne Zigaretten und ohne Alkohol, ich kann euch sagen, ist es nicht leicht, das Leben zu meistern. Wenn dann auch noch das große Liebesleid dazu kommt, na dann gute Nacht.

Ich krieche wieder ins Bett und sag mir, lieber Gott und heilige Jungfrau Maria, macht, daß es vorüber geht, ich weiß nicht, wie ich das noch länger ertragen soll, seht doch zu, ob ihr nicht irgendwas machen könnt.

Ein bißchen was können sie anscheinend machen, denn das Telefon klingelt, und ich denk, lieber Gott, genau das ist es, das ist der Schuft, der, vom Himmel gelenkt, meine Gebete gehört hat und mir jetzt sagt, daß er mich liebt, und der sogleich schnurstracks zu mir kommt, ja, mein Liebster, ich verzeihe dir, alles vergeben und vergessen, wann heiraten wir?

Pronto, sag ich. Pronto, sagt sie, meine Vermieterin.

G-guten Tag, sag ich, guten Tag, sagt sie, die Vermieterin. Was gibt's Neues, werte Vermieterin? Nichts Neues, ich warte nur wieder seit zwei Monaten, daß mir jemand die Miete vorbeibringt. Ach ja, ich war längere Zeit in Kanada, ein Stipendium, und gleich nach meiner Rückkehr bin ich krank geworden, durch einen Virus, den ich mir in Kanada eingefangen habe.

In Ordnung, was ist mit der Miete? Nächste Woche. Nächste Woche ist zu spät, bei Ihnen heißt es immer nächste Woche, und nächste Woche wären es auch schon drei Monatsmieten, die Sie mir schulden.

Aber ich liege im Sterben, sag ich und ringe mir ein echtes Tuberkulosehusten ab.

Also gut, Sie brauchen mir die Miete nicht vorbeizubringen. Danke, sag ich. Ich komme und hol sie mir selbst, sagt sie. Wumm, wieder ein Schlag in die Magengegend.

Verdammter Mist, jetzt muß ich mir auch noch Gedanken darum machen, wen ich noch mal anpumpen kann. Schon wieder meine Eltern geht nicht. Tasca auch nicht, der kriegt noch das Geld für den Urlaub. Und Luca muß ich schon anzapfen, um Tasca sein Geld zurückgeben zu können. An meine anderen Freunde will ich erst gar nicht denken, wenn ich bei denen die Sprache aufs Thema Geld bringe, muß ich selbst noch Kredit geben.

Tja, was mach ich jetzt, meine Lieben. Folgendes mach ich: Ich nehm mein Adreßbuch zur Hand und fang an, darin rumzublättern, von vorn bis hinten, kann ja sein, daß ich einen reichen Freund habe, an den ich mich gerade nicht erinnere, Seite um Seite blätter ich um, scheint das Adreßbuch der Caritas zu sein, es ist zum Heulen. Einerseits denk ich also an das Geld, das nicht da ist, andererseits an meine Liebe, die, wenn man alles gibt, auch nur ein gemeiner Bastard und noch nicht mal hier ist; ich leg eine Platte von Butterfly auf und hör *Un bel dí vedremo**, unzählige Male, immer wieder von vorn, und als ich gerade meine, jetzt in den tiefsten Brunnen der Verzweiflung stürzen zu müssen, da fällt mein Blick auf den Taschenkalender in meinem Adreßbuch, der aufgeschlagen neben mir liegt.

Ich sitze also da und schau mir diesen Kalender an, und mir kommen alle Erinnerungen wieder hoch, die wunderschönen Tage der Leidenschaft mit dem gemeinen Futuristen, und ich nehm den Kalender in die Hand und blätter weiter nach vorn und erleb noch mal die Zeit des Wartens und die Abreise in die Ferien, ja, das war auch schön, und dann komm ich zur Gegenwart, den Tagen hier zu Hause, krank und allein, und plötzlich überfällt mich ein ganz merkwürdiges Gefühl, das vom Bauch aus hochsteigt, ein Gefühl der Panik, ja. Ich denk, bleib ruhig, Mädchen, was ist denn das jetzt wieder für eine Geschichte mit der Panik, was soll denn noch alles passieren. Ich schau wieder auf den Kalender, dann starr ich die Wand vor mir an, mit einem Gesicht wie von einer Schwachsinnigen. Und nun, meine Damen und Herren, kommt der Paukenschlag: Ich hab schon seit zwei Monaten keine Menstruation mehr.

Na wunderbar! Ein Kind hat mir in meinem tollen Leben gerade noch gefehlt. Ja klar, ein Kind ist genau das, was ich brauche. Wie den berühmten Finger im Auge.

Dann sag ich mir, bleib ruhig, Mädchen, was bedeutet das schon, zwei Monate. Scheiße, bleib ruhig. Ich hatte in meinem ausschweifenden Leben immer pünktlich meine Tage, nie auch nur ein bißchen Verspätung.

Und jetzt fällt mir auch der Traum wieder ein, in Spanien, als ich geträumt hab, daß ich mit dem Schuft ein Kind habe. Und

---

* »Eines schönen Tages werden wir sehen«, d. Übers.

dann die ständige Übelkeit. Im Moment weiß ich nicht, ob ich mir sofort die Kugel geben soll oder besser noch warte, bis das Kind auf der Welt ist, und mich dann als ledige Mutter erschieße.

Auf alle Fälle, jetzt wo ich praktisch Mutter bin, hab ich keine Zeit mehr dazu, hier im Bett rumzuliegen und krank zu spielen, jetzt hab ich Pflichten meinem Kind gegenüber. Ich steh also auf und zieh mich an und mach einen langen Spaziergang, damit das Kind an die frische Luft kommt, und dann zeig ich ihm den Blick auf die Stadt, von oben von Castelletto aus, damit es sich schon ein bißchen einlebt.

Für das, was danach passiert, müßt ihr aufs nächste Kapitel warten.

25 *Letztes Kapitel.*

So, jetzt paßt gut auf, denn in diesem Roman voller Tragik und Unglück kommt jetzt eine wunderbare Liebesszene, richtig wie im Film.

Ich hab also dieses Kind im Bauch, wie 'ne richtige angehende Mutter, und alle Hoffnung ist dahin, daß der gemeine Schuft zurückkommt und wir zusammenbleiben, vielleicht das ganze Leben lang.

Es klingelt an der Tür, und ich sag euch jetzt mal schnell, welchen Anblick ich biete: dreckig, verschwitzt, abgerissen, denn in jenen Tagen hab ich gerade einen Anfall von Putzwut, wie er mich höchstens alle zwei, drei Jahre, keinesfalls öfter, überfällt; genauer gesagt, immer nur dann, wenn große Veränderungen bevorstehen und ich unheimlich nervös bin. Der Pulli, den ich anhabe, müßte eigentlich weiß sein, ist es aber nicht mehr. Die Haare zerzaust wie eine schlampige Hexe, würde Giovanna sagen. Im Radio läuft ein Lied, in dem es heißt, schon übersetzt: Ich kann nicht aufhören, dich zu lieben. Ich sing laut mit und lieg mit den Worten immer ein gutes Stück neben der Musik.

Es klingelt also an der Wohnungstür, denn, wie gesagt, die Tür unten ist mit einem kräftigen Tritt zu öffnen. Ich ruf, wer ist da?

Und eine Stimme antwortet, Polizei, machen Sie sofort auf oder wir treten die Tür ein. Ich denk, okay, alles klar, jetzt werde ich also auch noch eingelocht, das hatten wir ja noch gar nicht, schreib ich halt das Kapitel über die junge Mutter im Gefängnis.

Ich mach also auf, und wen hab ich vor mir? Ihn, meine

Damen und Herren, ihn, ungelogen, die große verfluchte Liebe meines Lebens. Und in dem Moment denk ich gar nicht mehr an die ganze Wut und die Erniedrigungen und die unzähligen Stunden des Wartens, für die er büßen müßte, kein bißchen denk ich mehr daran. Wir stehen da und umarmen uns und küssen uns voller Leidenschaft: ja, genau wie im Film. Und dann weiß ich auch nicht, ob ich lachen, weinen, fluchen oder in Ohnmacht fallen soll, keine Ahnung, was man in solchen Fällen macht. Der Schuft ist also tatsächlich zurückgekommen, mit seinem dicken Pavarotti-Bauch, den langen graumelierten Haaren, seinen Augen, seinen Armen, seinen Beinen, seinem Hals, ja, er hat alles mitgebracht. Ihn jetzt so vor mir zu sehen, hat eine ganz komische Wirkung auf mich, ich schaff's noch nicht mal, mir klar zu machen, daß ich glücklich bin, denn da ist diese seltsame Wirkung, wißt ihr, wenn man ständig an ein Gesicht gedacht hat, danach geschmachtet hat ohne Unterlaß, nach diesem berühmten Gesicht, und auf einmal hat man's vor sich, dann denkt man doch, was soll's, wieder so ein Trugbild meines Herzens, das sich in Verlangen verzehrt.

Und deshalb betaste ich jetzt dieses Gesicht und schau's mir genau an und kann's nicht glauben, und dann kann ich's doch glauben, o Himmel hilf. Doch plötzlich ist das Glück vergessen, und die Wut kommt hoch: Du dreckiges Schwein von einem Schuft, wie war das? Du hast nicht gewußt, wie du mich wieder loswerden sollst? Du verfluchter, dreckiger, gemeiner Schuft, jetzt bist du also froh, daß du mich losgeworden bist?!?

Er ist total überrascht und auch ein bißchen verschreckt, und er meint, wovon sprichst du?

Ich fang also an zu heulen, wie eine blöde Gans in einer Telenovela, und während ich heule, sag ich zu ihm, mach, daß du wegkommst, aber gleich; wenn du auch nur noch fünf Minuten länger bleibst, gewöhn ich mich wieder an dich, und dann muß ich wieder nach Spanien fahren und im eiskalten Wasser baden und krank werden und noch ein Kind kriegen.

Er guckt so verdutzt aus der Wäsche, daß man's gar nicht beschreiben kann. Ich schau ihn genau an, um zu sehen, ob er verstanden hat, und er scheint tatsächlich verstanden zu haben, denn er hat sich auf den berühmten abgeschabten Sessel geworfen, und da hängt er jetzt und kriegt den Mund nicht mehr auf.

Dann macht er ihn doch wieder auf und sagt, hast du Wein da? Ich sag, daß ich keinen Wein da hab und sonst auch nichts, weil ich mein Kind nicht zum Alkoholiker machen will, wie sein Vater und seine Mutter welche sind. Daß ich aufgehört hab zu trinken, natürlich nur vorübergehend, und daß ich auch nicht mehr rauche.

Und dann merk ich, wie die Tonlage meiner verstimmten Sopran-Stimme immer höher wird, und ich fang an zu schreien wie eine Verrückte, oder genauer wie ein ganzes Irrenhaus voller Verrückter, und ich brüll: HÖR MAL, ICH ERWARTE NICHTS VON DIR. DAMIT HAST DU NICHTS ZU TUN. DAS IST ALLEIN MEINE ANGELEGENHEIT...

Und ich schrei und schrei einfach weiter, laß alles aus mir raus, die ganzen Flüche, die sich in der langen Zeit des Wartens in mir angestaut haben, und ich erinnere mich jetzt gar nicht mehr an die ganze Latte der verschiedensten Verfluchungen und Beleidigungen, die ich ihm an den Kopf geworfen hab. Er schaut mich nur an, stumm wie ein Ziegelstein, und dann mach ich noch folgende Geste: Ich bau mich vor ihm auf, heb den Arm und deute mit dem Zeigefinger unmißverständlich in Richtung Wohnungstür und brüll aus vollem Hals: RAAAUUUS... RAUS HIER. SCHER DICH ZUM TEUFEL, MEIN KIND UND ICH, WIR WOLLEN NICHTS ZU TUN HABEN MIT SO EINEM SCHWEIN WIE DIR...

Er steht auf, und ich seh ihm nach, wie er seine Person mit dem wunderschönen Bauch und allem anderen auch aus der Wohnung schafft, und die Tür macht rums und ist zu, und ich schrei immer noch, raus, raus, und fluch so vulgär wie's geht, bis ich endlich raffe, daß der Schuft tatsächlich gegangen ist.

Wie angewurzelt stehe ich da, den Zeigefinger immer noch auf die Tür gerichtet, und ich betrachte meine Wohnung und den Putzlumpen im Eimer mit dem Dreckwasser, und ich fühl mich elender und ausgewrungener als der Putzlumpen. Ich fang wieder an zu heulen und kann gar nicht mehr aufhören, wirklich ein schönes Schauspiel.

Dann heb ich den Kopf und sag laut zu mir: Hör auf zu flennen! Du warst gut, ich bin stolz auf dich! Genau so muß man's mit so Scheißkerlen machen. Aber dann kommen mir wieder die Tränen, und ich sag zu mir, ziemlich pathetisch: Aber ich liebe diesen Scheißkerl doch.

Aber dann überleg ich's mir wieder anders und sag: Na und? Ich brauche niemanden! Und du auch nicht, du Kind einer stolzen Frau und eines Scheißkerls.

Ich weiß auch nicht genau, wie's kommt, jedenfalls renn ich die Treppen runter und stürze auf die Straße, alles leer. Dafür hängen aber 'ne Menge neugierige Nachbarn in ihren Fenstern, die sich mal wieder in anderer Leute Angelegenheiten mischen müssen. Einige lachen, andere rufen zu mir runter: Er ist da lang gegangen. Ich bedanke mich bei den blöden Nachbarn und lauf in die Richtung, die sie mir gezeigt haben. Nichts! Keine Spur von dem gemeinen Futuristen, der mir mein Herz geraubt hat. Ich sag zu mir, jetzt ist es aus, jetzt hast du endgültig alles verspielt. Ich möchte sterben, aber davor noch, so fest es geht, meinen Kopf gegen die abgeblätterten, stinkenden Häuserwände in der Gasse schlagen.

Ich geh beim Bäcker rein und ersteh auf Pump für dreitausendfünfhundert Lire Pizza. Heulend und an der Pizza kauend, geh ich nach Hause. Ich entschließ mich, bei ihm anzurufen, denn ich sag mir, ein blamabler Auftritt mehr oder weniger ändert jetzt auch nichts mehr.

Das übliche verfluchte Scheiß-Klingeln und keiner geht ran.

Wahrscheinlich ist er schon wieder auf dem Weg nach London, und in ein paar Stunden fragt er seine Ex-Frau, ob sie ihn noch mal heiraten will. Mir fällt ein, daß Giovanna, die mich angerufen hat, gleich zu mir rüberkommen wollte, und ich geh mir das Gesicht waschen, damit sie mich nicht so furchtbar niedergeschlagen sieht.

Es klingelt. Ich geh aufmachen, fast blind allerdings, weil ich immer noch nicht aufgehört hab zu heulen, und ich sag, Giova'..., und will mich in ihre Arme werfen, um mich an ihrer Schulter auszuweinen. Doch während ich die Arme ausstrecke, merk ich, daß sie gegen einen dicken Bauch stoßen, der nicht Giovannas seezungenflacher Bauch sein kann.

Durch die Tränen hindurch versuch ich zu erkennen, wer da vor mir steht, und ihr werdet's nicht glauben, aber es ist tatsächlich wieder er, die große verfluchte Liebe meines Lebens.

Er hat einige prallgefüllte Plastiktüten mit Eßsachen dabei und in der Hand zwei große Flaschen Rotwein.

Ich koch dir ein Festessen, sagt er, läßt du mich rein?

Mal abgesehen davon, daß ich jeden reinlassen würde, der so mit Fressalien beladen bei mir auftaucht, und wenn es sich um Jack the Ripper höchstpersönlich handeln würde, laß ich ihn also rein und versuch dabei, die unpassenden Schluchzer zu unterdrücken.

Er lächelt wie ein Thunfisch.

Ich sag nichts.

Er sagt, b-bist du auch ganz sicher?

Ich sag, Gewißheiten hat's in meinem Leben noch nie gegeben, aber solche Sachen spürt jede Frau ganz genau, Irrtum ausgeschlossen. Ich denk, entweder gibt's jetzt eine Wahnsinns-Liebesszene wie im Film mit Küssen und Umarmungen und, o ja, o ja, das Kind unserer Liebe –, oder er kriegt Schiß und flieht nach dem Essen nach London und läßt sich einen Bart wachsen und legt sich einen neuen Namen zu.

Ich schau ihn an, und er hat wieder diese Augen wie ein

gekochter Fisch, und dann sagt er: Wenn unser Kind zehn ist, wird sein Vater schon fast sechzig sein.

Ich sag, dafür ist dann seine Mutter mit siebenunddreißig immer noch jung.

Und was geben wir ihm zu essen?

Ich sag, daß ich mir schon alles genau überlegt hab und zu folgendem Ergebnis gekommen bin: Wo's für zwei Schnorrer reicht, reicht's auch für drei.

Du bist verrückt.

Das ist doch nichts Neues, sag ich, wenn ich nicht verrückt wär, hätt ich mir bestimmt nicht von so 'nem Schuft ein Kind machen lassen.

Er schaut sich in der Wohnung um und meint, sieht nach Großreinemachen aus.

Ich sag ihm, daß ich mich immer ans Putzen mache, wenn große Veränderungen in meinem Leben bevorstehen.

Dann sag ich: Also?

Und er: Also, was?

Ich schreib gerade einen dicken, schönen Roman.

Und?

Er ist fast fertig, fehlt nur noch das letzte Kapitel.

Ich versteh immer noch nicht.

Ja klar, sag ich, der Herr ist ja wie immer sehr schnell von Begriff.

Komm, laß deine Spitzen, sagt er, und mach's nicht so spannend.

Also gut, sag ich, ich muß wissen, ob er bleibt und wir uns wie die Wahnsinnigen lieben oder ob er abhaut und mich allein läßt, womit die Literaturgeschichte um einen weiteren tragischen Roman reicher wäre, mit Entzauberung und so weiter.

Wovon handelt denn dein Roman?, will er wissen.

Och, das sind verschiedene Geschichten. Mehr oder weniger die Mißgeschicke meines Lebens.

Komm ich auch drin vor?, fragt er.

Natürlich kommst du auch drin vor, ich hab doch gesagt, daß ich über meine Mißgeschicke schreibe.

Ich komm wohl nicht sehr gut dabei weg?

Da kannst du recht haben.

Dann frag ich ihn, gefällt dir immer noch »Sturmhöhen«?

Natürlich gefällt mir das noch, warum nicht?

Also gut, sag ich, wie sieht deine Antwort aus, wo ich dich so in die Enge getrieben hab?

Und er, dermaßen in die Enge getrieben, steht auf und umarmt mich und streichelt mich und drückt mir auch ein bißchen die berühmten Titten und meint, ich mag nur Romane mit Happy-End.

Auf alle Fälle, meine Damen und Herren, das wäre also das Ende des Romans, und ich laß ihn mit dem Bild ausklingen, wie er mich küßt und drückt, na ja, man muß kein Genie sein, um zu wissen, was er jetzt im Kopf hat, der ex-gemeine Futurist, der mein Herz geraubt hat.

Tiger im Tank

Die Originalausgabe erschien unter dem Titel
»Il pieno di super«
bei Giangiacomo Feltrinelli Editore, Milano

Die Kindheit – eine
kontinuierliche revolutionäre
Welle, die von den Erwachsenen,
diesen Reaktionären, immer wieder
systematisch gebrochen wird.

ALBERTO SAVINIO,
Tragedia dell' infanzia.

1

Warum wir immer zu Silvia Padella nach Hause gehen

Zuerst will ich mal erzählen, was los ist, wenn wir Freundinnen uns bei Silvia Padella zu Hause treffen. Silvia hat ein unheimliches Glück, denn ihr Vater ist Fernfahrer und ihre Mutter Friseuse. Das heißt, ihr Vater ist wochenlang nicht zu Hause, manchmal auch monatelang, wenn er im Ausland rumfährt. Und ihre Mutter ist auch fort, weil sie den ganzen Tag im Laden stehen muß.

Silvia Padellas Zuhause ist der Ort, wo wir uns über die interessantesten Dinge unterhalten, die es im Leben überhaupt gibt. Und deswegen sind wir alle auch schon furchtbar aufgedreht, wenn wir uns den steilen Weg zu Silvias Haus hochschleppen. Michi sagt dann immer: »Oh, ich spür wieder so 'nen Druck. Oh, ich glaube, ich muß wieder unheimlich pinkeln.«

Gabri hingegen kriegt wieder Angst und fängt an zu jammern: »Oh Scheiße, wenn meine Mutter dahinterkommt, reißt sie mir den Arsch auf. Oh, verfluchte Scheiße, wenn die das rauskriegt, reißt sie ihn mir wieder meterweit auf.«

Silvia wohnt oben direkt neben der Kirche. Das ist

ganz praktisch, weil wir dann zu ihr können, wenn wir in Religion blaumachen. Die Nonnen und auch die Lehrerin erzählen uns zwar, wir würden jung sterben und ewige Zeiten in der Hölle schmoren, wenn wir schwänzen und ungehorsam sind, aber was soll's.

Bei Silvia zu Hause lernen wir die Welt kennen und die ganzen verbotenen Sachen, die wir machen können, wenn wir eines Tages erwachsen sind, denn unsere Gespräche kreisen alle nur um ein Thema: Sex. Was ist das und wie geht das?

Irgendwann sagt Bruna – sie ist die älteste von uns und schon mal mit einem ausgegangen, mit Tore, und hat sich auch unten rum von ihm anfassen lassen –, daß sie keine Lust mehr hätte, sich mit uns Transusen abzugeben, weil wir nur groß rumreden und nie was zustande bringen würden.

Michi erwidert, daß sie überhaupt keine Transuse sei und daß sie so viele Schweinereien kenne, daß man sie gar nicht alle aufzählen kann.

Gabri meint, daß sie solche Sachen schon machen würde, und das nicht zu knapp, aber ihre Mutter... wenn die das rauskriegt, dann reißt sie ihr den Arsch auf.

Dani hingegen hat eine andere Erklärung. Und zwar meint sie, was wir machen, wäre wie ein Vorbereitungskurs. Wir lernen alles, was wichtig ist, und dann, wenn sich die Gelegenheit bietet und wir einen Typ kennenlernen, wissen wir Bescheid und blamieren uns nicht.

Wenn uns danach ist, veranstalten wir auch Feste bei Silvia. Wir würden ja ganz gern auch Jungen dazu einladen. Das Problem ist nur, daß alle, die wir kennen, potthäßlich und beschränkt sind und nur ihre saublöden Spiele im Kopf haben, wie Fußball oder Boccia. Und so sagen wir uns, daß wir mehr davon haben, wenn wir unter uns Frauen bleiben, Schluß aus.

Zu diesen Festen bringen wir Getränke mit, Limo oder auch Gingersprudel, dazu Waffeleis und Kartoffelchips von Pai. Zu den Kartoffelchips hat Silvia sich ein Lied ausgedacht, wie bei der Werbung im Fernsehen, wo es heißt: Pai-Kartoffelchips knirschen so herrlich im Mund oder so ähnlich.

Und Silvia macht daraus ganz vulgäre Sachen, wie zum Beispiel: »Oh, zeig mir deinen Kartoffelchip Pai, ja, gib ihn mir, den Kartoffelchip Pai, ah, wenn du ihn mir gibst . . .« und so weiter.

Natürlich machen wir auch Musik, mit dem Plattenspieler von Silvias Schwester. Den hat sie ihr überlassen, als sie geheiratet hat. Wir haben Schallplatten von ganz aktuellen Gruppen, wie zum Beispiel den Dik dik, von Echip 84, den Nuovi Angeli und so weiter. Ausländische Bands hören wir längst nicht so gern, weil wir die Texte nicht verstehen. Ich muß allerdings sagen, ein Lied von den Ausländern Rolling Stones hat es uns angetan, eine ganze traurige Melodie, die uns wahnsinnig gut gefällt.

Bruna behauptet, daß sie mitgekriegt hat, um was es in dem Lied geht, und übersetzt es für uns. Es handelt von einem schönen Mädchen, dessen Lieblingsbeschäftigung es ist, mit jedem Mann ins Bett zu gehen. Und da sie wirklich alle durchprobiert, reißt sie eines Tages auch den Sänger der Rolling Stones auf, und, wo sie schon mal dabei ist, auch die anderen Musiker der Band. Der Sänger hat sich aber tatsächlich in sie verliebt. Anscheinend hat sie ihm ganz schön den Kopf verdreht, und er ist drauf reingefallen. Jedenfalls haut sie dann ab, und er kommt nicht darüber hinweg und leidet tierisch. Sie ist weg von ihm, weil sie eine sexbesessene Hündin ist, die zwei, drei Männer am Tag mindestens braucht. Und wenn sie die nicht haben kann, kriegt sie schlechte Laune. Auf alle Fälle kann der Sänger sie nicht vergessen und schreibt dieses Lied über sie, wie schön sie war und was für eine sexbesessene Hündin sie war und was für ein Idiot er war, sich von ihr den Kopf verdrehen zu lassen.

Michi meint: »Ich glaub nicht, daß das die Geschichte von dem Lied ist. Du reimst dir doch nur was zusammen.«

Ich glaub's aber eigentlich schon, und ich denk, daß das eine wunderschöne romantische Liebesgeschichte ist, obwohl sie sich auch ganz schön vulgär anhört, so wie Bruna sie erzählt.

2

Was wir uns bei Silvia Padella so erzählen

Ich erzähl noch ein bißchen, was sich bei unseren ausgelassenen Festen so abspielt.

Anfangs sagt Michi zum Beispiel häufig zu Silvia: »Los, erzähl uns was Schweinisches.«

Silvia macht's dann gewöhnlich spannend und plustert sich ein bißchen auf, indem sie die Beine übereinanderschlägt und einen Kaugummi rausholt und zu kauen beginnt, ganz langsam und genüßlich. Und wir sitzen da und halten den Atem an und warten, daß sie endlich loslegt.

Und das macht sie dann auch: »Also, vorgestern bin ich nochmal raus zu einem kleinen Spaziergang, und als ich wiederkomme, hör ich im Haus ganz komische Geräusche. Was meint ihr, was das war?«

Ich sage: »Ein Einbrecher.«

Silvia setzt eine abgenervte Miene auf, zuckt mit den Achseln und sagt: »Ach, Quatsch . . .«

Michi sagt: »Ich weiß, was es war. Deine Eltern beim Bumsen.«

»Ja«, sagt Silvia, indem sie mich mitleidig anschaut, um mich zu demütigen.

»Und was hast du gemacht?« fragt Dani.

»Ich bin ganz leise ins Haus, damit sie mich nicht bemerken, und dann hab ich mich seelenruhig vor ihre Tür gestellt, um mir alles anzuhören.«

»Und was hast du gehört?« fragt Michi.

»Zuerst die Stimme von meiner Mutter: ›Giuse, hör auf, nein, so nicht, nein, Giuse, du mußt aufpassen.‹ Und währenddessen mein Vater: ›U – U – U – U – U . . .‹ Die ganze Zeit. ›U – U – U – U – U . . .‹ Und dann auf einmal nur noch ›UUUUUUUUhhhhh . . .‹.«

Michi ist ganz kribbelig geworden, hat einen knallroten Kopf und sagt: »Tierisch! Meine Eltern machen's genauso! Haargenauso! Ich schwör's euch!«

Und Silvia meint: »Ja, kann sein, aber ich hab sie sogar schon mal beobachtet.«

»NEIN!« ruft Dani.

»Mado-onaaa«, ruft Michi.

»Erzähl doch mal«, meint Bruna, mit einer Miene, die deutlich zeigt, daß sie unsere Babygespräche ziemlich kalt lassen.

Und Silvia erzählt: »Also meine Mutter lag so da«, und dabei wirft sie sich auf den Fußboden und streckt die gespreizten Beine in die Luft, »nur, daß sie nichts anhatte. Splitternackt war sie!«

»Tierisch! Und dann?« sagt Michi.

»Dann ist mein Vater gekommen und hat zu ihr gesagt: ›So, jetzt laß ich dich mal richtig kosten. Hier, nimm, damit du mal richtig kosten kannst.‹«

»Oh, wie schweinisch«, meint Gabri.

»Was meint er mit ›kosten‹?« fragt Dani.

Und Silvia erzählt weiter: »Manchmal sagt er auch: ›Komm her, ich will Super volltanken‹.«

»Super volltanken?« wiederholt Michi und kriegt sich nicht mehr ein vor Lachen.

»Und dann, wie ging's dann weiter?« fragt Bruna.

»Überhaupt nicht, weil ich plötzlich Schiß hatte, daß sie mich bemerken.«

Michi fragt: »Und sonst hast du gar nichts gesehen?«

»Was soll ich denn noch gesehen haben?«

»Na, zum Beispiel den Pimmel von deinem Vater.«

»Ihr seid mir zu verdorben«, sagt Gabri, »ich kann nicht mehr eure Freundin sein.«

»Na dann, ciao«, meint Silvia. »Bist du immer noch hier?«

»Valentina hat gesagt, daß der Schwanz von einem Mann, der scharf auf eine Frau ist, manchmal unheimlich dick wird, soooo dick, fast wie ein Fußball«, behaupte ich.

»So ein Quatsch«, meint Bruna, die schon mal einen gesehen haben will.

»Wißt ihr, daß manche Männer so einen großen Schwanz haben, daß sie nicht wissen, wie sie ihn verstecken sollen?« fragt Dani.

»Ivo hat mir erzählt, sein Lehrer muß ihn sich ans Bein binden, so lang ist er.«

»Valentina hat gesagt, der Schwanz von ihrem Freund ist stahlhart. Da kann ein LKW drüberfahren. Das macht dem gar nichts.«

3

*Jetzt erzähl ich von den Spielen mit
unseren Freunden und von meinem
großem Vorbild für ein freies Leben,
Pippi Langstrumpf*

Ich komm jetzt zu den Spielen, die wir mit unseren
Freunden spielen. Wie schon erwähnt, sind wir Freundinnen von dem Schicksal geschlagen, daß unsere
Freunde und Klassenkameraden potthäßlich sind und
sogar stinken. Und wenn wir mit ihnen spielen wollen,
fällt ihnen nichts anderes ein als dieses saublöde Boccia-
spiel, oder wir spielen Fernsehserien nach mit Kaubois
und Indianern oder mit Gangstern.

Eine Sendung heißt zum Beispiel: »An den Grenzen
Arizonas«. Darin geht's um die Abenteuer von zwei
unerschrockenen Kaubois, die Blu und Tschon heißen,
und von ihren Frauen, Victoria und Katerin. Und dann
gibt's da noch jede Menge Indianer, die in zwei verschiedenen Kategorien vorkommen. Da sind einmal die
Dreckskerle, die auf die Skalps der Bleichgesichter aus
sind und deren Frauen vergewaltigen, und daneben die
Edlen und Guten, die ihren Stämmen den Rücken zugekehrt haben und sich von den Weißen einspannen
lassen und mit ihnen die Friedenspfeife rauchen.

Bei diesem Spiel langweilen wir Mädchen uns fürchterlich, weil wir dabei nichts anderes zu tun haben, als Essen zu kochen und unsere Männer gesund zu pflegen, wenn sie verwundet sind, und wegzulaufen, wenn die Indianer kommen und uns vergewaltigen wollen. Die Jungen haben dagegen einen Heidenspaß, weil sie sich blutig schlagen und sich duellieren und in der Gegend rumballern dürfen.

Bei einer anderen Serie, die wir mit den Jungen nachspielen, kommen wir schon eher auf unsere Kosten. »Die Zwei« heißt sie, und darin geht's um die Abenteuer von zwei irre gut aussehenden amerikanischen Schauspielern, von Roger Mur und seinem Freund Toni Curtis. Bei diesen beiden läuft uns Mädchen das Wasser im Mund zusammen, und wenn wir erwachsen sind, wollen wir sie kennenlernen und heiraten.

Den schönen Roger Mur lassen wir von unserem Freund Lele Zita spielen. Er sieht zwar nicht umwerfend aus, aber immerhin schon viel besser als die anderen. Toni Curtis hingegen wird von Stefano Pesce gespielt, der ein ziemlicher Winzling ist, aber Toni ist ja auch nicht gerade der größte.

In einer anderen Fernsehserie, die wir nachspielen, hat Gionni Dorelli, der berühmte Sänger des Hits »Nell'immensità«, die Hauptrolle.

In jeder Folge jagt Gionni Mörder und Gangsterbanden, wobei ihm die aufgeblasenen Kessler-Zwillinge zur Seite stehen. Michi meint ja, daß Gionni es mit beiden gleichzeitig treibt, aber ich hab da meine Zweifel, weil Gionni doch ziemlich schwächlich aussieht.

Wer von uns das Glück hat, eine der Zwillingsschwestern zu spielen, darf die Nase ganz hoch tragen und einen auf Vamp machen. Den Gionni Dorelli lassen wir von Ivo spielen, weil der sich sonst wieder beschwert, daß niemand ihm eine tragende Rolle gibt. Dabei hat Ivo ein Gesicht wie ein Vollidiot, und alle rufen ihm nach: »Ivo, Hauskatze, Ivo, Wildkatze, dein Arsch ist schöner als deine Fratze.« Doch um Gionni Dorelli zu spielen, reicht's, denn auch Gionni wirft einen nicht unbedingt vom Hocker.

Ich selbst hab mein ganz persönliches Idol und zwar das superschlaue Mädchen mit den roten Haaren: Pippi Langstrumpf. Pippi ist mein großes Vorbild für ein freies Leben, denn eine Mutter hat sie nicht, und ihr Vater fährt mit seinem Schiff auf den Ozeanen rum und läßt sich nur alle Jubeljahre mal sehen. Und so hat sie weitgehend ihre Ruhe, kann sich anziehen, wie sie mag, zur Schule gehen, wenn ihr danach ist, sich ihre strammen Zöpfe flechten und zusammenleben, mit wem sie will, nämlich mit ihrem Äffchen, das Herr Nilson heißt, und einem Pferd und sonst niemandem.

Pippi wohnt in einem großen Haus, das sie ganz für sich alleine hat, und hin und wieder lädt sie ihre Freunde Tommy und Anika ein, die allerdings ein bißchen arg schlapp sind und bei ihren Eltern leben, in einer stinknormalen Familie.

Und da wir jetzt schon mal beim Thema Familie sind, erzähl ich euch, bei wem ich lebe.

4

Beschreibung der Leute, mit denen ich zusammenlebe

In erster Linie lebe ich mit Teresa zusammen, meiner Mutter. Und ab und zu kommt es dann auch noch vor, daß Alfredo zu uns stößt. Alfredo ist nämlich mein Vater.

Anfangen will ich mit einer Beschreibung meiner Mutter. Teresa ist eine Frau, die von Natur aus mit der Welt über Kreuz ist und am liebsten alles kurz und klein schlagen würde. Auf dem Kopf hat sie eine buschige Mähne schwarzer Haare, die dick sind und gelockt und in alle Himmelsrichtungen abstehen und mit dem Kamm fast nicht zu bändigen sind. Sie sehen aus, als wenn auch sie alles kurz und klein schlagen wollten. Auch die Augen meiner Mutter sind schwarz und funkeln drohend. Mit ihnen kann sie Leute verhexen, die sie nicht leiden kann oder die ihr Unrecht getan haben, und noch verschiedene andere Arten von bösen Blicken abfeuern, die einen wie ein Blitzschlag treffen, wenn man zum Beispiel so verwegen ist, ihre Anordnungen nicht augenblicklich zu befolgen. Teresa ist groß und hat ziemlich üppige Titten, die sie wie eine ständige Bedrohung vor sich herschiebt, und ihre Hände sind auch so groß, daß einem angst und bange werden kann.

Alles in allem ist Teresa eine Frau, die bei den Männern auf der Straße sehr gut ankommt. Sie pfeifen ihr nach oder geben Kommentare ab, denn meine Mutter kleidet sich auch gern nach der neuesten Mode und zieht dauernd atemberaubend kurze Miniröcke an und tief ausgeschnittene Blusen und läuft auf irre hohen Absätzen durch die Gegend, mit ein paar Kilo Schminke, die sie auf Gesicht, Mund und Augen verteilt hat.

Sie hat auch noch eine andere Leidenschaft, nämlich Schmuck. Halsketten, Armreife, Ringe legt sie in solchen Mengen übereinander an, daß sie, wenn sie ausgehfertig ist, wie eine von den Madonnen aussieht, die, mit Schätzen überladen, in den Kirchen rumstehen. Nur ist der Schmuck dieser Madonnen echt, während Teresa bloß falsche Klunker trägt, weil wir nie einen Pfennig Geld haben – auch wenn wir uns auf den Kopf stellen, wie meine Mutter immer sagt.

Wegen ihrer auffälligen Aufmachung hat Teresa eine Menge Kritik einzustecken. Aber sie läßt sich von dem bösen Gequatsche der Leute nicht beeindrucken und reagiert nach dem Motto: »Lieber vor Neid platzen lassen als vor Mitleid.«

Und da gebe ich ihr vollkommen recht.

Typisch für meine Mutter sind auch ihre Stimmungsschwankungen. An einem Tag also läuft sie froh und glücklich im Haus rum und trällert ihre Lieblingslieder, wie die von ihrem geliebtem Gianni Morandi, dem Sänger mit dem Gesicht wie ein schüchterner Soldat, oder von dem superhüftgelenkigen Adriano Celentano, dessen Hits »Azurro il pomeriggio è troppo azurro e lungo« und »Con ventiquattromila baci« es ihr besonders angetan haben. Und so singt sie also vergnügt und aus voller Brust und betrachtet sich im Spiegel, um sich die Augenbrauen nachzuziehen, und dann lackiert sie sich auch noch die Fingernägel und die Fußnägel und kämmt sich die Mähne mit Haarlack. Wenn sie in so einer Hochstimmung ist, versucht sie manchmal sogar zu kochen, aber auf diesem Gebiet – muß man leider sagen – war sie noch nie eine große Leuchte.

Setzt dann dieser schon erwähnte Stimmungswandel ein, dann verfinstert sich ihre Miene, und sie schließt sich im Schlafzimmer ein und schreit und flucht wie eine Wilde, vor allem wenn sie mit Alfredo gestritten hat.

Und zu mir sagt sie, wenn sie in dieser Stimmung ist: »Geh mir bloß aus dem Weg, sonst passiert was.«

Apropos Alfredo. Jetzt beschreib ich euch auch mal meinen Vater. Alfredo ist ein ganz magerer, ziemlich nervöser Typ mit einer Visage zum Dreinschlagen, mit der er dem französischen Schauspieler Belmondo ähnlich sieht, und was er gerne macht, ist folgendes: vor allem rauchen und saufen, und dann tanzen und spielen, sowohl Billard als auch Poker. Er hört auch gern Schallplatten, unheimlich gern sogar, aber einzig und allein die von dem Sänger Fred Buscaglione, seinem großen Vorbild. Denn das ist auch einer, der im Stile eines Gentleman-Gauners leben will, das heißt, schnelle Wagen fahren und mit kessen Frauen durch die Gegend ziehen, sich mit allen anlegen, was losmachen, Geld mit beiden Händen rausschmeißen und dann verduften und auf zu neuen Abenteuern.

Was Alfredo hingegen absolut widerstrebt, ist das Arbeiten.

Dazu muß man wissen, daß Alfredo damals, als er hinter Teresa her war und sie heiraten wollte, von ihr zu hören bekam: »Du bist der faulste Kerl, der mir je untergekommen ist. Bevor ich mich mit dir einlasse, jag ich mir lieber eine Kugel in den Kopf.«

Aber Alfredo ist ein hartnäckiger Dickkopf, und er läßt nicht locker, bis Teresa eines Tages tatsächlich nachgibt. Und als sie nachgegeben hat, meint sie: »Und wie sollen wir über die Runden kommen, mit dir Tagedieb erster Klasse?«

Darauf sagt Alfredo: »Tere', bei mir brauchst du dir nie Sorgen zu machen. Bei mir lebst du sicher wie in Abrahams Schoß.«

»Und was sollen wir essen? Deine schönen Worte vielleicht?«

Dazu hat Alfredo folgenden Vorschlag: »Ich weiß von meinem Bruder, daß es oben im Norden reichlich Arbeit gibt. Da schmeißen sie einem das Geld hinterher. Du hast ja keine Ahnung, wie reich die da sind, und das direkt vor unserer Haustür.«

Teresa erwidert: »Meine Cousine Carolina war schon mal im Norden, in Brescia. Und sie hat mir erzählt, da kannst du nackt aus dem Haus gehen oder kannst platzen mitten auf der Straße vor aller Augen, das interessiert da keinen. Nee, nach Norditalien geh ich nicht, da bringen mich keine zehn Pferde hin, nur über meine Leiche.«

Und Alfredo mit seiner Visage zum Dreinschlagen

säuselt: »Teresa ... ach, Teresa, so was darfst du nicht mal denken ...« Dann sagt er: »Tere', oh Tere', an dir ist alles so schön, auch dein Name. Der würde sogar dem großen Buscaglione gefallen.«

Und so heiraten sie und ziehen in den Norden. Alfredo hält sein Versprechen und findet tatsächlich sofort eine Arbeit. Ja, er findet sogar mehrere, denn nicht lange nachdem er eine gefunden hat, wird er auch schon wieder entlassen, weil er einfach nicht pünktlich kommen kann. Oft erscheint er auch überhaupt nicht zur Arbeit und erfindet was von schlimmen Krankheiten und schrecklichen Unglücksfällen, aber das nimmt ihm nie jemand ab.

Als ich zur Welt komme, leben Teresa und Alfredo in einem Haus, in dem es das ganze Jahr über unheimlich feucht und kalt ist. Und wenn Teresa abends ins Bett steigt, sagt sie: »Das ist ein Gefühl, als wenn jemand in die Laken gepißt hätte.«

Einmal, da bin ich schon älter, gewinnt Alfredo beim Poker. Im Morgengrauen kommt er nach Hause und hat Geld, Sekt und Baci-Pralinen dabei. Teresa wird ausgelassen und sagt: »Heh, da kann ich mir ja morgen ein neues Kleid kaufen. Und ein paar Ohrringe. Und danach gehen wir ins Kino und schauen uns einen schweinischen Film an, vielleicht den ›Letzten Tango in Paris‹.«

Ich sag: »Ich will auch ein neues Kleid.«

Und Teresa antwortet: »Ja, vielleicht.«

»Ich will auch mit ins Kino«, drängele ich weiter.

Alfredo sagt: »Vielleicht, mal sehen.« Und dann ver-

kündet er feierlich: »Jetzt sind all unsere Probleme gelöst. Jetzt können wir endlich leben, wie es uns paßt.
Wie die feinen Leute.«

Und so leben wir eine Zeitlang ganz unbeschwert. Bis
das Geld dann auf einmal alle ist. Alfredo fängt wieder
an zu spielen, doch das Glück hat ihm den Rücken
zugekehrt, und so geht alles den Bach runter.

Teresa fängt wieder mit ihren Beleidigungen an und
sagt zu Alfredo: »Du und dein verfluchtes Spiellaster.
Du verdammter Tagedieb. Jetzt hab ich's endgültig satt.
Ich spiel nicht mehr deine Dienerin. Ich verlaß dich.«

Und so packen wir also unsere Sachen zusammen und
machen uns auf den Weg. Bevor wir das Haus verlassen,
sagt Teresa noch mal zu Alfredo: »Du bist ein furchtba-
rer Versager, als Mann, als Vater und als Ehemann.«

Wir gehen zum Bahnhof und nehmen den Zug nach
Süden, wo Teresas Eltern wohnen. Und von denen will
ich jetzt auch erzählen.

5

Über die wahren Leidenschaften der Groß-
eltern Filomena und Leonardo

Opa Leonardo hat die größten Ohren, die ich je gesehen
hab. Den ganzen Tag raucht er heimlich seine schwarzen
stinkenden Stumpen und erzählt einem immer wieder:
»Dieser Schwarzmaler von Doktor hat mir vor zwanzig
Jahren prophezeit: ›Leona, noch eine Zigarre, und du bist
ein toter Mann.‹ Pah!« macht Opa Leonardo mit einer
wegwerfenden Handbewegung und zündet sich eine an.
»Die ganzen Ärzte und Doktoren können mich mal.«

Damals hatte Leonardo einen Schlaganfall, und seitdem sind seine Beine gelähmt. So hockt er den ganzen
Tag in seinem Sessel, raucht seine schwarzen Zigarren
und liest heimlich schweinische Zeitschriften voll mit
Fotos von Frauen mit nackten Titten und Ärschen und
noch mehr.

Unter diesen schweinischen Illustrierten gibt es eine,
die er besonders gern liest, und zwar die *Cronaca Vera*,
weil die, so sagt er, nicht nur schweinische Fotos bringt,
sondern auch eine ganze Menge packender Geschichten
voller Leidenschaft. »So sieht das wahre Leben aus«,
meint Leonardo. »Davon haben diese komischen Ärzte
doch überhaupt keine Ahnung.«

Manchmal liest Leonardo mir aus seiner Lieblingslektüre vor. Die Geschichten haben es alle ganz schön in sich und handeln von Ehebruch, Eifersucht, Liebe und Mord. Bei manchen krieg ich einen ganz heißen Kopf, wie zum Beispiel bei der von der Nonne aus Bergamo, die von einem Einbrecher im Kloster vergewaltigt wird, und danach fliehen die beiden zusammen und wollen sogar heiraten. Oder bei der von der jungen Prostituierten aus Bari, die mit elf Jahren ein Kind vom Liebhaber ihrer Mutter erwartet, und als die Mutter dahinter kommt, tötet sie alle beide. Oder die Geschichte von dem Beamten aus der Stadtverwaltung, der ein Doppelleben führt und sich nachts als Frau verkleidet und es mit Männern treibt, und irgendwer erfährt davon und erpreßt ihn, und der Beamte gibt sich die Kugel.

Wenn zufällig Oma Filomena ins Zimmer kommt, während wir *Cronaca Vera* lesen, schlägt Leonardo das Blatt schnell zu und greift zur *Famiglia Cristiana*. Filomena schaut ihn schief an und sagt: »Du mit deinen unanständigen Zeitungen. Mußt du jetzt auch noch diese unschuldige Seele verderben?!«

Leonardo hüllt sich in Schweigen, denn das ist seine Verteidigungsstrategie gegen Filomenas Vorwürfe. Als Filomena wieder aus der Tür ist, ruft er ihr hinterher: »Alte Hexe. Alte bigotte Hexe.«

Eine Sache muß Opa Leonardo allen immer wieder erzählen. Und zwar behauptet er, daß er mit seinen siebzig Jahren und halbgelähmt, wie er ist, immer noch ein Mann ist. Damit meint er, daß er noch einen hochkriegt, nur eben nicht, wenn er mit seiner Frau zusammen ist, aus dem einfachen Grund, weil sie eine bigotte alte Schachtel ist, die sich den ganzen Tag bei Don Luigino in der Kirche rumtreibt.

»Hätt ich ein junges, knackiges Weibsbild zur Hand«, sagt Opa Leonardo, »dann würd ich's euch schon zeigen.«

Daß Filomena dauernd in die Kirche rennt, ist allerdings die reine Wahrheit, und alle Leute zerreißen sich schon das Maul und sagen, daß sie verdächtig oft in diese Kirche zu Don Luigino gehe und daß er zwar ein Priester sei, aber auch ein Mann. Und ein Mann ist nun mal ein Mann.

Einmal hab ich sogar mitgekriegt, wie Tante Fortunata behauptet hat, Teresa sei in Wahrheit eine Tochter des Priesters, denn auch damals schon, in der Zeit, als Teresa zur Welt kam, konnte Filomena es nicht lassen, zu Don Luigino in die Kirche zu rennen, und der war damals ein ganz junger Priester, und man weiß ja, zu was ein junger Mann im Vollbesitz seiner Kräfte fähig ist, wenn sein Blut in Wallung gerät. Das meint Tante Fortunata wenigstens, und ich geb hier nur wieder, was sie sagt. Und dafür würde auch sprechen, meint sie, daß Opa Leonardo schon damals, als Filomena mit Teresa schwanger war, in seiner unbekümmerten Art überall rum erzählt hat, daß er bei seiner Frau keinen hochkriegt, wenn er aber ein knackiges Weibsbild zur Hand hätte . . . und so weiter.

Und als Teresa geboren wird, heißt es dann überall: Das ist die Tochter des Priesters.

Filomena hingegen zieht von Haus zu Haus und erklärt jedem, die gefalteten Hände zum Himmel gereckt: »Der heilige Antonius hat mir die Gnade erwiesen. Gepriesen sei sein Name.«

6

Irgendwann kommt Alfredo
immer zurück

Einige Zeit nachdem wir uns bei den Großeltern einge-
richtet haben, können wir damit rechnen, daß Alfredo
uns einen Besuch abstattet.

Er ist total aufgedreht und nervös und hat sogar einen
Strauß Blumen dabei, und eine Flasche Sekt, Blätterteiggebäck und Rosinenkuchen.

Er kommt also rein und keiner beachtet ihn, außer
Leonardo, der schon immer den Standpunkt vertreten
hat, daß er sehr gut verstehen könne, wenn Alfredo
keine Lust zum Arbeiten habe, und daß er auf seiner
Seite sei. Und er sagt zu Alfredo: »Alfre', die Frauen
reden und reden, weil sie nichts Besseres zu tun haben.
Was wissen die schon, was einem Mann so durch den
Kopf geht. Denk immer dran, arbeiten ist gegen die
menschliche Natur.«

Daraufhin läßt Alfredo den Sektkorken knallen und
sagt: »Laßt uns anstoßen. Heute ist ein großer Tag! Euer
Papa ist wieder da!«

Keiner reagiert jedoch auf seinen Trinkspruch, und
so stößt er mit sich selbst an und verkündet dann: »Ich
bin hier, um mir meine Familie zurückzuholen.«

Teresa hat ihm den Rücken zugekehrt und sagt ganz ruhig: »Lieber stürz ich mich aus dem Fenster, als mit dir zurückzugehen.«

Daraufhin schlägt Alfredo einen anderen Ton an und versucht's auf die grobe Art, indem er androht: »Ich jag das Haus in die Luft. Ich schlag alles kurz und klein.«

An diesem Punkt schaltet sich Filomena ein und sagt zu Alfredo: »Versuch's doch, aber vorher jag ich dir ein Messer in die Kehle.«

Alfredo ist eingeschnappt, packt das Blätterteiggebäck und den Rosinenkuchen wieder ein und verläßt das Haus.

Ich frage Teresa: »Und wenn er nicht mehr zurückkommt?«

Teresa läßt ein paar ihrer Madonnenflüche los und meint dann wutschnaubend zu mir: »Ah, und ob der zurückkommt. Schön wär's, aber der kommt zurück, da kannst du Gift drauf nehmen.«

Und tatsächlich zeigt sich, daß Teresa vollkommen recht hat, denn kurz darauf klingelt's an der Tür, und da ist er wieder, mein Vater Alfredo, und verkündet: »Ich bin doch wirklich das allerletzte. Mich ekelt vor mir selbst.«

Filomena sagt: »Da ist die traurige Wahrheit.«

Alfredo geht auf Teresa zu und sagt: »Tere', komm zu mir zurück! Laß mich nicht allein! Ihr seid der Sonnenschein in meinem Leben. Ich weiß, ich bin eine Null, aber laß mich nicht allein, Tere'.«

Doch Teresa bleibt hart und sagt: »Nein, mit dir will

ich nichts mehr zu tun haben. Du wirst nie im Leben mal einen Finger krumm machen. Du kannst uns keine Zukunft geben, mir und diesem bedauernswerten Geschöpf.«

»Wer ist dieses bedauernswerte Geschöpf?« frag ich.

»Du«, sagt meine Mutter.

»Armes, unschuldiges, bedauernswertes Geschöpf«, murmelt meine Großmutter.

Alfredo beginnt, sich selbst ein paar runterzuhauen, eine Ohrfeige nach der anderen, wobei er zwischendurch immer wieder seinen Kopf gegen die Wand schlägt. Dann sagt er: »Ich schwör's dir. Ich such mir eine feste Arbeit.«

Teresa singt: »*Parole, parole, parole*«, in Anlehnung an das berühmte Lied von Mina.

»Wann wirst du dich endlich wie ein Mann benehmen?« fragt Filomena.

»Sobald wir wieder zu Hause sind«, sagt Alfredo lächelnd mit seiner Visage zum Dreinschlagen.

Teresa sagt: »In den Norden will ich nicht mehr. Da ist's mir zu kalt, und außerdem sind die Leute blöd. Die haben nichts anderes im Kopf, als viel Geld zu machen. Die Nachbarin über uns siezt ihre eigene Schwiegermutter und redet sie mit Signora an. Du kannst ja zurückgehen, ich bleib jedenfalls hier.«

Alfredo beteuert noch einmal: »Das wird jetzt alles anders, ich schwör's dir bei der armen Seele meiner toten Mutter.«

Filomena meint dazu: »Die Katze läßt das Mausen nicht.«

Alfredo sagt: »Mama, kümmer du dich um deinen eigenen Scheiß.«

»Was fällt dir ein, Mama zu beleidigen«, sagt Teresa.

»Du ungezogener Flegel«, sagt Filomena.

»Jetzt ist's aber gut. Laßt uns endlich anstoßen, der verlorene Sohn ist zurückgekehrt!« sagt Leonardo, obwohl er damit ziemlich danebenliegt.

Doch schließlich stoßen wir tatsächlich an, die Beleidigungen sind verziehen, und Alfredo küßt und umarmt alle mit Tränen in den Augen, Teresa, mich, sogar Filomena und Leonardo.

Wir sind auch ganz gerührt und Teresa sagt: »Na bitte. Jetzt habe ich mich schon wieder über den Tisch ziehen lassen.«

Und schon am Tag drauf geht's zurück in den Norden.

7

Vorstellung der Schule und all ihrer Ungerechtigkeiten

Jetzt, da wir wieder in unserem durch und durch feuchten Haus im Norden sind, erwartet mich etwas Furchtbares: Die Schule geht wieder los.

Am ersten Tag in der neuen Klasse mache ich Bekanntschaft mit meiner Lehrerin. Sie trägt eine dunkle Brille mit sehr dicken Gläsern, hat eine lange Nase, die ihr bis zum Mund geht, und lacht nie. Als erstes sagt sie: »Alles aufstehen.« Als zweites: »Jetzt beten wir.« Als drittes: »Setzen.« Dann sagt sie: »Ich rufe euch jetzt nacheinander auf, und ihr erhebt euch und sagt mir den Beruf eures Vaters und aus welcher Gegend Italiens ihr kommt.«

Dann geht sie mit dem Klassenbuch in der Hand durch die Reihen, und wir stehen einer nach dem anderen auf und sagen, was unsere Väter machen und woher wir kommen. Claretta Paglia fängt jedoch an zu weinen, und die Lehrerin schickt sie zur Strafe hinter die Tafel. Und der in der Bank hinter mir, Aldo Crocco heißt er, läuft dunkelrot an im Gesicht und sagt: »Mein Vater ist arbeitslos.«

Die Lehrerin preßt die Lippen zusammen und sagt: »Du meinst wohl, er ist arbeitsscheu.«

Aldo Crocco erwidert »Nein, nein, er ist arbeitslos.«

Die Lehrerin kneift die Lippen noch fester zusammen und sagt: »Bei mir gibt's keine Widerworte.« Und auch Aldo muß sich zur Strafe vor die Klasse stellen, jedoch mit dem Gesicht direkt vor die Landkarte, damit er nicht mit Claretta Paglia schwätzen kann.

Als sie Raffaella Rapetti aufruft und diese sagt: »Mein Vater ist Bauingenieur, und er hat ganz viele Leute, die für ihn arbeiten müssen, und wir kommen aus Genua, aber meine Mutter ist im Piemont geboren«, da hellt sich das Gesicht der Lehrerin zum ersten Mal auf, ja, sie lächelt sogar und sagt: »Komm vor in die erste Reihe, mein Kind.«

Als sie alle Schüler durch hat, schlägt sie mit der Hand aufs Pult und sagt: »So. Alle, die ich jetzt aufrufe, setzen sich zusammen.«

Und so landen Aldo Crocco, Daniela Pertusi und ich in einer Ecke ganz hinten in der Klasse.

Während ich mich noch frage, wieso wir in die letzte Bank müssen, erklärt die Lehrerin, so als hätte sie meine Gedanken erraten: »Kinder, seht ihr eure Klassenkameraden da hinten in der Ecke? Die kommen aus Sizilien, Kampanien und Kalabrien.« Und dabei deutet sie mit dem Stock auf diese Regionen auf der Landkarte. Und fährt dann fort: »Wie ihr seht, sind das Süditaliener.«

In unserer Süditalienecke schließe ich sogleich Freundschaft mit Daniela Pertusi. Richtig! Das ist meine Freundin Dani, die ich euch schon vorgestellt habe. Und dann freunde ich mich mit Gabri an, die zwar nicht zur

Gruppe der Süditaliener zählt, jedoch auch nicht zu den Reichen aus dem Norden, sondern zu den ganz Armen. Ihr Vater war Bauarbeiter und ist irgendwann mal vom Gerüst gefallen, und dabei hat sein Kopf was abbekommen. Seitdem ist er ein bißchen bekloppt und kann keine Arbeit mehr finden.

Dani ist nicht nur Süditalienerin, sondern auch der größte Esel der Klasse. Gabri hingegen ist ziemlich intelligent und die Viertbeste in der Klasse. Ich bin so lala, zähle aber bestimmt eher zu den Eseln als zu den braven Strebern.

Dani macht den ganzen Morgen nichts anderes, als zu schwätzen und die unsympathischen Klassenkameraden nachzuäffen und vor allem die Lehrerin, wobei ich einen Heidenspaß hab. Die Lehrerin brüllt uns beide laufend an und schreit sich die Lunge aus dem Hals, und manchmal denkt man, jetzt platzt sie gleich, so tiefrot wird ihr Gesicht, und dann jammert sie: «Was soll ich nur mit euch machen. Ihr bringt mich noch ins Irrenhaus.« Oder auch: »Ihr bringt mich noch ins Grab.«

Das schöne an Dani ist ja, daß sie einen Haufen Schimpfwörter kennt, und während uns die Lehrerin anbrüllt, hält Dani sich schön zurück, doch sobald sie uns den Rücken zukehrt, sagt sie: »Du häßliche Hure, wenn du mir noch einmal auf die Eier gehst, passiert was, du alte Scheißkuh.«

Der zweitgrößte Esel ist Aldo Crocco, und auch auf ihn hat sich die Lehrerin eingeschossen. Allerdings beschimpft und verflucht sie ihn noch viel heftiger, weil er nicht nur laufend stört, sondern auch noch eine besondere Spezialität hat: Er läßt so laute und übel stinkende Fürze ab, daß einem Hören und Sehen vergeht. Eine andere Sache, die die Lehrerin nur bei uns Süditalienern macht, ist die, unsere Hefte dauernd mit irgendwelchen Ermahnungen und Tadeln vollzuschreiben, zum Beispiel, daß wir lernen sollen, wie man sich anständig benimmt, oder daß wir den Unterricht nicht stören sollen oder daß unsere Eltern uns Pausensnacks von Ferrero mitgeben sollen und keine fettigen Brötchen mit Omelette, mit denen man alles vollschmiert und die Luft in der Klasse verpestet.

Mir schreibt sie zum Beispiel rein, daß ich mich richtig waschen soll, und ins Gesicht sagt sie mir, ich würde wie eine Zigeunerin aussehen. Manchmal sagt sie auch Marokkanerin statt Zigeunerin. Und da sie zu Dani, die hellrosa Haut hat, nicht sagen kann, sie würde wie eine marokkanische Zigeunerin aussehen, sagt sie zu ihr: »Und dich haben sie wohl beim Sperrmüll aufgelesen.«

Als sie eines Tages dahinterkommt, daß die Norditalienerin Gabri mit uns befreundet ist, kriegt sie richtig nervöse Zuckungen und macht ruckartige Bewegungen mit Schultern und Hals. Dann schaut sie Gabri lange durchdringend an mit einem bitterbösen Blick und sagt: »Paß nur auf. Wer mit dem Hinkenden geht, lernt zu hinken.«

Und tatsächlich kommt es soweit, daß Gabri von ihrer Position als Viertbeste der Klasse immer weiter abrutscht und bald nur noch zwei Plätze vor der Gruppe der Esel liegt. An diesem Punkt sagt die Lehrerin:

»Bevor alles verloren ist, laß ich deine Mutter kommen. Soll sie dir den Kopf zurechtrücken.«

Und so taucht eines Tages Gabris Mutter bei uns in der Schule auf, und die Lehrerin hält eine Rede vor der ganzen Klasse und erklärt, daß sie kein Blatt vor den Mund nehmen wolle und daß bei Gabri nichts mehr laufen würde, seitdem sie sich mit den Zigeunern abgebe, aber wirklich gar nichts, ein richtiger Absturz, wer weiß, wo das doch hinführen soll.

Und dann sagt sie noch: »Sie können sicher sein, daß ich nur das Beste für Gabri will. Aber sie kommt nun mal aus bescheidenen Verhältnissen, und wenn sie so weitermacht, ist es besser, Sie nehmen sie von der Schule und suchen ihr eine Stelle.«

Gabris Mutter schaut sprachlos auf ihre Tochter, und dann fängt sie plötzlich an zu weinen, und die reiche Raffaella Rapetti in der ersten Reihe dreht sich zu uns um und lächelt. Da wird Dani sauer und fährt sie an: »Hündin, Nutte, Hurentochter, was hast du so dämlich zu grinsen, wenn Gabris Mutter weint.« Die Rapetti hebt daraufhin die Hand und sagt zur Lehrerin: »Signora, die Pertusi hat mich beleidigt. Sie müssen sie ins Klassenbuch eintragen und ihr eine Strafarbeit geben.« »Gleich, gleich«, sagt die Lehrerin. Und zu Dani: »Wir sprechen uns noch.«

Gabris Mutter schneuzt sich die Nase und scheint sich ein bißchen zu beruhigen und sagt: »So raten Sie mir doch, Signora Maestra. Wie soll ich diesem verbockten Kind noch beikommen? Soll ich sie grün und blau schlagen?«

Die Lehrerin meint: »Sagen sie so etwas nicht. Hier in der Schule sind wir gegen Gewalt. Aber, wenn Sie meinen . . . Sie können sie ja zur Strafe einen Monat lang auf Wasser und Brot setzen oder vielleicht auch im Keller einsperren. Tja, warum nicht? Versuchen Sie's doch einfach mal.«

»Ich mach alles beide. Ich sperr sie im Keller ein und geb ihr nur Wasser und Brot«, sagt Gabris Mutter, offensichtlich erleichtert, daß ihr eine Lösung eingefallen ist. Dann geht sie zu Gabris Bank und zieht ihre Tochter an den Haaren und schreit: »Komm nur nach Hause. Dir werd ich die Flötentöne schon beibringen. Wie war das? Du hattest also nie was auf. Heh?« Und plötzlich kann sie sich nicht mehr gedulden, bis Gabri zu Hause ist, und sie beginnt schon mal, wie eine Verrückte auf sie einzuschlagen, und dabei stößt sie wilde Drohungen aus wie zum Beispiel: »Ich gab dir das Leben, und ich nehm es dir wieder.«

Die Lehrerin schaut jetzt ziemlich zufrieden drein, und erst als Gabri schon eine ganze Reihe von kräftigen Ohrfeigen und Arschtritten eingesteckt hat, greift sie ein, indem sie sagt: »So, jetzt beruhigen Sie sich wieder. Kinder sollten mit Sanftmut auf den rechten Weg gebracht werden.« Dann dreht sie sich zu unserer Süditalienecke um, schaut uns mit einem verächtlichen Blick an und fügt hinzu: »Aber nur, wenn sie es verdienen.«

Gabris Mutter sagt: »Als ich in dem Alter war, haben sich die Nonnen darum gekümmert, mir die Flausen auszutreiben. Manchmal mußte ich den ganzen Nachmittag auf ungekochten Maccheroni knien. Da sind einem die Frechheiten schnell vergangen.«

Wir schauen Gabri hinterher, wie sie von ihrer Mutter fortgeschleift wird. Und wir winken ihr noch einmal zu, worauf die Lehrerin unsere Hefte nimmt und jedem einen Tadel wegen Störens einträgt. Uns ist das ziemlich gleich, weil wir alle die Unterschriften unserer Eltern sehr gut nachmachen können, und vor allem, weil wir uns Sorgen machen wegen der schlimmen Bestrafungen, die unsere Freundin Gabri erwarten. Sogleich machen wir uns daran, Pläne für ihre Befreiung zu schmieden.

Bald zeigt sich, daß wir die Pläne gar nicht brauchen, weil in Gabris Familie kurze Zeit später auf einmal alles drunter und drüber geht.

8

Gabris Mutter haut von zu Hause ab

Bevor ich euch sage, was da genau passiert ist, muß ich noch mehr von Gabri und unserer Freundschaft erzählen. Gabris Mutter bedient in einer Trattoria, wo auch Gabris Onkel als Koch arbeitet, und nach der Schule ist Gabri meistens dort zu finden. Wenn wir von der Schule nach Hause kommen, essen wir erst mal, und da wir keine Zeit mit unwichtigen Dingen zu vergeuden haben, treffen wir uns danach gleich wieder und zwar bei dem Mäuerchen vor der Trattoria. Da legen wir uns auf die Lauer und warten, bis es drei ist, denn um drei kommt Adriano, der Freund von Gabris Schwester Vale, den alle nur Pupo nennen.

Pupo zählt zu den schönsten Jungen, die man sich überhaupt vorstellen kann. Er ist so groß, daß er bei jeder Tür den Kopf einziehen muß, und er hat rabenschwarze, ganz lange lockige Haare mit denen er, wie Michi meint, ein bißchen was von einem *terrone* * hat, aber ich sag mir, einer, der so schön ist, kann sich alles erlauben.

---

* Schimpfwort für Süditaliener, d. Übers.

Wenn Pupo meinem Vater über den Weg läuft, fragt der ihn regelmäßig: »Wann läßt du dir endlich diese Schwulen-Mähne abschneiden?« Aber Pupo läßt das Geschwätz der Leute völlig kalt, und er prescht davon auf seiner Riesen-Honda.

Pupo läuft gerne wie ein Filmstar rum, in Lederjacken mit Fransen überall, superengen weißen Hosen mit hohem Bund, die unten so weit ausgestellt sind wie Elefantenstampfer, und dazu natürlich spitze Stiefel, am liebsten feuerrot, mit hohen Absätzen und Sporen. Die hat er immer an, im Sommer wie im Winter.

Seine Lieblingsbeschäftigung besteht darin, tagelang an seiner Honda rumzubasteln und sie zu wienern. Und wenn er sie fertig poliert hat, läßt er seine Freundin hinten aufsitzen, und dann donnern sie zusammen los, um sich irgendwo im Wald ein ungestörtes Plätzchen zu suchen.

In die Trattoria, wo Gabris Mutter arbeitet, kommen viele Fernfahrer zum Essen, einmal weil der Onkel, wie sie sagen, ganz gut kocht, und dann, weil Gabris Mutter ein lustiger, spontaner Typ ist und der Brunetta von den »Ricchi e Poveri« wahnsinnig ähnlich sieht, nur daß sie ein bißchen mehr Speck auf den Rippen hat. Aber vor allem ist sie ganz schön schlagfertig, wenn es darum geht, auf die provozierenden Sprüche der Fernfahrer zu reagieren, die essen, trinken und ihren Spaß haben wollen.

Eines Morgens ist Gabris Mutter verschwunden. Man sucht hier, man sucht da, einer sagt, daß sie sich vielleicht im Fluß ertränkt hat, ein anderer, daß sie entführt wurde, aber das halten alle für ausgemachten Blödsinn, bis dann Gabri in der Küche einen Abschiedsbrief findet, in dem steht: »Ihr braucht mich nicht weiter zu suchen weil ihr könnt mich sowieso nicht finden. Ich bin weg von euch weil ich machen muß was mein Kopf und mein Herz mir sacht. Aber ihr dürft nie vergessen das ich eure Mama bin und euch schrecklich lieb hab. Aber ich konnte einfach nicht mehr euch dauernd was vorzumachen und Ausreden erfinden. Tausend Küsse, auch an Papa.«

Uns ist überhaupt nicht klar, was sie mit dem Brief eigentlich sagen will und warum sie weg ist, und so beschließen wir, Bruna, die doch immer alles weiß, um Rat zu fragen. Bruna liest den Brief und meint: »Aaach du Scheiße!!!«

Wir fragen Bruna, was sie mit ihrem Ausruf sagen will, und sie erklärt: »Mensch, Gabri, deine Mutter hat sich verpißt.«

»Was?« sagt Gabri.

»Die hat die Kurve gekratzt, ist verduftet mit irgendeinem Typ, mit dem sie jetzt in der Welt rumzieht. Wahrscheinlich mit einem von diesen Fernfahrern, die sie in der Trattoria bedient hat.«

»Aaach du Scheiße«, können wir da auch nur noch sagen.

Wo man hinkommt, hört man in den nächsten Tagen Kommentare zur Flucht von Gabris Mutter. Manche Frauen, die auch Mütter sind, sagen zum Beispiel: »Ach, die hat's gut. Ich würd auch sofort alles stehen und liegen lassen. Man müßte nur einen finden, der einen mitnimmt! Andere Mütter meinen auch: »Ich tät noch nicht mal eine Nachricht hinterlassen, wenn ich abhauen würde.« Danis Mutter hingegen, die alle nur Peperina nennen, ist folgender Ansicht: »Nee«, sagt sie, »das würd ich nicht übers Herz bringen, meine Kinder zu verlassen wegen einem anderen Mann. Und außerdem kann man sich doch einen Liebhaber zulegen, seine Kinder behalten und seinen Mann und alles übrige auch, und am Ende halten sie einen trotzdem noch für eine ehrbare Frau.«

Michis Mutter pflichtet ihr bei: »Eben. Was machen denn die ganzen feinen Damen anderes, diese Huren aus der sogenannten besseren Gesellschaft? Ein Liebhaber hier und ein Liebhaber da, und dann erscheinen sie wieder bei ihrer Familie, quietschvergnügt und gutgelaunt, als wenn nichts passiert wäre.«

»Ganz genau«, meint Teresa, »je nuttiger eine ist, desto mehr kann sie sich erlauben.«

Unter uns Kindern fragen wir uns hingegen: Was wird das wohl für ein Gefühl sein, wenn die Mutter von zu Hause fortgeht, und du siehst sie nie mehr wieder?

Bruna meint: »Eine Nervensäge weniger.«

Dani sagt: »Nein, für mich nicht, dafür hab ich meine Mama viel zu lieb« und fängt an zu heulen.

Bei Gabri zu Hause sieht die Situation unterdessen folgendermaßen aus: Ihr Vater ist jetzt nicht mehr nur ein bißchen bekloppt, sondern wird auch immer schwermütiger und redet kein Wort mehr. Der Onkel ist tief besorgt, und alle sagen, daß er kein annehmbares Essen mehr hinkriegt, und deswegen geht auch kein Mensch mehr zum Essen in die Trattoria, weil die Leute sich sagen: Klar, der Schmerz, gut und schön, dafür hab ich Verständnis, aber ich muß hart arbeiten und will anständig essen und satt werden. Gabris Schwester hingegen ist bester Stimmung. Sie schminkt sich noch ein bißchen auffälliger und zieht ihre kürzesten Miniröcke an, solche, bei denen man sogar die Unterhose sieht, und donnert weiter los auf dem Motorrad mit ihrem Freund Pupo, um sich irgendwo in Wald und Flur ein ruhiges Plätzchen zu suchen.

Bei Gabri ist es dagegen so, daß sie keine Lust mehr hat zu essen, weil sich ihr Magen, so sagt sie, anfühlt wie zugeknotet, und so nimmt sie immer mehr ab und ist bald so dünn wie ein Zahnstocher, und alle reden immer wieder auf sie ein: Iß was, Gabri. Los, iß doch was. Nur ein bißchen, Gabri, ein bißchen was mußt du essen. – Aber Gabri bleibt stur.

Also greift ihre Großmutter eines Tages zum letzten Mittel. Sie droht ihr, sie ins Krankenhaus zu schicken, um sie künstlich ernähren zu lassen über furchtbar schmerzhafte Schläuche und Spritzen, und der Trick scheint zu funktionieren, denn Gabri bekommt Schiß und fängt wieder an zu essen.

Alle sind glücklich und atmen erleichtert auf.

Doch jetzt hat Gabri offensichtlich zu großen Gefallen am Essen gefunden, und sie ißt und ißt, so daß keine Sekunde am Tag vergeht, wo wir sie nicht irgend etwas mampfen sehen, und sie hat auch nie 'ne Hand frei, weil sie mit den Händen immer irgendwas zu halten hat, 'ne Tüte Chips, ein Brötchen oder ein Eis, oder auch alle drei Sachen auf einmal.

Kurz und gut, es dauert nicht lange, bis Gabri nicht mehr wiederzuerkennen ist, so fett ist sie geworden, und bei den Jungen heißt sie bald nur noch »Fleischbombe«. Dani und ich scheuen zwar keine Rauferei, um sie zu verteidigen, und manchmal gewinnen wir sogar mit Fußtritten, Spucken und Kratzen, aber leider nur gegen die absoluten Schwächlinge.

Die Lehrerin ist jetzt etwas freundlicher zu Gabri, nur als sie sieht, daß Gabri sich mit uns Marokkanern unterhält, sagt sie »Fettkloß« zu ihr.

Daraufhin läßt Dani, als Zeichen der Solidarität mit unserer Freundin Gabri, ein paar Beleidigungen los, und die lauten: Hündin, Nutte, Hurentochter, alte Scheißkuh.

9

Danis Vater landet in der Klapsmühle

Wir beide, Dani und ich, auf unseren Plätzen in der letzten Bank in der Süditalienecke, kümmern uns weiterhin wenig um den Unterricht, weil wir Wichtigeres zu tun haben, zum Beispiel den ganzen Morgen vertrauliche Frauengespräche zu führen.

An Dani gefällt mir auch unheimlich gut, daß sie mich an mein großes Vorbild Pippi Langstrumpf erinnert. Denn Dani ist auch nur ein Strich in der Landschaft, und außerdem hat sie rote Haare und das ganze Gesicht voller Sommersprossen. Weil sie so klein ist, kann sie sich ganz gut vor der Lehrerin verstecken, so daß sie, wenn sie nicht gerade mit mir schwätzt, ungestört Kostproben ihrer besonderen Spezialität geben kann. Und das sind Imitationen. Sie hat es gelernt, verschiedene bekannte Leute gleichzeitig nachzumachen und sie miteinander sprechen zu lassen. Und am weitaus besten kriegt sie Mike Bongiorno, den bekannten Quizmaster, hin, den sie die bescheuertsten Sachen sagen läßt. Doch gerade von dieser Nummer ist Aldo Crocco, unser Klassenkamerad in der Süditalienecke, überhaupt nicht begeistert: Erstens, so meint er, ist

Mike überhaupt nicht bescheuert, sondern ganz im Gegenteil wahnsinnig intelligent, denn er kennt alle Fragen und Antworten, die man sich nur denken kann. Und zweitens, sagt er, kann das doch jeder, Mike Bongiorno nachmachen.

Meine Freundin Dani wohnt mit ihren Eltern und ihrem Bruder Tore in dem Mietshaus direkt gegenüber von unserem. Ihr Vater ist ein Sizilianer mit einem aufgeblähten Bauch, der ständig mit todernster Miene rumläuft, weswegen Teresa ihn auch »Muffelgesicht« getauft hat. Und das paßt wirklich, denn ich glaub nicht, daß ihn schon mal jemand lachen gesehen hat.

Dani hat mir im Vertrauen erzählt, daß ihr Vater immer schlechter Laune ist, weil er unter Verstopfung leidet, und wenn er nach Hause kommt, darf sich die restliche Familie nicht mehr mucksen, weil er sonst sofort fuchsteufelswild wird und kaputt schlägt, was ihm gerade in die Finger kommt.

Danis Mutter ist ein richtig kleines Energiebündel, voller Schwung und stets guter Laune, und sie schert sich einen Dreck um ihren Gatten und seine Verstopfung. Man sieht sofort, daß sie zu den Frauen gehört, die das leben genießen wollen – ganz anders als ihr Mann mit seinem Muffelgesicht, der nicht kacken kann –, und so ist es nicht verwunderlich, daß sie einen Liebhaber hat, und zwar den Schaffner der Buslinie, die vor unserem Haus Endstation hat. Ricciolino heißt er.

Dani selbst hat die Affäre mit Ricciolino entdeckt, und häufig lädt sie mich zu sich nach Hause ein, um das teuflische Treiben der beiden Geliebten heimlich zu beobachten.

Wenn der Bus an der Endstation ankommt, steigt Ricciolino aus und schaut sofort zum Küchenfenster hoch, wo Peperina schon auf ihn wartet, und schon beginnt er, ihr mit dem Mund tausend Küsse hochzuschicken, und dann streckt er noch die Zunge raus und bewegt sie ganz schnell hin und her, und manchmal schaut er sich auch um, um festzustellen, ob ihn jemand beobachtet, und dann legt er eine Hand auf seinen Hosenlatz und beißt sich auf die Lippen, wobei er ganz konzentriert zu Peperina hochschaut – wirklich ein schönes Schwein.

Wenn der Bus wieder abfährt, äfft Dani Ricciolino sofort nach, wie er sich voller Leidenschaft den Hosenlatz reibt, und das sieht unheimlich komisch aus.

Ricciolino und Peperina können diese Schweinereien natürlich nur machen, weil Danis Vater als Vertreter für Wasserhähne ständig unterwegs ist. Eines Nachmittags passiert es dann, daß Danis Vater, der eigentlich länger fortsein wollte, unvermutet auftaucht, vielleicht, weil ihm schlecht war, weil er sich seit zehn Tagen nicht mehr entleert hat, wie ich von Dani weiß. Er erscheint also auf der Piazza und sieht seine Frau am Fenster stehen, wie sie lacht und sich freut, und auf der Straße neben dem Bus Ricciolino bei seiner kleinen Vorstellung mit der Zunge und der Hand auf dem Hosenlatz.

Dani und ich verfolgen die Szene vom Fenster ihres Zimmers aus, und wir sehen, wie ihr Vater wie angewur-

46

zelt auf der Piazza stehenbleibt, die Augen weit aufgerissen, während sein Blick hin und her wandert zwischen seiner Frau und dem Liebhaber seiner Frau.

Dann fängt er plötzlich an, sich auszuziehen, das Jackett, den Schlips, das Hemd, und dann nach einem kurzen Zögern auch die Hose, ja, er reißt sich die Sachen richtig vom Leib, wobei er gleichzeitig lacht und weint. Schließlich zieht er auch noch die Unterhose aus und reißt die ganzen Klamotten in Fetzen.

Unterdessen kommen immer mehr Leute. Viele kriegen vor Staunen den Mund nicht mehr zu, andere lachen. Dann werden Stimmen laut: Ruft die Feuerwehr. Ruft die Polizei. Irgendeiner meint: »Ach was, Polizei. Der braucht 'ne Zwangsjacke. Der ist doch reif für die Nervenklinik.«

Diese Nervenklinik ist ziemlich bekannt bei uns in der Gegend, weil es immer wieder vorkommt, daß eine Mutter den Verstand verliert, ein Alter sich aus dem Fenster stürzen will oder ein Vater total durchdreht, wie es jetzt eben bei Danis Vater der Fall ist. Dann heißt es immer, der hat einen NERVENZUSAMMENBRUCH, und ab geht's. Für eine Zeitlang verschwindet die betreffende Person von der Bildfläche, weil man sie in der Klapsmühle eingesperrt hat.

Danis Vater wird zunächst in die Klapsmühle gebracht und dann in eine Klinik, die »Clinica Salus«, und ab und zu, wenn sie Lust haben, gehen Peperina, Dani und ihr Bruder Tore ihn dort besuchen.

Peperina, die sich ganz gut mit Teresa versteht,

kommt hin und wieder zu uns und erzählt uns, wie unheimlich gut es ihrem Mann in seiner Klinik geht, daß er jetzt ganz ruhig und entspannt ist und sogar wieder kacken kann. Ja, sie meint sogar, daß es ihm in seinem ganzen Leben noch nicht so gut gegangen ist und daß sie der Meinung ist, er sollte einen Antrag stellen, um eine Verrücktenrente zu bekommen, und gleich ganz in der Klinik bleiben, wo er in totaler Entspannung ein Leben führen kann wie ein Pascha.

Dani zieht wieder eine ihrer Nummern ab und macht mir vor, wie ihr Vater mit dem starren Blick eines Verrückten auf seinem Stuhl sitzt, niemanden erkennt und in einem fort vor sich hinmurmelt: »Ich muß es schaffen. Ich muß es einfach schaffen. Noch ein klein bißchen drücken, dann hab ich's geschafft. Hast du's heute geschafft? Nein. Und gestern? Auch nicht. Und heute? Hast du's heute geschafft?« Und so weiter.

Unterdessen hat Ricciolino der Schaffner freie Bahn und geht bald ganz selbstverständlich in Peperinas Wohnung ein und aus. Manchmal bleibt er nur für einen kleinen Imbiß, andere Male aber schließt er sich auch mit der verliebten Peperina im Schlafzimmer ein, um mit ihr vollzutanken. Dani und ich drücken dann die Ohren an ihre Tür, um jedes Geräusch genau mitzubekommen, und was wir dann hören, ist folgendes: Einzelnes gedämpftes Lachen oder gemeinsames gedämpftes Lachen mit diesem Stöhnen: »Ah! Ah! Ah ah ah.«

10

Tore und Lupo – zwei Burschen,
die etwas zu dick auftragen

Danis Bruder Tore ist genauso ein Typ wie sie selbst: mager mit rötlichheller Haut und Sommersprossen. Manchmal, wenn Dani und ich bei ihr sind, kommt Tore ins Zimmer rein und sagt: »Los, haut ab. Jetzt will ich hier sein.« Andere Male kommt er auch mit seinem Freund Lupo rein, und entweder lassen sie uns dann verduften, oder sie wollen mit uns zusammensein, um uns Sachen zu erzählen, mit denen sie uns beeindrucken können.

Tore sagt zum Beispiel: »Wißt ihr eigentlich, was euch passiert, wenn ihr größer seit? Dann kriegt ihr auch einen ab, und der steckt ihn euch rein und läßt euch brüllen wie Schweine beim Schlachten.«

Und Lupo fügt hinzu: »Und wenn jemand ihn euch reinsteckt, dann ist er nicht mehr zu halten. Dann macht er solange, bis ihr heult und blutet wie Tiere.«

Dani sagt: »Ist ja ekelhaft.«

»Stimmt das wirklich, daß man dann so furchtbar schreit?« frag ich.

Lupo lächelt und meint: »Klar, erst schreist du, aber dann kommst du auf den Geschmack.«

»Das glaub ich nicht«, sagt Dani eingeschüchtert.

»Und ob«, meint Lupo, indem er genüßlich am Filter seiner Marlboro zieht.

»Wenn ihr erstmal angefangen habt, wollt ihr's immer wieder. Keinen Tag haltet ihr's dann aus, ohne daß es euch einer besorgt«, meint Tore.

»Ach was, keinen Tag – keine Minute«, meint Lupo.

Dieser Lupo ist ein Typ, dem die Frauen nachlaufen, denn er sieht aus wie jemand, der alles kriegt, was er will, und dem man besser nicht auf die Eier geht, wenn man nicht auf Scherereien aus ist. Er hat buschige Augenbrauen, die fast eine gerade Linie auf seiner Stirn bilden, und dadurch wirkt sein Blick so düster, daß man echt Angst kriegen kann. Er fährt auf seinem Mofa mit aufgebohrtem Auspuff durch die Gegend, und wo er vorbeikommt, drehen sich die Leute nach ihm um und rufen ihm Flüche hinterher. Es ist allgemein bekannt, daß seine Mofas geklaut sind und daß er außerdem spezialisiert ist auf Autoradios, Fahrradreifen und Benzin aus Autotanks.

Eine andere Spezialität von Lupo: Er geht mit Frauen jeden Alters aus, sogar mit richtig alten. Die überhäufen ihn mit Geschenken und sind total verrückt nach ihm. Deswegen kann er es sich erlauben, immer total modisch angezogen durch die Gegend zu laufen, die Haare tadellos frisiert wie frisch vom Friseur, und Marlboro zu rauchen, die außer ihm sonst fast keiner raucht, den wir kennen.

Eines Tages, als sie wieder mal gekommen sind, um uns auf die Nerven zu gehen, meint Tore zu Lupo: »Ist dir

schon aufgefallen, die Gören hier sind ganz schön ge-
wachsen? Ich würd mich nicht wundern, wenn da bald
die Titten sprießen.«

Lupo zuckt nur mit den Achseln, was soviel heißen
soll wie, daß ihn das völlig kalt läßt.

Tore läßt jedoch nicht locker: »Heh, was meinst du,
Lu'?« fragt er.

Lupo schnaubt verächtlich und sagt: »Mensch, Tore,
was willst du denn mit dem Kindergarten? Tore, du
mußt endlich mal lernen, dich an die scharfen alten
Bräute zu halten. An die richtigen Stuten, die sich nicht
lange bitten lassen und dir obendrein noch was schen-
ken.«

Tore sagt: »Hast ja recht, Lupo. Mit den Kleinen ist
es irgendwie fad.«

»Reine Zeitverschwendung«, fügt Lupo hinzu. »Am
Ende verlangen sie noch, daß man sie ins Kino mitnimmt.«

»Und ein Eis wollen sie dann auch noch«, pflichtet
Tore ihm bei.

»Die alten Bräute hingegen machen kein langes Thea-
ter. Die servieren dir ihre Muschi auf dem Silbertablett«,
fährt Lupo fort.

»Ganz genau. Auf dem Silbertablett«, sagt Tore.

»Ach, komm, wer soll denn hinter dir her sein?« sagt
Dani zu ihrem Bruder.

Tore kriegt ganz rote Ohren und sagt: »Was weißt du
denn schon, blöde Ziege.«

»Selber blöd«, sagt Dani.

»Soll ich euch mal was erzählen?« sagt Lupo.

»Ja, los«, sagt Tore.

»Gestern bin ich noch bei Rino vorbei. Er war aber nicht da, nur seine Frau. Boh, die hatte einen Unterrock an, schwarz und voll durchsichtig!«

»Waaahnsinn . . . das ist 'ne geile Braut. Die würd ich sofort flachlegen!« meint Tore.

»Und was habt ihr gemacht? Habt ihr vollgetankt?« will Dani wissen.

»Erst ham wir ›Neunundsechzig‹ gemacht und dann ›Pecorina‹ *«, erklärt Lupo.

»Waaaaahnsinnn . . .« stellt Tore mit hochroten Ohren fest.

»Was ist das, ›Neunundsechzig‹?« fragt Dani.

»Was ist das, ›Pecorino‹**?« frag ich.

Aber Lupo gibt uns keine Antwort. Er steckt sich eine Marlboro an, läßt den Blick in die Ferne schweifen und sagt nur: »Der hab ich's besorgt. Die hat gejammert und gestöhnt wie ein Tier.«

»Wie oft ist es ihr gekommen?« fragt Tore.

»Zwanzig oder einundzwanzig Mal«, sagt Lupo, »ich weiß nicht mehr so genau. Irgendwann bin ich mit dem Zählen nicht mehr mitgekommen.«

»Und du?«

»Achtzehn Mal«, sagt Lupo. »Du weiß ja, wie das ist. Die Frauen haben's leichter, die brauchen fast nichts zu machen.«

---

  * wörtlich: Schäfchen; im übertragenen Sinn: Geschlechtsverkehr »von hinten«, d. Übers.

 ** Schafskäse, d. Übers.

11

Jetzt erzähl ich von Schwester Primina
und Schwester Haifisch

Jetzt erzähl ich von dem negativen Einfluß der Nonnen, dem wir jeden Mittwochnachmittag beim Religionsunterricht und auch Samstag nachmittags beim Nähen und Stickunterricht unterworfen sind.

Wenn unsere ganze Klasse sich Mittwoch nachmittags auf dem Weg zum Religionsunterricht die Steigung vor der Kirche hochschleppt, kann man kilometerweit unsere Wutschreie und wilden Protestflüche hören, die an Schwester Primina gerichtet sind. Wir brüllen alle wie eine Horde blutrünstiger Barbaren, und nur die Rapetti marschiert zehn Meter vor uns her und tut so, als würde sie uns nicht kennen.

Diesen Unterricht können wir schlecht schwänzen, weil die Nonne engen Kontakt zu unserer Lehrerin hält, und die erfährt alles, aber auch wirklich alles, was wir im Religionsunterricht anstellen. Und wer blau gemacht oder einen auf blöd gemacht hat, darf sicher damit rechnen, daß er am Tag drauf vor der Klasse abgefragt wird, mit sauschweren Fragen, die kein Mensch beantworten kann. Und nach der stummen Vorstellung kriegt er so saftige Tadel ins Heft geschrieben, daß er zu Hause von der Mutter kräftig durchgeprügelt wird oder auch vom Vater oder allen beiden zusammen.

Die Geschichten, die wir uns während der Religionsstunde wohl oder übel anhören müssen, sind wirklich ekelhaft. Sie handeln alle von irgendwelchen Heiligen, Märtyrern und Märtyrerinnen, die verbrannt wurden oder geviertelt, denen man die Augen ausstach oder die Brüste zerfleischte. Manchmal protestieren wir auch dagegen. Wir stimmen ein wildes Geschrei an, und irgendwer stellt sich auf seine Bank und brüllt durch die ganze Klasse: »Nieder mit Schwester Primina.« Oder: »Schwester Primina, du machst uns angst.« Und Aldo Crocco nutzt die Gelegenheit, um auch hier seine berühmten Fürze abzulassen.

Schwester Primina fängt an zu zetern und sagt: »Ihr Tiere. Ihr werdet schon sehen, am Jüngsten Tag, wenn Gott die guten Schäflein von den bösen trennt.«

Dann sagt sie: »Du, du und du, bringt mir sofort eure Hefte.« Du, du und du sind immer wir drei, Dani, Crocco und ich.

Während sie ihre Tadel schreibt, murmelt sie: »Leg drei faule Äpfel in einen Korb mit gesunden, und sie werden alle faul.«

Das andere Zusammentreffen mit dem heimtückischen Geist der Nonnen ist am Samstagnachmittag, aber hier können wir uns überhaupt nichts erlauben, nee, wirklich nicht, weil wir es hier nicht mit einer schwachen kleinen Nonne zu tun haben, die sich eigentlich nur an uns Süditaliener rantraut, und das auch noch ziemlich zaghaft, sondern mit einem Mordsvieh von Frau, die bei uns nur Schwester Haifisch heißt. Und das nicht ohne Grund: Wenn sie einem eine klebt, sieht man den Abdruck nach einer Woche noch, und wenn sie ein Lächeln versucht, zeigt sie uns ihre furchteinflößenden Hauer, die wirklich alle so spitz und scharf sind wie die von dem Meerungeheuer.

Es geht damit los, daß wir Mädchen uns mit unseren Stickereien abkämpfen müssen, während die Jungen Fußball spielen dürfen, aber danach haben wir alle zusammen die Stunde der sogenannten christlichen Selbstbetrachtung durchzustehen.

Dani, Gabri und ich, wir sind im Sticken einfach absolute Nullen. Raffaella Rapetti präsentiert stolz ihre komplizierten Hexen-, Stiel- und Kettenstiche, während unsere Stickereien im Grunde nur verworrene Ansammlungen von Fäden sind, bei denen man nie weiß, was sie eigentlich darstellen sollen.

Und wenn Schwester Haifisch mich beim Handarbeiten beobachtet, meint sie regelmäßig: »Du stellst dich an, als hättest du keine Nadel in der Hand, sondern eine Hacke.«

Hat sich die Stick-Folterstunde lange genug hingezogen, klatscht der Haifisch in die Hände und sagt: »So, Mädchen, jetzt ist Schluß mit dem Vergnügen, jetzt machen wir ein bißchen christliche Selbstbetrachtung.«

Die Selbstbetrachtung besteht darin, daß wir in einem kleinen, nach Fußschweiß und Suppe stinkenden Raum eingeschlossen werden, wo wir uns im Kreis hinsetzen, mit ihr, Schwester Haifisch, in der Mitte, die uns wie ein Dompteur mit Blicken gefügig machen will, indem sie zunächst jedem lange in die Augen sieht und dann den Blick wandern läßt, vom Kopf zu den Füßen, um durch unsere Körper in unsere Seele zu schauen.

Sie will nämlich rauskriegen, ob wir die Woche über unkeusche Sachen gemacht oder auch nur gedacht haben.

Aus unserer Clique sind wir fast alle da, bis auf Silvia Padella, weil ihr Vater ein eingefleischter Kommunist ist, der Nonnen oder Priestern, die ihm über den Weg laufen, die schrecklichsten Dinge androht, daß er sie auffressen werde und ähnliches. Auch uns erzählt er immer wieder: »Wenn wir Kommunisten endlich dran sind, schneiden wir allen Priestern die Kehle durch, die Nonnen werden gebraten, und aus den Kirchen machen wir Tanzsäle.«

Wir Freundinnen hocken also im Kreis nebeneinander und machen uns gegenseitig Mut, denn wegen der Durchleuchtung unserer Seelen haben wir alle unheimlich Schiß. Dani zittert vor Angst, hängt sich an meinen Arm und sagt: »Verdammte Scheiße. Wenn die nur nicht dahinterkommt, daß wir über Sex reden. Wenn die nur nicht merkt, daß wir die Erwachsenen heimlich belauschen.«

Michi wird knallrot im Gesicht und atmet fast nicht mehr.

Gabri hingegen kriegt Hunger und fragt: »Darf ich das Brötchen essen, das ich von zu Hause mitgebracht habe?«

56

Der Haifisch lächelt kaum merklich, wobei seine scharfen Zähne nur für einen Augenblick zu sehen sind, und sagt: »Selbstverständlich . . .«

Gabri schaut uns überrascht an und meint: »Das heißt wohl, ich darf.«

»NICHT«, schreit Schwester Haifisch durch den Raum.

Mir wird auf einmal ganz flau im Magen, und ich hebe den Finger und frage, ob ich aufs Klo darf.

Schwester Haifisch schaut mich an, als wolle ihr gleich der Geduldsfaden reißen, und meint: »Kommt nicht in Frage.«

»Ich muß aber ganz dringend«, gebe ich keine Ruhe.

»Das mußt du zurückhalten«, antwortet sie. »Ihr müßt lernen, Körper und Geist in der Gewalt zu haben.«

Dann beginnt die christliche Selbstbetrachtung. Schwester Haifisch läßt wieder ihren Blick durch die Runde schweifen und sagt: »Wer will anfangen?«

Großes Schweigen. Einige starren auf ihre Schuhspitzen, andere an die Decke, wieder andere auf ihre Fingernägel.

»Ihr wißt doch, wer seine Sünden gebeichtet hat, fühlt sich sofort viel besser, viel leichter«, redet Schwester Haifisch uns gut zu.

»Das stimmt. Genauso ist es«, meldet sich die Rapetti zu Wort.

Michi schaut sie an, streckt ihr die Zunge raus und greift sich dann noch als Zeichen der Verachtung an die Pflaume.

»Los, Kinder, nur Mut, wer fängt an? Wer ist der Mutigste von euch?«

Die Rapetti sagt: »Ich fang an, Schwester. Wie immer.«

Schwester Haifisch sagt: »Sehr gut! Nehmt euch ein Beispiel an eurer Mitschülerin. Nur sie allein sollte euch ein Vorbild sein. Und nicht die vielen anderen, die sich schon in jungen Jahren mit dem Teufel verbündet haben. Hab ich recht, Michelina?«

»Sehr sogar«, bestätigt die Hündin Rapetti Raffaella und beginnt mit ihrer Beichte. »Also ... gestern in der Schule hat mir einer den Stuhl weggezogen. Aldo Crocco war's, der aus Süditalien mit dem arbeitslosen Vater, und ich hab es innerlich nicht geschafft, ihm sofort zu verzeihen. Du böser Junge, hab ich gedacht, und erst nach fünf Minuten habe ich ihm verziehen.«

»Ach, du gutes Kind«, ruft Schwester Haifisch begeistert.

»Du verdammte Heuchlerin«, sagt Dani. »Aldo hat dir den Stuhl weggezogen, weil du seinen Füller kaputtgetreten hast, der unter deine Bank gerollt war, und dabei hast du zu ihm gesagt: ›Kauf dir einen neuen, du Hungerleider.‹«

»Schwester, die Pertusi ist eine gemeine Lügnerin, aber ich will auch ihr verzeihen«, sagt die Hündin Rapetti.

»Pertusi, du hast jetzt schon eine schwarze Seele wie eine alte Sünderin«, sagt Schwester Haifisch.

»Ach, leck mich doch«, raunt Dani leise.

»WAAAAS HAST DU GESAGT???!!!« schnaubt der Haifisch.

58

»Nichts, gar nichts«, erwidert Dani.

»Ich hab's gehört«, sagt die Hündin Rapetti. »Sie hat gesagt ...« doch weiter kommt sie nicht, denn Michi kündigt ihr leise an: »Draußen prügel ich dir die Seele aus dem Leib.«

»Sie hat g-gesagt«, fährt die Rapetti fort, »daß es ihr leid tut, eine Sünderin zu sein.«

»Aha, das hört sich schon besser an«, meint Schwester Haifisch. »Wer kommt jetzt dran?«

Schweigen. Blicke, die sich wieder intensiv auf Schuhspitzen, Decke und Fingernägel heften.

»DU«, sagt sie, an mich gewandt. »UND DU«, an Gabri gewandt.

»Scheiße, ich hab's ja gewußt«, sagt Gabri.

»Stimmt das, daß ihr ständig über unkeusche Handlungen redet und den großen Jungen nachschaut, die Motorrad fahren und euch zur Sünde verleiten wollen?«

»Nein!« sag ich.

»Wer hat Ihnen das gesagt?« fragt Gabri.

»Das Vögelchen«, sagt Schwester Haifisch. Sie sagt immer, das Vögelchen, wenn sie nicht mit der Wahrheit herausrücken, also nicht zugeben will, daß diese Hündin Rapetti uns bespitzelt.

»Und stimmt das, daß jemand unter euch sich damit vergnügt, seine Mutter, die eine gefallene Frau ist, bei ihrem sündigen Tun heimlich zu beobachten?«

»Keine Ahnung«, sagt Dani. »Keine Ahnung«, sagen Gabri, Michi und ich im Chor.

»Gabriella!«

»J-ja«, antwortet Gabri, wobei sie das Brötchen in ihrem Beutel umklammert.

»Laß dein Brötchen los und antworte mir. Treibt sich deine Mutter immer noch in der Weltgeschichte rum? Und lebt deine Schwester Valentina immer noch in Sünde? Und fährt sie immer noch Motorrad und schminkt sich?«

»Ja«, gesteht Gabri mit hochrotem Kopf und Tränen in den Augen.

»SCHLIMM, SEHR SCHLIMM! Und ihr, was macht ihr? Ihr spürt ihr nach. Belauscht ihre Gespräche. Schaut den beiden Lüstlingen zu, wie sie sich küssen.«

»Neiiiin«, rufen wir im Chor.

»Sagt die Wahrheit!«

»Ja! Wirklich nicht! Wir schwören's.«

»Ihr sollt nicht schwören.«

»Aber es stimmt.«

»Also gut. Zur Buße betet ihr fünfzig Ave-Maria und hundert Vaterunser. Das war's für heute, bis zum nächsten Samstag.«

12

Teresas Verehrer: Michele-der-Magere und Michele-das-Schwein

Einmal, nachdem meine Eltern Teresa und Alfredo ungefähr eine Woche kein Wort miteinander gewechselt haben, kündigt Alfredo an: »Ich gehe. Ich verlasse dieses Irrenhaus. Ich will meine Freiheit. Ich will meine Unabhängigkeit.«

Er holt seinen Koffer und packt folgendes ein: die vollständige Sammlung seiner Fred-Buscaglione-Schallplatten, ein Buch mit dem Titel *Wahre Männer*, das er zwar nie gelesen hat, aber schon seit langem auf seinem Nachttisch aufbewahrt, weil ihm der Titel passend erscheint, und eine durchsichtige Plastikschachtel mit einer verwelkten roten Rose, die er wie eine Reliquie hütet, weil sie ihm die Sängerin Wanda Osiris, als er noch Soldat war, bei einem Konzert ins Gesicht geschmissen hat. Dazu packt er noch eine alte Skihose und ein Paar Wildlederhandschuhe ohne Finger, wie man sie zum Autofahren anzieht, und verabschiedet sich.

Ich frag Teresa: »Wo will Papa denn hin?«

Teresa läßt ein paar ihrer speziellen Madonnenflüche los und sagt: »Das mußt du ihn schon selbst fragen.«

Und dann flucht sie weiter: »Verdammter Gauner, Lump, Versager.«

Ich frag noch mal: »Und wenn er nicht zurückkommt?«

»Schön wär's«, sagt Teresa.

Ich sage: »Ich glaub fast, diesmal kommt er nicht zurück.«

Teresa sagt: »Der kommt immer wieder. Leider.«

Die Tage vergehen, und Alfredo läßt nichts von sich hören. Teresa bespricht sich mit zwei anderen Müttern. Einmal mit der von Silvia Padella, die folgendes meint: »So ein Glück möchte ich auch mal haben, einmal morgens aufwachen, und dein Mann ist verschwunden.« Und dann mit Michis Mutter, die sagt: »Ich für meinen Teil würd sofort unterschreiben.«

Auf alle Fälle läßt es sich nicht leugnen, daß, seitdem Alfredo fort ist, einige Motten begonnen haben, meine Mutter zu umschwirren. Ich sprech mit Dani drüber, und sie meint: »Ist doch stark! Jetzt sind wir beide gleich. Jetzt hat deine Mutter auch einen Liebhaber!«

Ich bin aber überhaupt nicht so begeistert. Warum? Ich beschreib einfach mal diese Motten.

In vorderster Linie bemühen sich zwei mit dem gleichen Namen um die Gunst Teresas, und um sie auseinanderzuhalten, haben meine Mutter und ich sie Michele-der-Magere und Michele-das-Schwein getauft.

Michele-der-Magere fährt einen kackfarbenen Alfa Giulia und bringt immer wieder den unheimlich lustigen Spruch: »Los, kommt, heute nehmen wir die Giulia«, und dann lacht er, hah, hah, hah. Wir beide bleiben aber ganz ernst, und sobald er sich umdreht, greif ich mir an die Pflaume, um meiner Verachtung Ausdruck zu geben.

Dieser magere Michele erzählt dauernd todlangweiliges Zeug über seine Speditionsfirma, und dabei prahlt er immer wieder: »Ich hab fünf große LKWs. Das ist doch was, oder.« Und Teresa stülpt die Unterlippe vor und nickt anerkennend, wie um zu sagen: »Madonna, das ist ja wirklich allerhand.« Ich hingegen mach einen Mundfurz, extra für ihn, sobald er mich nicht sieht.

Immerhin muß man sagen, daß wir, Teresa und ich, uns von diesem Langweiler Michele ausgiebig zum Essen einladen lassen können, was sehr günstig ist, weil wir ohne Alfredo noch knapper bei Kasse sind als vorher. Wir sitzen also im Restaurant, und dieser Michele sagt zu mir: »Bestell nur, worauf du Lust hast, Herzchen.« Und ich bestelle: Lasagne al forno, gefüllte Cannelloni, fritierte Meeresfrüchte, Eis, Kuchen ... Und ich fresse wie ein Scheunendrescher. Teresa tut so, als wenn ihr das unheimlich peinlich wäre, und fährt mich an: »Bist du denn von allen guten Geistern verlassen, dich so vollzuschlagen! Man könnte meinen, zu Hause mußt du hungern!«

Michele-der-Magere schaut dumm aus der Wäsche, und ich denk mir, daß er bestimmt überschlägt, was ich ihn koste, doch er ringt sich ein Lächeln ab und sagt: »Heh, laß sie doch essen, das Kind muß noch wachsen, gell, Herzchen.« Ich verlier jedoch keine Zeit mit Antworten und hau weiter rein.

Der zweite Michele, das Schwein also, ist, wie man sich schon denken kann, ein ekliger, fetter Typ, von Beruf Immobilienmakler, und darüber hinaus ist er auch noch, wie mir Teresa gesagt hat, Bürgermeister in einem Nachbarort. Auch mit diesem Michele gehen wir essen, aber noch viel feiner, in richtige Luxusrestaurants, denn er lebt nach dem Motto: Das Leben ist kurz, und man lebt nur einmal.

Dieser Immobilienmakler Michele hat auch eine Familie, genauer eine Frau und drei Kinder, und wenn wir in seinen Wagen einsteigen, fällt unser Blick sofort auf die Fotos von ihnen neben dem Armaturenbrett, und wir müssen lachen, und auch das Schwein lacht wie verrückt. Diese vier Angehörigen sehen haargenau so aus wie er selbst – vier schwammige Vollmondgesichter, die uns ausdruckslos anstieren.

Wenn wir aus so einem Luxusrestaurant kommen, wo wir natürlich wie die Schweine gegessen haben, läßt das Schwein eine Reihe von Rülpsern in verschiedenen Tonlagen los. Am Auto angekommen passiert es dann manchmal, daß er sich nicht unter Kontrolle hat und lautstark einen ziehen läßt. Nach seinen Rülpsern lacht er ganz glücklich, wenn er aber gefurzt hat, läuft er knallrot an und sagt: »Oh, Entschuldigung«. Und Teresa antwortet: »Muß auch sein, der Körper verlangt's.« Hin und wieder betrachtet das Schwein die Fotos von seiner Familie, und dabei wird er ganz ernst und sagt: »Ja, ja, so Fotos sprechen doch Bände, oder?«

Dann gibt's noch einen weiteren Verehrer von Teresa,

der Domenico heißt und bei der Post arbeitet. Sein auffälligstes Kennzeichen: Er lispelt. Und wenn er mich fragt, »haßßßt du heute auch fleißßßig gelernt«, »haßßßt du denn schon einen kleinen Freund«, »wie ßßßßßmeckt dir dein Essen«, dann könnt ich ihm ihn die Fresse hauen.

Zum Glück ist der Lispler nur eine kurze Episode, denn einmal, als wir zusammen im Restaurant sitzen, streichelt mir dieser Schwachkopf über die Backe und meint: »Na, willßßßt du Onkel Domenico keinen Kußßß geben?«

Da schnappt sich Teresa eine Gabel und schreit: »Nimm die Finger von dem Mädchen, sonst stech ich dir die Augen aus.«

Das ganze Restaurant glotzt uns an, aber Teresa ist das vollkommen egal. Domenico ist kreidebleich geworden und sagt: »Komm, ich hab doch nur Quatßßß gemacht . . .« Aber es ist nichts mehr zu retten. Teresa kennt kein Pardon.

Immerhin sind wir eine Zeitlang umsonst ins Kino und zum Essen gegangen.

Beim Umgang mit ihren Verehrern macht es Teresa besonderen Spaß, sie alle immer wieder leer ausgehen zu lassen. Nachdem sie uns in der Gegend rumkutschiert und ins Restaurant ausgeführt haben, bringen uns diese Verehrer wieder nach Hause, und das ist dann der Moment, wo ich regelmäßig zu hören bekomme: »Willst du dir kein Eis kaufen gehen? Warum spielst du nicht ein bißchen mit deinen Freundinnen?«

Aber ich rühr mich nicht von der Stelle und sag: »Nein.«

Teresa setzt eine betrübte Miene auf und sagt: »Tja, was soll man da machen. Du weißt ja, wie Kinder sind. Also, vielen Dank. Vielleicht ein andermal . . .«

Wenn wir dann allein sind, sagt sie zu mir: »Denk immer dran, in dieser Welt voller Wölfe muß eine alleinstehende Frau wissen, wie sie sich zu verteidigen hat.«

13

Auch über unsere Nachbarn im Haus gibt's einiges zu sagen

Jetzt komm ich zu den Bewohnern unseres Mietshauses, die ich bisher noch gar nicht erwähnt habe.

Im ersten Stock wohnen Signora Iside und ihr Mann Achille Armanetta, ein sehr sympathisches Ehepaar aus dem Molise, das keine Kinder bekommen kann, weil Achille ein Steriler erster Klasse ist – wie ich gehört hab, als Iside das meiner Mutter erzählt hat. Sie haben einen Laden für Milchprodukte, wo sie alle möglichen Mozzarellasorten verkaufen, wie *scamorze, trecce* und *bocconcini*, aber auch Hartkäse wie *caciocavalli* und viele andere Käsesorten, die alle original aus dem Molise kommen wie sie selbst. Die beiden wollen, daß ich Tante Iside und Onkel Achille zu ihnen sage und daß ich sie in ihrem Laden besuche, was ich auch manchmal mache, und wenn ich dann nach Hause komme, sagt Teresa zu mir, ich würde stinken wie ein Schaf.

Tante Iside ist eine energische Frau, die man glatt für die Zwillingsschwester von Moira Orfei, der berühmten Zirkusbesitzerin halten könnte, denn sie hat genau die gleiche Frisur wie sie – ein riesiges Bienennest aus pechschwarzen Haaren –, die ihr – wie sie mir erzählt hat – bis zum Hintern reichen, wenn sie sie aufmacht. Worauf sie sich besonders gut versteht, sind Abtreibungen, und alle Frauen aus unserem Viertel gehen zu ihr, wenn sie in die Klemme geraten sind. Onkel Achille ist ein gutaussehender Mann und hat eine verblüffende Ähnlichkeit mit dem Fernseh-Zauberer Silvan, so daß es immer wieder vorkommt, daß Leute auf der Straße stehenbleiben und sagen: »Mensch, das ist doch dieser Zauberer, dieser Silvan! Ja, genau, das ist er.«

Es ist nicht zu übersehen, daß sich Onkel Silvan von seiner Frau herumkommandieren läßt, aber trotzdem verstehen sich die beiden sehr gut. Für jeden haben sie ein freundliches Wort, und uns lassen sie seit Urzeiten schon anschreiben. Wenigstens an Mozzarellas und Caciocavallis hat es uns daher noch nie gemangelt.

Neben ihnen wohnt ein habgieriger, geiziger alter Mann, den seine Verwandten wie einen räudigen Hund abgeschoben haben, weil er so unausstehlich ist, und die Leute erzählen sich, daß er sich viele Millionen Lire zusammengeknausert hat, die er unter der Matratze versteckt hält. Er spricht mit keinem Menschen ein Wort, weil er Angst hat, mit jemandem in näheren Kontakt zu kommen und Leute in seine Wohnung lassen zu müssen, die es früher oder später, wie er glaubt, doch nur auf sein Geld abgesehen haben.

Der alte Geizkragen heißt Pippo, doch Alfredo nennt ihn nur Luzifer.

Teresa kriegt jedesmal einen Anfall, wenn sie an Luzifers Millionen unter der Matratze denkt, und meint:

»Es gibt doch keine Gerechtigkeit auf der Welt. Ja, was glaubt der Alte denn? Daß er den ganzen Zaster mit ins Jenseits nehmen kann?«

Unsere Nachbarin im Erdgeschoß ist eine Witwe, die von allen nur »Veneziana« genannt wird und eine ganze Latte magischer Praktiken beherrscht. Sie kann die Zukunft aus dem Kaffeesatz lesen oder aus Tarotkarten, weiß, wie man Gürtelrose heilt, kann mit einem Pendel vorhersagen, ob eine Schwangere einen Jungen oder ein Mädchen zu Welt bringt, und schließlich bringt sie es sogar fertig, Kontakt zu den Verstorbenen im Jenseits aufzunehmen.

Einmal hab ich mitgekriegt, wie sie Teresa erzählt hat, daß ihr verstorbener Mann jede Nacht bei ihr im Schlafzimmer erscheint und sie befriedigt.

Es gibt immer wieder Leute, die zur Veneziana kommen und ihr bündelweise Geld dafür bieten, daß sie ihren Feinden tödliche Krankheiten oder sonstige Übel anhext. Aber die Veneziana schmeißt sie alle in hohem Bogen unter wüsten Beschimpfungen raus, weil sie nämlich nur gute Werke vollbringen will und der Meinung ist: Wer Wind sät, wird Sturm ernten.

Hin und wieder will die Veneziana Teresa die Karten legen, aber meine Mutter ist diesbezüglich ziemlich skeptisch, denn sie ist der Ansicht, daß es in ihrem Leben nur noch schlimmer kommen kann, und deswegen will sie von der Zukunft erst gar nichts wissen.

Ganz oben im letzten Stock wohnt Mapi. Sie ist ein ziemlich hübsches junges Ding, und wenn sie die Trep-

pen runtergeht, zieht sie eine penetrante Parfümduft-
wolke hinter sich her, was nicht sonderlich verwunderlich ist, weil sie nämlich in einer Parfümerie arbeitet.
Wir Freundinnen bewundern diese Mapi sehr, und als
Erwachsene wollen wir einmal so werden wie sie, denn
sie hat's wirklich raus, wie man sich die Augen
schminkt und was aus seinen Haaren macht. Sie läuft
immer total modisch gekleidet rum, in Minikleidern
unter langen Mänteln, mit silbrig schimmernden Sei-
denstrumpfhosen und großen eleganten Hüten, um die
meist noch ein feines Tuch geschlungen ist. Wenn man
sie so sieht, könnte sie einer Modezeitschrift entsprun-
gen sein.

Mapi kaut den ganzen Tag Kaugummis, und wenn sie
sonntags zu Hause ist, hört sie Platten von Patti Pravo
und Caterina Caselli, und ab und zu dürfen wir Freundinnen zu ihr und ihr dabei Gesellschaft leisten.

Alle sind sich darin einig, daß unsere Mapi ein tüch-
tiges, rechtschaffenes Mädchen ist, das keinem auf die
Nerven geht, jedoch einen kleinen Fehler hat. Sie ist
andersrum, und anstatt sich mit Männern abzugeben
macht sie sich nur was aus Frauen.

Und schließlich wohnt im obersten Stock noch die
Familie Rovelli, ein Grundschullehrerehepaar, das mit
keinem im Haus was zu tun haben will, plus Albino-
Sohn Andreino. Diese Familie ist allen ein Dorn im
Auge, und immer wieder hört man, wie jemand ihr die
Pest wünscht.

Der kleine Andreino geht nie aus der Wohnung,
außer morgens zur Schule, und die übrige Zeit steht er

auf dem Balkon und schaut den anderen Kindern beim Spielen im Hof oder auf der Piazza zu. Dagegen wär ja eigentlich nicht viel zu sagen, wenn er sich nicht einen Spaß daraus machen würde, allen anderen von seiner sicheren Stellung aus mit blöden Sprüchen auf den Geist zu gehen. Und damit nicht genug. Er findet es auch noch unheimlich lustig, uns Mädchen mit seinem Blasrohr Kittkügelchen auf Hintern und Beine zu schießen. Wenn er jedoch zufällig einen Jungen trifft, kriegt er Ärger, besonders wenn es sich dabei um Lele Zita handelt, der in einem solchen Fall sofort zu ihm hochschreit. »Komm runter, du bleicher Saftsack, ich reiß dir den Arsch auf. Komm runter, wenn du Mut hast, du Scheißer, damit ich ihn dir aufreißen kann.«

Andreino kriegt natürlich Bammel und tritt die Flucht ins Haus an und erzählt alles seiner Mutter. Und die rennt sofort auf die Straße runter, um Lele die Leviten zu lesen, und droht ihm an: »Ich geh gleich zu deiner Mutter und sag ihr, sie soll dir endlich mal Manieren beibringen.«

Aber gewisse Dinge sollte man Lele lieber nicht sagen, weil sie ihm auf die Nerven gehen, und so antwortet er: »Signora, gehen Sie mir lieber nicht auf die Eier, sonst reiß ich Ihnen auch noch den Arsch auf.«

Die Signora hat ein knallrote Birne vor Wut, kriegt keinen Ton mehr raus, dreht sich um und zieht ab. Und Lele Zita ist umringt von seinen Freunden, die ihm anerkennend auf die Schultern hauen. »Saustark, Lele, wirklich saustark. Mann, der Alten hast du's gegeben. Sauber, Lele, unheimlich stark.«

Und Lele fügt hinzu: »Wenn Sie mir das nächste Mal auf den Sack geht, steck ich ihn ihr rein. Dann kriegt sie wenigstens mal mit, was gut ist, und weiß das nächste Mal Bescheid.«

14

Jetzt geht's um Frauenzeitschriften

Erst mal will ich aber weiter von meinen engsten Freundinnen erzählen. Im Gegensatz zu Dani, die klein und dünn ist, steht Michi ziemlich gut im Futter. Klar, sie ist keine Tonne wie Gabri, aber ein bißchen rundlich ist sie schon. Teresa meint jedoch, daß sie damit gar nicht so übel aussieht, weil eigentlich alles an ihr größer als normal ist. Sie hat dicke schwarze Zöpfe, einen großen Hintern, kräftige Hände, riesige Kulleraugen, irre lange Wimpern – na ja, ich glaub, jetzt könnt ihr sie euch vorstellen.

Michis Eltern haben eine Wurstwarenhandlung und sind ein Herz und eine Seele. Auf der Straße laufen sie händchenhaltend oder Arm in Arm rum, und wenn ich sie so sehe, bin ich immer wieder beeindruckt, denn wann trifft man schon mal Eltern, die so friedlich miteinander umgehen und Liebkosungen und Zärtlichkeiten austauschen.

Michi hat mir jedoch erzählt, daß sie liebend gern ihre Eltern eintauschen würde gegen stinknormale Eltern, weil sie im Boden versinken könnte vor Scham, wenn ihre Eltern auf der Straße rumknutschen, und dann besteigt ihr Vater jede Nacht die Mutter, was mit lautem Stöhnen und spitzen Schreien verbunden ist, und Michi schämt sich zu Tode bei dem Gedanken, daß jetzt alle im Haus sie hören.

Auch Teresa ist nicht gut auf Michis Eltern zu sprechen, einmal weil Michis Mutter sich laufend unheimlich aufspielt und zu den anderen Müttern sagt: »Ach, wissen Sie, mein Mann kann wirklich immer. Der braucht's jeden Abend, sonst wird der glatt verrückt.«

Und dann hat Michis Vater Teresa einmal im Wagen ein Stück mitgenommen, und dabei ist er über sie hergefallen, so daß Teresa ganz schön austeilen mußte, um sich loszumachen.

Und seitdem kann Teresa jedesmal kaum an sich halten, wenn Michis Mutter mal wieder so angibt, und würde sie am liebsten vor allen Müttern total bloßstellen.

Immerhin hat Michis Mutter aber auch was Gutes, und das ist ihr Tick, sich jede Woche lauter Frauenzeitschriften zu kaufen, als da wären: *Intimità, Confidenze, Novella 2000, Grand Hotel* und natürlich jede Menge Fotoromane.

Wir Freundinnen sind oft bei Michi zu Hause, um so viel wie möglich von diesem Lesestoff zu verschlingen. Bevor Michis Mutter zur Arbeit geht, ermahnt sie uns: »Daß ihr mir nur ja eure Hausaufgaben ordentlich macht, klar? Laßt euch ja nicht ablenken. Klar?« Wir nicken eifrig, und sobald sie draußen ist, stürzen wir alle zusammen ins Badezimmer, denn dort bewahrt Michis Mutter ihre ganzen Zeitschriften auf.

Im Badezimmer ist es zwar ziemlich eng, aber trotzdem kauern wir uns nebeneinander auf den Fußboden und stecken die Köpfe zusammen, denn keine von uns will sich auch nur eine Seite entgehen lassen. Michi interessiert sich vor allem für die Herzensangelegenheiten der Filmdivas und Fernsehansagerinnen, und dabei besonders für die von Maria Giovanni Elmi, denn diese Ansagerin hat's ihr angetan, weil sie sich ziemlich schüchtern gibt, und trotzdem merkt man, daß sie eine wahnsinnige Lust auf Männer hat. Dani sieht sich hingegen lieber die Reklameseiten an, zum Beispiel die mit der Frau, die einen dichten Schnurrbart hat wie ein Carabiniere, und deshalb gibt's auch weit und breit keinen Mann, der Lust hätte, sie anzusprechen, aber dann nimmt sie eine Creme, und augenblicklich verschwindet der Schnurrbart, und gleich darauf lernt sie einen Mann kennen, der sie heiratet.

Am aufregendsten finden wir jedoch die Briefe, die die Leserinnen an die Briefkastentante schicken, um irgendwelche guten Ratschläge zu bekommen. Die Probleme, von denen die Frauen erzählen, haben alle mit Liebe und Ehe zu tun, und Michi reißt sich jedesmal darum, die Briefe laut vorzulesen, weil sie dann den Text so verändern kann, wie sie Lust hat, und so viele schweinische Sachen wie möglich für uns dazu erfinden kann. So liest sie zum Beispiel: »Liebe Signora, ich bin ein junges Mädchen von knapp fünfzehn Jahren, und vor einiger Zeit hat mich auf der Straße ein gutaussehender junger Mann angesprochen und mir gesagt, daß er in mich verliebt sei. Wörtlich hat er gesagt: ›Oh, Kleine, ich bin ja so scharf auf dich. Ich krieg sofort 'nen Steifen, wenn ich dich sehe. Komm, wir gehen zu mir und schieben 'ne Nummer.‹ Und weil ich eine brünstige Stute bin, bin ich ohne zu zögern mitgegangen. Aber jetzt bin ich schwanger, und er denkt überhaupt nicht daran, mich zu heiraten. Ganz im Gegenteil. Er hat mir gesagt, daß er schon längst verheiratet sei und daß ihm Kindergeschrei auf die Nerven gehe. Helfen Sie mir, liebe Signora, denn ich sitz wirklich tief in der Scheiße, und wenn meine Eltern dahinter kommen, machen sie mich fertig.«

Und dann verschlingen wir natürlich auch die Fotoromane, in denen es um ähnliche Probleme geht wie bei den Briefen an die Briefkastentante. Eine Geschichte, die uns wahnsinnig gut gefällt, handelt zum Beispiel von einem schönen Mädchen mit langen, goldglänzenden Haaren, das einen Verlobten hat und zwar einen sehr seriösen Mann mit einer guten Stellung, aber sie verliebt sich in einen anderen, einen flippigen Typen mit Motorrad, der sie verführt, aber danach sitzenläßt. Daraufhin kommt sie zu dem Schluß, daß man die wahre Liebe nie festhalten kann, und so heiratet sie den seriösen aber todlangweiligen Verlobten, aber sie ist total unglücklich und sieht keinen Sinn mehr im Leben. Doch eines Tages kommt der flippige Typ zurück und spannt sie dem Langweiler zum zweiten Mal aus. Denn er hat gemerkt, daß er einen großen Fehler gemacht hat und daß er sie tatsächlich liebt. Und so findet das Mädchen schließlich die Freude am Leben wieder.

Immer wieder stehen diese schönen Mädchen aus den

Fotoromanen vor einem schweren Dilemma und zwar, daß ihr Freund einen LIEBESBEWEIS verlangt. Dem schönen Mädchen stellt sich also folgendes Problem: Und was ist, wenn er es gar nicht ernst mit mir meint und nur seinen Spaß haben will? Wenn er danach schlecht von mir denkt? Wenn er mich sitzenläßt. In den meisten Fällen ziert sie sich erst ein bißchen, gibt dann aber dem Drängen ihres Freundes nach und läßt sich von ihm entjungfern. Danach sieht man das Pärchen zusammen im Bett, er mit nacktem Oberkörper, sie nur mit nackten Schultern, dazu eine Trauermiene, weil es ihr jetzt, wo es passiert ist, auf einmal unheimlich leid tut. Aber passiert ist passiert. Oft heult die Frau dann noch und stammelt immer wieder, wie eine kaputte Schallplatte: »Was wirst du jetzt nur von mir denken?«

Durch das Lesen dieser Zeitschriften wird uns immer mehr klar, daß die Probleme, mit denen wir uns als erwachsene Frauen einmal rumschlagen müssen, so zahlreich sind, daß man gar nicht weiß, wo man anfangen soll. Von Zellulitis bis zur krummen Nase, von Körpergeruch und Tampax-Tampons bis zum untreuen Gatten, Leberflecken, neidischen Freundinnen, Schwiegermüttern, die sich in alles einmischen, was sie nichts angeht, oder Seidenstrümpfen, die gerade dann eine Laufmasche haben, wenn man bei einem großen Fest ist, und dann bleibt einem nichts anderes übrig, als den ganzen Abend wie eine runtergekommene Schlampe rumzulaufen.

15

Die Geschichten, die wir in der Schule erzählt bekommen

Die Geschichten, die wir in der Schule anhören müssen, sehen da schon ganz anders aus.

Die Lehrerin ist der Meinung, daß wir viel zu wenig wissen von den schönen Märchen, die man Kindern früher erzählt hat, und daß wir nur diese abstoßenden Geschichten kennen, die wir uns im Fernsehen ansehen dürfen, Geschichten voller Gewalt, die uns auf den falschen Weg bringen. Und um dem abzuhelfen, bringt sie selbst ein Märchenbuch mit.

Die erste Geschichte liest die Rapetti vor, weil sie als einzige in der Klasse ganz gut lesen kann und natürlich auch keinen süditalienischen Akzent hat. Sie handelt von einem kleinen Mädchen, das zuviel Phantasie hat und nie gehorchen will, der Lehrerin in der Schule nicht und der Mutter zu Hause auch nicht. Und das sich auch noch mit nachahmenden Fratzen über die Erwachsenen lustig macht, fügt die Lehrerin an unsere Süditalienecke gewandt hinzu.

Eines Tages ist das Mädchen allein zu Hause. Die Mutter hat ihr, bevor sie gegangen ist, noch eingeschärft: »Geh auf keinen Fall an die Streichhölzer, verstanden.«

Und das Mädchen hat geantwortet: »Ja, Mama.« Doch kaum ist die Mutter aus dem Haus, zündet sie sofort ein Streichholz an: »Ist das schön«, ruft sie begeistert und macht Luftsprünge vor Freude.

So hüpft sie also herum mit dem brennenden Streichholz in der Hand, und dann fällt ihr das Streichholz runter, und ihr Kleid fängt Feuer und nach dem Kleid auch die Haare, und von den Haaren greift das Feuer über auf ihren Körper, und nach kurzer Zeit steht das ganze Mädchen in Flammen. Zum Schluß bleibt von dem ungehorsamen Kind mit den Flausen im Kopf nur noch Asche übrig, aber das geschieht ihm recht.

Als die Rapetti mit Lesen fertig ist, sagt Dani zu mir: »Ich konnte Märchen noch nie ausstehen.«

Aldo Crocco hingegen fängt lauthals an zu lachen, und die Lehrerin sagt: »Ich weiß wirklich nicht, was da wieder in deinem Spatzenhirn vorgeht. Komm vor mit deinem Heft.«

Während er aufsteht, um der Lehrerin sein Heft zu bringen, läßt Crocco ein paar seiner Spezialrülpser los, denn, wie schon gesagt, er kriegt davon jederzeit so viele hin, wie er Lust hat.

Die ganze Klasse lacht und grölt, und die Lehrerin sagt: »Vom Unterricht ausgeschlossen, für eine Woche.«

Aber die Angelegenheit mit den Märchen ist damit noch nicht ausgestanden. Nach dem verkohlten Mädchen ist der Junge mit dem Kopf in den Wolken an der Reihe. Giovanni heißt er, und weil er die ganze Zeit mit dem Kopf in den Wolken rumläuft und nie auf den Boden schaut, fällt er eines Tages in einen Kanal, ertrinkt darin und verfault langsam, ohne daß jemals eine Spur von ihm gefunden wird.

Danach kommt die Geschichte von Roberto, einem Jungen, der nie gehorchen will, keine Hausaufgaben macht, eine krakelige Handschrift hat wie ein Huhn und die Nase hochzieht, anstatt sich ins Taschentuch zu schneuzen.

»Und dabei kommt er sich auch noch toll und lustig vor, genau wie euer Klassenkamerad Aldo Crocco«, fügt die Lehrerin hinzu.

Und was passiert mit diesem Unglücksraben? Folgendes: Eines Tages regnet es draußen, und die Mutter sagt zu Roberto: »Wehe, du gehst bei diesem Wetter auf die Straße. Bleib schön hier drin, und mach deine Hausaufgaben.« Und Roberto antwortet: »Nein, nein, ganz bestimmt nicht, Mama, mach dir keine Sorgen.« Aber dann packt ihn der Übermut, und er geht raus und wird klatschnaß, mit folgendem Ergebnis: Erstens, eine doppelseitige Lungenentzündung, und die würde schon reichen, ihm den Garaus zu machen, aber dann wird er auch noch von einer Sturmbö erfaßt, die ihn fortreißt und ins Meer befördert, wo er ertrinkt, und auch seine Leiche wird nie mehr gefunden.

Nach der Lektüre dieser Geschichte ist es still in der Klasse, so still wie noch niemals vorher. Bis auf einmal eine richtige Sirene losgeht, »iiiiuuuuhh . . .«, und alle in ihren Bänken aufspringen und sich fragend umschauen, um zu sehen, was los ist.

Das hätten wir nun wirklich nicht erwartet: Der Bauernsohn Marco Gallo heult wie ein Schloßhund, und seine Segelohren sind tiefrot angelaufen.

Die Lehrerin befiehlt: »Gallo, hör auf. Du bist doch kein kleines Mädchen.«

Aber der arme Klassenkamerad Gallo ist nicht mehr zu halten. Er hat seinen Kopf aufs Pult niedersinken lassen, das Gesicht in den Armen vergraben, und schluchzt voller Verzweiflung. Dani flucht leise in Richtung Lehrerin: »Hündin, Hure, Scheißkuh, siehst du, was du mit dem armen Bauernsohn Gallo angestellt hast.«

Die Lehrerin schlägt, wie es ihre Art ist, mit der Hand so kräftig aufs Lehrerpult, daß die ganze Klasse erschrocken hochfährt, und sagt dann: »Kinder, ihr dürft keine Angst davor haben, der Realität ins Gesicht zu sehen. Ihr seid jetzt alt genug, um zu erfahren, wie es im Leben zugeht. Nehmt euch ein Beispiel an eurer Klassenkameradin Raffaella Rapetti . . .«

»Ja, Signora«, pflichtet die Hündin Rapetti ihr bei, »ich glaube, aus diesen Geschichten kann man sehr viel lernen. Sie sind wirklich sehr erbaulich.«

»Leck mich am Arsch«, meint unser Klassenkamerad Stefano Pesce dazu.

Die Lehrerin hat seinen Kommentar jedoch nicht richtig verstanden, denn im herzerweichenden Flennen von Marco Gallo sind die Worte etwas untergegangen. »Heh, Pesce«, ruft sie, »was hast du gesagt?« Und als sie merkt, daß alle lachen, wird sie immer wütender und schreit: »Gallo, vor die Klasse mit dir. Du stellst dich hinter die Tafel. Und du auch, Pesce. Aber dalli.«

»Das ist ungerecht, die beiden haben doch gar nichts getan«, sagt Dani.

»Pertusi! Raus aus der Klasse. Los, raus mit dir.«

Während Dani sich erhebt, meint sie zu mir: »Mir doch egal, geh ich eben ein bißchen spazieren draußen. Komm, laß dich auch rausschmeißen.«

»Halt den Schnabel, Pertusi«, sagt die Lehrerin. »Geh raus, ohne die anderen zu stören. Wer von euch hat noch etwas zu den Geschichten zu sagen, die wir heute gehört haben?«

Die Rapetti hat wieder den Finger oben, aber ich hab's eilig, um zu Dani rauszukommen, und so sage ich: »Diese Geschichten sind furchtbar traurig. Ich find sie richtig widerlich. Und außerdem gehen sie dem armen Marco Gallo schwer an die Nieren. Deswegen würde ich vorschlagen, daß Sie uns nie wieder damit kommen.«

Die Lehrerin trifft fast der Schlag. Erschöpft läßt sie sich auf ihren Stuhl fallen und sagt mit schwacher Stimme: »Raus.«

Und ich freu mich.

Aber dann fügt sie hinzu: »Nein, nicht raus aus der Klasse. Vor die Klasse. Ja, was glaubst du denn? Meinst du, du wärst schlauer als ich?« Sie hält inne, um Luft zu holen, und fährt dann fort: »Komm vor, und stell dich mit dem Gesicht vor die Landkarte. Und bring mir dein Heft mit. Du wirst vom Unterricht ausgeschlossen.«

16

Ich mach hautnahe Bekanntschaft mit der Welt der Reichen

Ich erzähl Teresa nichts von dem Zwangsurlaub, und damit sie nichts merkt, steh ich wie immer morgens auf und treib mich dann bis eins draußen rum. Aber Teresa gehen zur Zeit sowieso ganz andere Sachen durch den Kopf.

Alfredo hat angerufen und gesagt, daß er sehr an uns hänge, und daß er sich wie ein gewissenloser Lump benommen habe, und er würde gern wieder heimkommen, aber im Moment sei ihm noch was dazwischen gekommen.

»Dieser verfluchte Mistkerl. Wer weiß, was der wieder angestellt hat«, sagt Teresa.

Zum Glück findet Teresa immer einen Weg, um in den Läden in unserem Viertel auf Pump zu kaufen und den Hausbesitzer mit der Miete hinzuhalten. Aber da alle Leute, die wir so kennen, mehr oder weniger so sind wie wir, natürlich nicht ganz so total pleite, aber doch so in der Art wie wir, habe ich eigentlich nie so richtig begriffen, daß es auf der Welt tatsächlich Leute gibt, die haufenweise Geld haben und die wirklich ganz anders sind als wir, aber völlig anders. Und das ändert sich erst, als wir bei der reichen Raffaella Rapetti zum Geburtstag eingeladen sind.

Ich hab euch diese Rapetti noch gar nicht so genau beschrieben, weil sie so unsympathisch ist, daß einem die Lust vergehen kann, sie zu beschreiben. Aber jetzt mach ich's trotzdem. Einmal in den ersten Tagen, als ich mit der Rapetti neu in einer Klasse war, hab ich mich von meinem Platz in der letzten Bank in der Süditalienecke ganz nach vorne zur ersten Bank geschlichen, um es mir ganz genau anzusehen, dieses reiche norditalienische Mädchen. Am meisten beeindruckt war ich von ihrer schneeweißen Haut, mit der sie aussieht wie eine Porzellanpuppe. Und das ist schon das erste Anzeichen, das mich vermuten läßt, daß die Reichen nicht so sind wie wir, denn von meinen Freundinnen hat keine eine so reine und weiße Haut. Dann hat die Rapetti kleine tiefliegende Augen und eine winzige Nase, die wie ein sehr elegant geschwungenes kleines Komma in ihrem Porzellangesichtchen aussieht. Außergewöhnlich sind auch ihre Haare, die ihr bis zum Hintern gehen und blond sind und ganz fein, aber wirklich so fein, hauchdünn und durchschimmernd, daß sie ganz unecht wirken. Einmal hab ich mir die Genugtuung gegönnt und sie gefragt: »Sag mal, Rapetti, sind deine Haare eigentlich echt?«

Und sie antwortet mit ihrem näselnden Stimmchen: »Oh ja, natürlich. Wenn sie dir zu schön vorkommen, um echt zu sein, dann liegt das nur daran, daß ich sie jeden Tag mit einer Kamillelotion wasche.«

Kamille find ich eklig, schon allein als Tee und erst

recht in den Haaren, und wenn ich mir vorstelle, ich müßte mir jeden Tag die Haare waschen, wird mir ganz anders, denn Baden und Waschen sind für mich mit das widerlichste auf der Welt, und dann glaub ich auch nicht, daß das so gesund ist, seinen Körper jeden Morgen der Kälte auszusetzen.

Die Rapetti wohnt in einer Villa auf der Pesca-Höhe. Ab und zu treiben wir uns da in der Gegend rum, weil es dort viele Schlupfwinkel gibt, wohin sich Liebespärchen verkriechen, um Schweinkram zu machen, und wir machen uns einen Spaß daraus, ihnen dabei in die Quere zu kommen, indem wir vor ihnen rumschreien und rumhüpfen.

Die Villen auf diesem Hügel sind alle richtige Luxusvillen mit riesigen Gartentoren, Auffahrten und Rasenflächen und natürlich Hunden, die hinter den Toren lauern und einen wie wild anbellen, wenn man da langgeht, so als müßten sie ihre reichen Herren vor den Blicken der armen Leute verteidigen, die an der Villa vorbeikommen. Und in ihrem Bellen meint man die Worte zu hören: Mach, daß du hier wegkommst, du Hungerleider, was fällt dir ein, meinen reichen Herrn zu belästigen.

Einmal jedoch schaffen wir es, in so eine Villa reinzukommen, und zwar in die von der Rapetti. Sie hat Geburtstag, und deshalb sagt sie morgens in der Schule zu uns: »Kommt doch alle bei mir vorbei. Wir feiern ein bißchen zusammen.«

Dani meint sofort: »Nee, zu dieser Hurentochter geh ich nicht. Eher freß ich Scheiße.«

Gabri meint: »Ach, komm, stell dich nicht so an. Auf diese Weise können wir uns immerhin ihr Haus ansehen. Mir hat sie erzählt, sie hätten sogar ein Schwimmbecken.«

»Au ja, da gehen wir hin, und wenn's uns zu bunt wird, schlagen wir einfach alles kurz und klein«, sagt Michi.

Ich bin dabei, weil ich wirklich neugierig darauf bin zu sehen, wie so reiche Leute leben.

Wir sind kaum angekommen, da möcht ich auch schon wieder abhauen, denn die Rapetti, diese Hündin, will uns noch nicht mal ins Haus lassen. Unter dem Vorwand, daß das Wetter so schön sei, nötigt sie uns, im Garten zu bleiben, und von dort aus erklärt sie uns, wie ihr Haus von innen aussieht, indem sie mit dem Finger auf die Fenster deutet: Das ist die Kammer des Dienstmädchens, da ist die Bibliothek . . .

»Jetzt mach mal halblang«, unterbricht Bruna sie nach kurzer Zeit, »entweder du zeigst uns das Haus von innen, oder du hältst lieber das Maul.« Die Rapetti ist sofort still.

Dann meint sie: »Hier, ich hab was zu essen und zu trinken für uns vorbereitet . . .«

»Meinst du vielleicht das hier mit ›was zu essen‹?« sagt Gabri und schaut mit langem Gesicht auf einen Plastikteller, auf dem ein paar Salzstangen liegen.

Zu trinken gibt's aber immerhin Coca Cola, Limonade, Orangensaft und sogar Sekt, und so sitzen wir also da mit unseren Gläsern in der Hand, trinken und schweigen. Die Rapetti ist ziemlich verlegen, und Michi sagt zu ihr: »Komm, Rapetti, erzähl uns doch was.«

Die Rapetti räuspert sich und legt dann los mit der Beschreibung ihrer ganzen Reichtümer: Das sind die zwei Bluthunde, die das Anwesen bewachen, und wenn ein Einbrecher kommt, wird er von ihnen zerfleischt. Da drüben sind die Garagen mit dem Mercedes vom Vater und dem Ferrari vom großen Bruder und so weiter ...

Währenddessen äfft Dani die Rapetti nach, Gabri betrachtet ganz verzaubert den Garten, die Hunde, ja sogar die Plastikklappstühle, und Silvia Padella schlägt sich mit der Hand auf den Hintern und meint: »Mein Vater hat gesagt, wenn die Kommunisten drankommen, werden die Reichen alle gehängt, und die Kirchen machen sie zu Tanzsälen.« Und ohne sich vom Haus aus sehen zu lassen, zertrampelt sie den Rasen, reißt Pflanzen aus und spuckt in alle Richtungen.

Wir sind noch nicht lange da, da kommt eine Frau aus dem Haus, die wie eine Verrückte angezogen ist, mit einem langen Gewand wie eine Araberin, und die ruft: »Raffae-e-laaaa.« Die Rapetti läßt sich nicht lange bitten, und gehorsam wie in der Schule springt sie sofort auf und sagt zu uns: »Ich muß jetzt gehen. Das ist meine Klavierlehrerin.«

Die Sache mit dem Klavier macht mächtig Eindruck auf uns.

»Was hast du denn mit einem Klavier zu schaffen?« meint Michi.

»Na, was schon? Ich spiel drauf.«

»Das ist doch nicht wahr, du erzählst uns Mist«, meint Dani.

Und Silvia Padella sagt: »Klaviere gehören ins Antiquitäten-Museum. Wenn die Kommunisten an die Macht kommen, schlagen sie alle Klaviere kaputt, und die Reichen verbrennen sie bei lebendigem Leib.«

Auf dem Heimweg, als wir die Pesca-Höhe wieder runterlaufen, meint Michi: »So 'ne Scheiße, wir hätten erst gar nicht hingehen sollen.«

Gabri sagt: »Übrigens, sie hat mir erzählt, daß sie auch noch Tennisstunden nimmt.«

»Na und, ich wette, daß sie sogar Ski fährt«, meint Bruna.

»Beruhigt euch wieder, wenn die Kommunisten an die Macht kommen, kneifen die da oben noch die Arschbacken zusammen. Ihr werdet schon sehen, wie die sich ins Hemd machen«, meint Silvia Padella.

17

Besuch der argentinischen Cousins und Cousinen

Eines Tages kommen die argentinischen Cousins und Cousinen zu Besuch. Sie sind die Kinder von Alfredos Bruder Gaetano, und bei uns heißen sie so, weil sie nämlich tatsächlich in Argentinien geboren sind, wohin Gaetano in jungen Jahren ausgewandert war. Genauer sind es nur ein Cousin und zwei Cousinen, nämlich Gaetano junior, Nunziatella und Rosetta.

Als Alfredos Bruder jung war, galt er überall als toller Typ, und alle sagten, wie phantastisch er aussähe, und man verglich ihn sogar mit Tairon Pauer, nur war er auch ein echter Wirrkopf mit Anfällen von Größenwahn. Jedem, der es hören wollte, erzählte er, er werde auswandern und viel Geld machen und sein eigener Herr sein und dann irgendwann werde er nach Hause zurückkommen und der ganzen Familie ein sorgenfreies Leben ermöglichen. Bevor er dann tatsächlich loszog, sagte er zu seiner Mutter: »Mama, ich schwör's dir, wenn ich zurückkomme, bring ich dir eine Krone aus Gold und Diamanten mit und eine Kutsche, die von zehn Schimmeln gezogen wird.«

Und Großmutter antwortete: »In Ordnung, Gaeta', dann kann ich ja auf Königin von England machen.«

Gaetano fährt also nach Buenos Aires, bleibt fünf Jahre dort und kommt dann zurück mit einer Frau, die ziemlich klein ist, große Titten hat und Aida heißt, einer Sizilianerin, die er in Argentinien kennengelernt hat, und drei Kindern, die natürlich, ihr habt's erraten, meine argentinischen Cousins und Cousinen sind.

Ein bißchen Geld scheint Gaetano da in Argentinien tatsächlich gemacht zu haben, denn als sie hier wieder aufkreuzten, waren sie alle fünf sehr schick gekleidet, mit eleganten langen Mänteln bis zu den Füßen, und der von Aida hatte sogar einen Pelzkragen, und alle Leute sagten: Die können's sich erlauben, Steaks aus dem Fenster zu schmeißen!

Als sie uns jetzt besuchen, sind seitdem schon sechs Jahre vergangen, und Tante Aida vertraut Teresa sofort an, daß Gaetano die paar Ersparnisse aus Argentinien schon lange versoffen habe und daß sie daher bis über beide Ohren verschuldet seien und ihre Stadt Hals über Kopf verlassen mußten, auf der Flucht vor ihren Gläubigern. Das ist natürlich Pech für uns, denn Teresa hatte eigentlich vor, Gaetano um ein kleines Darlehen anzuhauen, weil sie dachte, er hätte Geld wie Heu.

Bei uns gibt's Neuigkeiten, als die argentinischen Verwandten bei uns eintreffen, und zwar ist Alfredo zu uns zurückgekehrt, weil er, so erzählt er uns, jede Nacht von seiner verstorbenen Mutter geträumt habe, die unheimlich sauer auf ihn war und dauernd gesagt hat: »Geh zurück zu deiner Familie, Alfredo. Los, Alfredo, geh endlich zurück!«

Wir verzichten erst mal darauf, Alfredo eine Szene zu machen, weil ja Gaetano mit seiner Familie da ist, und wir wollen die gute Stimmung nicht gleich verderben. Alfredo umarmt Teresa und mich auch, und dann umarmt er seinen Bruder, Tante Aida und ihre drei Kinder. Das Ganze müßt ihr euch mit vielen Tränen vorstellen, Tränen der Freude, der Reue und der Rührung.

Onkel Gaetano kann es aber nicht lassen, Alfredo als Begrüßung gehörig den Kopf zu waschen, und dabei sagt er: »Alfredo, ich sag's dir als älterer Bruder, als Freund und als Mann, der selbst Vater ist: Ein Mann kann tausend Schwächen und Fehler haben. Aber wenn er zwei Frauen allein ihrem Schicksal überläßt, nein, Alfredo, dann ist er kein Mann mehr.«

Alfredo trocknet sich die Tränen, die ihm bei den bewegenden Worten seines Bruders wieder in die Augen getreten sind, und dann wird richtig Wiedersehen gefeiert und viel erzählt, das heißt, Onkel Gaetano erzählt von Argentinien und wir hören zu. Bei jeder seiner Abenteuergeschichten, die alle gespickt sind mit haarsträubenden Situationen, Gefahren und Heldentaten, machen seine Frau und seine Kinder uns im Hintergrund Zeichen, indem sie den Kopf schütteln oder mit den Lippen tonlos Worte bilden, die bedeuten sollen: »Alles gelogen«. Aber Gaetano erzählt seelenruhig weiter.

Nachdem wir eine Zeitlang bei den Gesprächen der Erwachsenen zugehört haben, nehmen mich die Cousinen und der Cousin zur Seite und sagen, daß sie mir ein paar Fragen zu stellen haben, um zu sehen, ob ich über die wichtigen Dinge des Lebens Bescheid weiß.

»Was für wichtige Dinge?« frag ich.

Na, nur zum Beispiel, sagen sie, ob ich weiß, was die folgenden Ausdrücke bedeuten: wichsen, einen blasen, einen runterholen, einen reinstecken. Und darüber hinaus, ob ich schon mal was von den Spezialbrillen gehört habe, wie sie eine besitzen.

»Was denn für Spezialbrillen?« frag ich.

»Na, die, mit denen man alle Leute nackt sehen kann.«

Ich versteh nicht so recht, was sie damit meinen, und muß nochmal fragen.

Da werden sie leicht ungeduldig und sagen: »Wasch dir die Ohren, du bist nicht richtig auf Zack. Man merkt, daß sie dich zu sehr in Watte gepackt haben.« Aber dann erklären sie doch in aller Ruhe: »Die Brille sieht von außen ganz normal aus. Du setzt sie einfach auf und spazierst damit in der Gegend rum, schaust dir die Leute an, und dabei kannst du alle nackt sehen.«

»NEIN!« sag ich.

»Doch«, sagen sie.

»Tierisch« sage ich, und denke, daß ich auf der Stelle Michi und Dani davon erzählen muß, denn Männer und Frauen nackt sehen, ist für uns mit das höchste.

»Gebt mir mal die Brille, ich muß sie unbedingt ausprobieren«, sage ich also.

Aber meine Cousinen und mein Cousin antworten: »Du bist gut. Da könnt ja jeder kommen.«

Dann fragen sie mich, ob ich gern zur Schule gehe, und lassen mich dabei gleich wissen, daß sie nichts mehr mit mir zu tun haben wollen, falls ich ja sage.

Das einzige, was meinen Cousinen Nunziatella und Rosetta in der Schule Spaß macht, ist, aufs Klo zu gehen und dort heimlich zu rauchen und die Jungen beim Pinkeln zu belauern. Mein Cousin Gaetano junior ist da schon etwas ernsthafter als seine Schwestern und meint, daß er in der Schule folgendes gern mache: Erstens Geometrie und zweitens den Blick auf den Hintern und die Wahnsinnsschenkel seiner Lehrerin genießen.

Von diesem Cousin bin ich hellauf begeistert, einmal weil ich durch ihn die Diabolik-Comic-Hefte kennen-lerne, und dann, weil er mir dauernd einen Haufen schweinischer Witze erzählt, mit denen ich vor meinen Freundinnen, wenn ich sie ihnen weitererzähle, super dastehe. Diese Witze handeln meist von Kirchenleuten, von Pfarrern, die es miteinander treiben, von Pfarrern, die es mit Nonnen treiben, von Nonnen, die es mit Meßdienern treiben, von Meßdienern, die allen einen blasen und lecken, Pfarrern, Nonnen oder wer ihnen sonst noch unterkommt.

Manchmal unterhalte ich mich mit meinem Cousin Gaetano junior darüber, wie unser Leben als Erwach-sene einmal aussehen soll, und er meint, daß er eine sehr genaue Vorstellung davon hat, und wenn seine Frau zufällig auf die Idee kommen sollte, den Führer-schein zu machen, wie alle modernen Flittchen heut-zutage, dann verpaßt er ihr eine, und die Sache ist gegessen.

Meine Cousinen und mein Cousin sind mit einem Wohnwagen unterwegs, und nachts verzieht sich die ganze Familie, alle fünf, in diesen Wohnwagen, den sie in der Nähe von unserem Haus abgestellt haben.

Deswegen meint Teresa auch, Alfredos Verwandte seien eine Horde Beduinen.

18

Auch wir entdecken die Liebe

Bis jetzt hab ich noch gar nichts von der Liebe erzählt, aber jetzt ist der Moment gekommen.

Also, wann kommt sie, die Liebe? Sie kommt eines Nachmittags, als Dani und ich zusammen im Park sind und mit den Jungen Boccia spielen. Wir haben zwei Mannschaften gebildet.

In einer spielen Lele Zita, Stefano Pesce und sein siebzehnjähriger Bruder, alle drei saustark, und in der anderen sind wir zwei Mädchen mit Ivo, der wirklich 'ne Flasche ist.

Irgendwann tauchen zwei Jungen auf, die genau gleich aussehen. Zwillinge. Vier lange, dürre Beinchen, die aus zwei kurzen Hosen hervortreten, vier unglaublich dünne Ärmchen und zwei Gesichter, die Teresa als typische Biafra-Gesichter bezeichnen würde. Aber sie haben wunderschöne Augen, smaragdgrün, richtige Schauspieleraugen.

»Sind die schön«, raunt mir Dani ins Ohr.

»Ja, das sind sie«, sag ich.

Die schönen Zwillingsbrüder stellen sich zu uns und schauen uns beim Bocciaspielen zu, beide in der gleichen Haltung mit gekreuzten Armen. Dann sagen sie: »Dürfen wir mitspielen?«

Keiner antwortet.

Sie warten etwas und fragen dann noch mal: »Dürfen wir auch mitspielen?«

Aller Augen richten sich auf den gefürchteten Lele Zita, aber der spielt ungerührt weiter, spuckt mal kräftig aus und würdigt sie keines Blickes.

Das Spiel geht weiter, und Lele geht ein Wurf daneben. Die Zwillinge lachen hinter vorgehaltener Hand.

Lele Zita schmeißt seine Bocciakugeln hin, steht auf und sagt: »Das geht mir auf die Eier, wenn mir zwei Schwuchteln beim Spielen zuschauen.«

Und Stefano Pesce fügt hinzu: »Verpißt euch. Geht den Leuten woanders auf die Eier.«

Alle halten die Luft an. Der Bruder von Stefano Pesce wirft, und die Kugel rollt sauber, wie an einer Schnur gezogen. Die Zwillinge sagen: »Bravo. Der weiß wenigstens, wie man spielt.«

Lele Zitas Miene verdunkelt sich vor Zorn. Er steht wieder auf, und indem er einen der Zwillinge an der Nase packt, sagt er: »Was, zum Teufel, hast du hier das Maul aufzureißen, du schwuler Sack? Soll ich dir den Arsch aufreißen, ja? Soll ich?«

Der andere Zwilling läßt sich jetzt zu etwas hinreißen, was man Lele Zita gegenüber nie tun sollte. Er sagt: »Hey, hör auf, du Hurensohn!«

Die Sache ist nämlich die, daß Lele tatsächlich ein Hurensohn ist. Seine Mutter geht jeden Abend in dem verrufenen Lokal »La Capannina« anschaffen. Und so fackelt Lele jetzt nicht lange und verpaßt dem Zwilling, der ihn beleidigt hat, ein mächtiges Ding auf die Nase.

Der Zwilling geht zu Boden, während ihm, wie in den Fernsehserien, das klassische Bächlein Blut aus der Nase läuft. Heulend starrt er auf seine blutverschmierten Hände und jammert los: »Mamma miaaaaa . . .«

Als der andere Zwilling seinen Bruder in diesem erbärmlichen Zustand am Boden liegen sieht, will er nicht untätig bleiben und sagt zu Lele Zita: »Was hast du mit meinem Bruder gemacht, du Hurens . . .«, und diesmal wird das Wort gar nicht mehr ganz ausgesprochen, denn auch dieser Zwilling findet sich nach einem knallharten Kinnhaken am Boden wieder, während Lele Zita auf seinem Bauch hockt und seine Rübe so wild mit Schlägen eindeckt, als habe er einen Sandsack vor sich, wie Boxer ihn im Training benutzen.

Die Zwillinge bleiben am Boden liegen, nur leise wimmernd, aus Angst, Lele Zitas Zorn noch einmal zu entfachen und noch mehr abzubekommen.

Die Jungen ziehen jetzt alle ab, weil Lele gesagt hat: »Scheiße, die Bürschchen haben mir die Lust am Spielen verdorben.«

Stefano Pesce haut ihm kameradschaftlich auf die Schulter und sagt: »Sauber, Lele, das war stark, wirklich saustark, Lele!«

Und Ivo, die Flasche, fügt hinzu: »Mann, Lele, hast du dem die Birne weichgeklopft!«

Dani und ich bleiben noch da und betrachten die beiden Zwillinge, die immer noch total mitgenommen am Boden kauern und rumheulen: »Was sagen wir jetzt nur unserer Mammaaaaa . . .«

Dani kommt die Idee, daß wir sie pflegen müssen, und sie schleift mich mit sich zu einem Wasserhahn, um ein Taschentuch naßzumachen und die Wunden der Zwillinge auszuwaschen.

Während sie das Taschentuch unter den Strahl hält, sagt sie: »Mir gefällt der, der zuerst verprügelt wurde. Und dir? Soll ich dir den anderen überlassen?« Sie wringt das Taschentuch aus und meint dann noch: »Den will ich heiraten, wenn ich groß bin. Und du? Willst du nicht den anderen heiraten?«

Ich denk ein Weilchen nach und spür auf einmal ein aufregendes Kribbeln im Magen und im Unterleib und sage: »Ja, Wahnsinn. Natürlich will ich auch heiraten, wenn ich groß bin. Einen der Zwillinge oder irgend jemand anderen.«

19

Wir schmieden Heiratspläne

Als wir zu unseren künftigen Ehemännern zurückkommen, meint Dani zu mir: »Heh, frag sie doch mal, wie sie heißen.«

»Frag du sie doch«, antworte ich.

»Wie heißt ihr?«

»Fulvio und Riccardo.«

»Habt ihr feste Freundinnen?«

Die Zwillinge zucken mit den Achseln und antworten nicht. Sie schauen wieder auf ihre verdreckten Pullis und sagen noch mal: »Was sollen wir denn bloß unserer Mama sagen?«

Dani bietet sich an, einem der Zwillinge, bei dem ich im Moment nicht weiß, ob das der ist, der ihr gefällt, oder der, der mir gefällt, und ob das Fulvio oder Riccardo ist, den Pulli sauber zu machen. Aber je mehr sie wischt und rubbelt, desto größer werden die Flecken und desto verzweifelter die Zwillinge.

Sie stehen auf und sagen nur: »Also, ciao dann« und lassen uns einfach stehen.

Dani wird ganz traurig und sagt: »Verdammte Scheiße, die stehen nicht auf uns.«

Ich sag: »Vielleicht gefallen wir ihnen ja, aber sie sind einfach zu schüchtern.«

»Verdammte Scheiße«, sagt Dani noch mal.

Ja, Dani hat richtig Feuer gefangen, und häufig steht sie jetzt abends bei mir unterm Balkon, um mich abzuholen. »Jetzt komm schon«, ruft sie, »ich muß dir was ganz Wichtiges sagen.«

Ich geh also runter und frag: »Was ist denn los?«

Sie sagt: »Wenn ich an meinen Zwilling denke, zittern mir die Knie. Und ich freu mich so und bin so aufgedreht, und jede Nacht träum ich, wie wir uns küssen.«

»Mir wird auch ganz anders, wenn ich an die Liebe denke«, sage ich, »und wie gern würd ich einen Zwilling küssen.

»Ich hab ›Riccardo, ich liebe dich‹ auf mein Mäppchen geschrieben. Und du, willst du nichts auf dein Mäppchen schreiben?« sagt Dani. Dann überlegt sie einen Moment und meint: »Aber, verfluchte Scheiße, wer von den beiden ist Fulvio, und wer Riccardo? Ist meiner wirklich Riccardo? Oder am Ende doch Fulvio?«

Wir setzen uns auf das Mäuerchen am Fluß und Dani sagt: »Ich hab Pläne für die Zukunft gemacht. Wenn wir erwachsen sind und heiraten, ziehen wir in schöne Villen auf der Pesca-Höhe.«

»Und wenn wir kein Geld dazu haben?«

»Oh ne, ganz ausgeschlossen. Ich sag's ihm gleich, daß er arbeiten gehen muß und einen Haufen Geld nach

Hause bringen. Und Überstunden muß er auch machen, wie mein Vater, bevor er durchgedreht ist.«

Ich sag: »Mir wär's auch egal, wenn wir arm sind und in einem runtergekommenen verdreckten Loch leben müssen, wie dem von den drei Asozialen. Wenn er nicht arbeitet, ist er den ganzen Tag zu Hause, und wir können laufend volltanken.«

Dani hat offensichtlich verstanden, worauf ich hinaus will, denn sie meint: »Mensch, daran hab ich gar nicht gedacht. Stimmt, wenn er zuviel arbeitet und Überstunden macht, ergeht's ihm wie meinem Vater, und das Volltanken kann ich vergessen.«

»Siehst du«, sag ich.

Sie überlegt wieder und sagt dann: »Wenn wir heiraten, ziehen wir alle zusammen in ein Haus. Was hältst du davon?«

»Super, das wär unheimlich schön«, sag ich.

»Ich hab allerdings gehört«, sagt Dani, »wie meine Mutter jemandem gesagt hat, es würde nie gutgehen, wenn man als Ehepaar mit anderen Leuten zusammenlebt. Dann ist es aus mit der Freiheit. Mit der Zeit fängt man an zu streiten und am Ende geht man sich auch noch an die Wäsche.«

»Dann suchen wir uns halt zwei Häuser, aber direkt nebeneinander«, schlag ich vor.

»Ja, das wär besser«, pflichtet Dani mir bei. »Aber meinst du, daß sie uns überhaupt wollen. Vielleicht sind sie ja total stur und fahren kein bißchen auf uns ab.«

Ich bin auch nicht sicher, ob wir ihnen gefallen, aber

101

ich möchte Dani nicht beunruhigen: »Nein, du wirst
sehen, wie die auf uns abfahren« sage ich deshalb.

»Ja, meinst du wirklich?«

»Aber klar, da kannst du Gift drauf nehmen.«

20

Natascia tritt auf

Dani und ich schmachten noch ein Weilchen nach unseren Zwillingen Fulvio und Riccardo. Aber die sind wie vom Erdboden verschwunden. Zum Glück ereignen sich andere Dinge, die uns ablenken.

Eines Nachmittags erscheinen Dani und Gabri unter meinem Balkon und rufen mich runter. Dani ist total aufgedreht und meint: »Komm mit, wir gehen zu mir. Meine große Cousine ist da!«

»Deine Cousine? Tierisch!«

Wir gehen auch noch Michi und Silvia Bescheid sagen.

»Kommt, los!«

Wir kommen bei Dani zu Hause an und sehen ein Mädchen mit langen, ganz lockigen Haaren, einem runden Gesicht und einer tollen rebellischen Lebenseinstellung. Die erkennt man auf den ersten Blick daran, wie sie angezogen ist. Sie trägt Blutschins voller bunter Flicken, eine indische, mit Drachen und Schlangen bemalte Jacke, Ringe, so dick wie Nüsse an jedem Finger, und dann auch ein paar Anstecker, auf denen so Sachen stehen wie: *Macht Liebe und keinen Krieg.*

Sie schaut uns an, ohne zu lächeln, und kramt ein Päckchen Zigaretten hervor.

»Hier, wollt ihr?« fragt sie.

»Was sind das für Zigaretten«, wollen wir wissen.

»Mentholzigaretten«, sagt sie. Wir sind ganz wippelig, weil jemand uns Zigaretten anbietet, und wir greifen auch sofort zu, weil Danis Mutter nicht da ist. Die hat nämlich den Führerschein gemacht und ist jetzt den ganzen Tag mit dem Auto unterwegs, weil sie dem Bus von ihrem Ricciolino hinterherfährt.

Die Zigaretten brennen wie wahnsinnig auf der Zunge, aber sie schmecken nach Pfefferminz und sind wirklich irre gut. Michi steht immer noch da mit offenem Mund und starrt Danis Cousine staunend an und fragt dann: »Wie heißt du?«

Und die Cousine sagt, ohne Michi groß zu beachten: «Natascia.«

Darauf Michi, immer noch mit ihrem starren Blick: »Was für ein toller Name. Was für ein ausgefallener Name. Ich hab noch nie jemand kennengelernt, der so heißt.«

Gabri fragt: »Hast du die Drachen auf deiner Jacke selbst gemalt?«

»Ja, mit einem Freund«, sagt die geheimnisvolle Natascia.

Silvia Padella will wissen: »Hast du einen festen Freund?«

Man sieht, daß unsere Fragerei Natascia allmählich nervt, aber sie antwortet trotzdem: »Nein, im Moment nicht.«

»Bist du schon richtig entwickelt?« will ich wissen.

Natascia stößt einen Schrei aus und sagt: »Heeeh, was soll das? Ist das vielleicht ein Verhör?«

Eine Zeitlang halten wir den Mund, Michi kann jedoch die Augen nicht von ihr abwenden und meint nach einer Weile: »Du hast also noch nicht diese Frauensachen?«

Ich befürchte, daß Natascia jetzt wieder losschreit, und halt mir schon mal die Ohren zu. Dann schau ich sie an, aber von Schreien keine Spur, sie kaut nur mit genervter Miene an ihren Nagelbetten rum, spuckt Hautstückchen aus und meint: »Pah, die hatte ich schon mit zwölf, ich war die erste in der Klasse.«

»Ja? Warst du so gut?« fragt Gabi.

»Mensch, ich war die erste, die ihre Tage gekriegt hat«, sagt Natascia, indem sie weiter Hautstückchen ausspuckt.

»Bist du denn nicht gut in der Schule?« frag ich.

Sie zuckt mit den Achseln, verzieht verächtlich den Mund und sagt: »Zur Schule geh ich nicht mehr. Ich bin dreimal hintereinander sitzengeblieben, und dann haben sie mich rausgeschmissen.«

»Hast du ein Schwein«, sagt Gabi.

»Tierisch!« sagen wir alle im Chor.

»Ich möchte auch schon entwickelt sein«, meint Michi.

»Ich möchte auch für immer von der Schule geschmissen werden«, meint Dani.

Silvia Padella fragt: »Hast du es wirklich schon gemacht? Dani hat mir gesagt, daß du es schon gemacht hast.«

»Du kannst wohl nie mal deinen Mund halten, heh?« sagt Natascia und verpaßt ihrer Cousine einen Faustschlag auf den Kopf.

»Es stimmt also«, bedrängen wir sie, »du hast es schon mal gemacht.«

Natascia kaut jetzt nicht mehr an ihren Nagelbetten, sie ist plötzlich mit Feuereifer bei der Sache und meint: »Worauf hätt ich warten sollen?«

Wir kriegen knallrote Köpfe vor Aufregung, Michi ist total weggetreten, schlägt mit den Fäusten auf den Tisch und fragt dann: »Und wie war das? Ist es dir gekommen?«

Und Dani sagt: »Stimmt das, daß es höllisch wehtut und daß man brüllt wie ein Tier, wenn man ihn reingesteckt kriegt?«

Natascia schaut sie groß an und meint: »Wer hat dir denn den Scheiß erzählt?«

»Es stimmt also gar nicht?« läßt Michi nicht locker.

»Es stimmt also gar nicht, daß wir brüllen und bluten müssen wie die Tiere?« sagt Dani.

»Tore und sein Freund Lupo haben uns das erzählt«, sag ich.

»Tore ist doch wirklich ein Schwachkopf. Wenn ich den sehe, kriegt er was zu hören von mir.«

Silvia fragt: »Stimmt das, daß man es dauernd machen will, wenn man erst mal angefangen hat?«

»Ja, das stimmt, weil es nichts Schöneres gibt auf der Welt und man nie genug davon bekommen kann.«

»MADOO-OOONAAAA«, rufen wir wie aus einem Mund.

»Und wenn deine Mutter davon erfährt? Hast du keine Angst, daß sie dich windelweich schlägt?« fragt Michi.

»Ich mach, was ich will und wozu ich Lust hab. Der Mensch muß erst noch geboren werden, der mich rumkommandiert«, stellt die Rebellin Natascia klar.

»Du bist so toll, Natascia«, sagt Gabri und spricht damit für uns alle. Den ganzen Nachmittag lauschen wir noch gebannt Natascias Worten und stellen ihr tausend Fragen, denn eins ist jetzt schon klar: Sie ist unser großes Vorbild, und wir würden ihr überall hin folgen, sogar in die Hölle.

Dann wollen wir ihr beweisen, daß wir auch nicht ganz unbedarft sind, und so sagt Dani zum Beispiel, daß sie weiß, wie man einem Mann zeigt, daß man ihn haben will, doch Natascia lacht sie richtig aus und meint: »So? Dann zeig mir doch mal, wie man das macht.«

»Also, erst schaust du ihm ganz fest in die Augen, und dann steckst du dir einen Finger in den Mund und bewegst ihn ganz schnell hin und her. So!«

»Man kann aber auch noch etwas anderes machen«, sagt Gabri, »und zwar mußt du ihm erst wieder fest in die Augen sehen, und dann fährst du dir langsam mit der Zunge über die Lippen. So!«

Natascia macht sich fast in die Hose vor Lachen und sagt: »Wer hat euch denn den Scheiß erzählt?«

»Die Bruna. Das ist 'ne Freundin von uns, die über alles Bescheid weiß. Sie ist schon mal mit Tore gegangen und hat sich untenrum von ihm anfassen lassen.«

»Hast du denn keine Eltern?« fragt Gabri.

»Klar hab ich Eltern.«

»Und warum bist du dann hier und willst bei Dani wohnen?«

»Wollt ihr das wirklich wissen?«

»Ja.«

»Erzähl doch, bitte!«

»Mein Vater ist in den Norden gegangen, um sich eine neue Arbeit zu suchen, und als er was gefunden hat, hat er uns nachkommen lassen, meine Mutter, meine kleine Schwester und mich. Den Hausbesitzer hat fast der Schlag getroffen, als er uns alle zusammen gesehen hat, und er hat gesagt, daß Kinder unerwünscht seien in dem Mietshaus, aber das war natürlich ein Märchen, unerwünscht sind da nur *terroni.*

»So eine Schande«, sagen wir.

»Dieser Schweinehund von Hausbesitzer hat zu meinem Vater gesagt: ›Hör mal, ich hab schon durchgehen lassen, daß du aus dem Süden kommst. Du bist ein tüchtiger Mann, ein Arbeiter, und ich hab nichts gegen Arbeiter, ich bin ja kein Rassist, aber jetzt hast du deine ganze Sippe aus *terronia* nachkommen lassen, und das geht einfach zu weit.‹«

»Dieser Schweinehund!« meint Dani.

»Wie in der Schule. In der Schule behandeln sie uns auch so. Stimmt doch, Dani? Oder?«

»Ja, genau«, sagt Dani.

»Also hat sich mein Vater die Anzeigen in den Zeitungen vorgenommen, hat sich eine Wohnung rausgesucht und angerufen, und da hieß es: Ja, die Wohnung ist noch frei, Sie können gerne vorbeikommen. Wir also hin, und als wir uns bei den Leuten vorstellen, schauen sie uns von oben bis unten so komisch an und meinen dann, tut uns leid, die Wohnung ist schon weg, wir haben uns vorhin geirrt. Da sind meinem Vater die Nerven durchgegangen, und er hat den Kopf von dem Hausbesitzer gepackt und ein paar Mal gegen die Wand geschlagen, und dann kam die Polizei und hat ihn mitgenommen. Meine Mutter meint, daß er jetzt auch noch seinen Arbeitsplatz verliert.«

»So 'ne Schweinerei«, meint Michi.

»Weißt du, daß Gabris Mutter von zu Haus abgehauen ist?« fragt Dani.

»Sie ist mit einem Fernfahrer weg«, erklärt Michi.

»Tatsächlich?« fragt Natascia.

»Ja«, antworten wir im Chor, weil wir stolz sind, daß auch wir von sensationellen Ereignissen zu berichten haben.

»Jedenfalls hab ich überhaupt keine Lust hierzubleiben«, sagt Natascia.

»Wo willst du denn hin?« fragen wir.

»Ach weit weg. Ins Ausland. Nach England zum Beispiel.«

»Tierisch. Mein Vater fährt manchmal mit seinem Laster nach England«, meint Silvia Padella. »Mein Vater ist Fernfahrer, und er sagt, wenn der Kommuninismus gesiegt hat, werden die Hausbesitzer alle lebendig begraben.«

»Tatsächlich?« fragt Natascia.

»Ich schwör's dir. Kannst ja meinen Vater fragen, wenn du mir nicht glaubst.«

21

*Wir machen Bekanntschaft mit
Doktor Granatella, einem hohen Tier
bei den Christdemokraten*

Durch seinen Freund Peppe, einen skrupellosen Geschäftemacher, der immer wieder ins Gefängnis wandert, weil er ungedeckte Schecks und Falschgeld unter die Leute bringt, macht Alfredo eines Tages Bekanntschaft mit Doktor Granatella. Peppe meint, daß der Dottore ein hohes Tier bei den Christdemokraten ist und überall seine Finger mit im Spiel hat, bei Gerichten, Krankenhäusern und so weiter, ein Typ also, der wirklich überall dick drinsitzt, und wenn er was für Alfredo übrig haben sollte, wären wir gemachte Leute.

Eines Abends verkündet Alfredo: »Zieht euch was Anständiges an und benehmt euch ordentlich, heute sind wir bei Doktor Granatella zum Abendessen eingeladen.«

»Ach, du lieber Himmel«, meint Teresa. »Was will denn der von uns?«

»Was soll der schon von uns wollen, Tere', du denkst immer gleich schlecht über die Leute. Der will uns bloß kennenlernen.«

Doch Teresa bleibt mißtrauisch. »Warum sollte so ein

hohes Tier uns Hungerleider zu sich einladen? Da steckt doch was dahinter.«

Die Villa von Doktor Granatella sieht noch viel mehr nach Geld aus als die von der Rapetti auf der Pesca-Höhe. Und, anders als bei ihr, kann ich mir das luxuriöse Heim auch von innen ansehen.

Vom großen Tor führt ein breiter Weg zum Haus, der von Laternen beleuchtet wird, die mindestens so groß sind wie Straßenlaternen. Hunde haben sie auch, aber nicht nur mickrige zwei wie die Rapetti, sondern fünf! Drinnen haben sie auch 'ne Katze, fett wie ein Schwein, mit einem Fell, daß man meint, sie hätte einen Pelzmantel an.

Teresa meint sofort, als wir ins Haus kommen, daß man sieht, wie steinreich die sind, allein schon an der fetten Katze, weil die Reichen die Gewohnheit haben, sich Haustiere zu halten, die sie mästen und verwöhnen, wie sie nur können, und sie behandeln, als wären es kleine Kinder, oder wahrscheinlich sogar viel besser.

Ich frag Alfredo, in welchem Stock dieser Doktor Granatella wohnt, und mein Vater fängt an zu lachen und meint, was ich denn glaube, das wären doch nicht so arme Schlucker wie wir zum Beispiel, und daß sie natürlich das ganze Haus bewohnen, ganz alleine, versteht sich.

Dann erscheint Granatella, und ich schaue ihn mir sehr genau an, weil ich wissen will, wie so ein hohes christdemokratisches Tier aussieht. Das hohe Tier ist groß und mager, hat ein total zerfurchtes Gesicht und trägt einen supereleganten blauen Zweireiher. Er steuert auf uns zu und drückt jedem die Hand, ja, sogar mir. Dann zeigt er etwas, was wohl ein Lächeln sein soll, wobei er sein blendendes Pferdegebiß zur Schau stellt.

Bald darauf erscheint die Gattin, und auch sie ist groß, genau wie ihr Mann, und besteht auch aus nichts als Haut und Knochen. Sie gibt nur Alfredo und Teresa die Hand, lächelt gequält und sagt, daß ihre Töchter gleich da sein werden. Wörtlich sagt sie: »Zwei sind noch beim Anziehen, die dritte wird etwas später kommen, weil sie sich zur Zeit rund um die Uhr um den kranken Daniel kümmert.«

»Oh, das tut mir leid«, sagt Teresa. »Wer ist Daniel, ihr Verlobter?«

»Oh nein, Daniel ist ihr ein und alles, ihre wahre Liebe, ihre große Leidenschaft ... Daniel ist viel mehr als ein Verlobter.«

»Aha«, sagt Teresa.

»Daniel ist ihr Pferd«, sagt Signora Granatella.

Wir setzen uns in ein Wohnzimmer – überall Pferdefotos, Gemälde, die Pferde darstellen, Trophäen von Reitturnieren. Teresa schaut sich um und muß lachen. Leise sagt sie zu mir: »Die haben's aber wirklich mit Pferden.«

»Und er sieht auch aus wie ein Pferd«, antworte ich.

Alfredo sagt: »Müßt ihr immer gleich allen zeigen, was für Bauern wir sind?«

112

Irgendwann kommen dann die beiden Granatella-Töchter die Treppe herunter. Wie Verrückte sehen sie aus mit ihren langen Hippie-Mähnen, die sie meiner Meinung nach mindestens zwei Wochen nicht gekämmt und nicht gewaschen haben, den Miniröcken aus Wildleder, den Stiefeln, die bis über die Knie gehen wie bei den Musketieren, dazu Ketten, Kettchen, Armbänder, Ringe. Auf dem Kopf trägt die eine ein Stirnband wie eine Indianerin, die andere ein Tuch, das mit einer Reihe von Medaillen besetzt ist. Ganz zu schweigen von ihren Augen, die so dick schwarz und blau geschminkt sind, daß sie wer weiß wie aussehen.

Teresa stellt leise fest: »Ich würd meinen Töchtern ordentlich in den Arsch treten, wenn sie sich so zurechtmachen würden . . .«

»Das sind Fabiana und Carlotta, unsere beiden Biologinnen«, stellt Signora Granatella stolz vor.

Teresa und ich schauen uns an und sind sehr beeindruckt.

Dann setzten wir uns zu Tisch, wo wir voller Ehrfurcht bedient werden von einem richtigen Dienstmädchen mit Spitzenschürze, großer Schleife und allem was dazugehört. Ich hab Hunger und stürz mich auf die Suppe, doch am liebsten würd ich sie sofort wieder ausspucken, denn der Geschmack ist wirklich alles andere als zufriedenstellend. Nur Teresas drohender Blick hält mich davon ab.

Als der zweite Gang aufgetragen wird, probier ich

auch gleich – schwer zu sagen, was das sein soll, könnte Fleisch sein, aber genauso gut auch Fisch, jedenfalls schmeckt's mir überhaupt nicht, und so sammel ich alles im Mund und form eine Art Bulette daraus, die ich einfach nicht runtergeschluckt kriege.

Zum Glück geht dann irgendwann die Tür auf und eine weitere Verrückte, die den beiden anderen Verrückten ziemlich ähnlich sieht, stürzt ins Zimmer. Die hier ist wie eine Reiterin gekleidet, mit Reitermütze, Stiefeln und dem ganzen Rest. Sie kommt also rein und wirft sich weinend in die Arme ihrer Mutter. Jetzt, da sich alle Aufmerksamkeit auf die Reiterin richtet, kann ich die Bulette, die in meinem Mund mittlerweile gigantische Ausmaße angenommen hat, unbeobachtet ausspucken. Mit dem Fuß zerdrück ich sie auf dem Fußboden und schieb sie vorsichtig unter den Teppich.

Dann schau ich mir auch wieder die Verrückte an und denk, was heult die nur so. Ob die pleite ist oder gefeuert wurde, wie es Alfredo alle naselang passiert?

Aber Signora Granatella erklärt jetzt: »Wissen Sie, es ist wegen Daniel. Camilla weint häufig, sie ist so eine edle Seele.«

Und Doktor Granatella fügt hinzu: »Ja, das Mädchen ist einfach zu sensibel.«

»Das arme Kind. Wenn man so sensibel ist, hat man's nicht leicht auf der Welt«, stellt Signora Granatella fest.

Teresa meint hingegen: »Was soll das, wegen einem Tier zu heulen? Als wenn's nicht schon genug Grund auf der Welt gäbe, um wegen Menschen zu heulen.«

Alfredo wirft ihr einen beschwörenden Blick zu. Aber sie ist nicht zu halten. »Wenn jemand im Leben erst richtige Probleme hat, dann vergehen ihm solche Spinnereien im Handumdrehen.«

Schweigen in der Runde. Dann sagt die traurige Camilla: »Mama, ich will was essen.«

»Giulia, trag sofort für die Signorina auf«, sagt Signora Granatella.

Camilla hat kaum einen Löffel von ihrer Suppe probiert, da poltert sie in voller Lautstärke los: »GIU-LIA!!! DU DUMME PUTE, DU WEISST DOCH, ICH HASSE KÄSE IN DER SUPPE!!«

Dann fährt sie, an ihre Mutter gewandt, in sanftem Ton fort: »Hast du gesehen, Mama, diese Giulia macht aber auch nichts richtig. Alles muß man ihr dreimal sagen.«

Das Dienstmädchen Giulia ist ganz rot geworden und sagt, »entschuldigen Sie bitte, Signorina«, und will den Teller wegbringen.

Doch die traurige Camilla hat noch nicht genug. »WANN SCHMEISSEN WIR DIE HIER ENDLICH RAA-AUS?« brüllt sie.

»Aber Camilluccia, mit dem Personal muß man Geduld haben«, beschwichtigt ihre Mutter.

»Mit der hier haben wir schon zuviel Geduld gehabt«, meint eine der Hippie-Biologinnen.

»Das kann man wohl sagen«, bestätigt die andere Hippie-Biologin.

»Tja, es ist heutzutage gar nicht so leicht, Dienstpersonal zu finden, es sei denn, man gibt sich mit Negern zufrieden«, schaltet sich Doktor Granatella ein.

Und Camilla, das ach so sensible Seelchen, fügt hinzu: »Und dann verlangen sie heutzutage auch noch, daß man ihnen einen Arbeitsvertrag gibt.«

22

Der Abend, als Mina mich geküßt hat

Als wir von unserem Besuch bei der Familie Granatella nach Hause kommen, ist Teresa ziemlich sauer auf Alfredo und beschimpft ihn in einem fort. Unter anderem sagt sie: »Ich möcht einmal erleben, daß du mir anständige Leute vorstellst. Entweder Gauner oder Beduinen.«

Alfredo sagt: »Ja, was glaubst du denn? Daß mir das Spaß macht mit denen? Ich mach das doch nur für euch, aus Liebe zu meiner Familie! Tere', was muß ein Mann nicht alles für Opfer bringen für seine Familie.«

Teresa sagt: »Alfre', du hältst jetzt besser den Mund. Sonst explodier ich.«

Eine Zeitlang geht Alfredo immer wieder zu Doktor Granatella, woraus auch jedesmal wieder hitzige Auseinandersetzungen mit Teresa entstehen und zwar über das Thema: die Christdemokraten wählen, ja oder nein. Denn das ist genau das, was Doktor Granatella von Alfredo verlangt. Er soll in die Partei eintreten und Teresa auch, und dann sollen sie ihn wählen, bei jeder Wahl, bis ans Ende ihrer Tage. Ein ehernes Bündnis.

Teresa schreit: »Nie im Leben. Eher laß ich mir den Kopf abschlagen.«

»Tere', denk doch einmal wenigstens richtig nach. Du bringst mich in Teufels Küche. Ich hab doch schon ja gesagt.«

»Na und? Woher sollen die erfahren, was ich wähle?«

»Tere', die wissen alles. ALLES!«

Bis Alfredo dann eines Tages tatsächlich eine Stelle bekommt, als Sprechstundenhilfe bei einem Zahnarzt. Er muß nur in dieser Praxis rumsitzen, Anrufe entgegennehmen, Termine ausmachen und eintreffenden Patienten die Tür öffnen, mehr nicht.

Als er nach Hause kommt und uns von der freudigen Neuigkeit erzählt, meint Teresa: »Ist das nicht eine Arbeit für Frauen?«

»Ach, Frauen, Frauen . . ., mehr hast du dazu nicht zu sagen, Teresa? Wirklich ein netter Empfang.«

»Was soll ich denn sonst noch sagen?«

»Na, hör mal! Ich hab Arbeit gefunden, eine sichere Stelle, und das bei einem Doktor.«

»Hoffentlich geht das gut«, meint Teresa.

Als Alfredo seinen ersten richtigen Lohn kriegt, wird groß gefeiert. Wir laden unsere Nachbarn zu uns ein, in erster Linie Tante Iside und Onkel Achille, denn die haben's wirklich verdient, weil sie uns doch unzählige Male haben anschreiben lassen, und wegen dem vielen Geld, das sie noch nicht wiedergesehen haben und auch nie wiedersehen werden. Dann laden wir auch Mapi und

Veneziana ein, und Teresa läuft rüber und sagt Peperina Bescheid und Dani, und sogar Ricciolino kommt mit, denn das Verhältnis der beiden ehemals heimlichen Verliebten ist mittlerweile öffentlich anerkannt, und keiner stört sich mehr dran.

Alfredo hat Ravioli, Schinken und Käse besorgt, und sogar Sekt und feines Gebäck. Und für Teresa hat er einen neuen Plattenspieler gekauft, dazu Platten von Nada und Domenico Modugno. Domenico Modugno gefällt Teresa jedoch überhaupt nicht, und darüber kommt's fast zum Streit.

Wir machen ein tolles Fest, und mit der Musik auf voller Lautstärke tanzen wir bis spät in die Nacht. Die Nachbarn von oben, die unsympathischen Rovellis, klingeln an der Tür und meinen, daß sie die Polizei holen, wenn wir die Musik nicht leiser stellen. Teresa zankt sich mit Signora Rovelli und sagt zu ihr: »Wozu nützt die ganze Bildung, wenn einer nicht weiß, wie man mit seinen Mitmenschen auskommt.«

Peperina tanzt mit Onkel Achille, und dabei lacht sie und schneidet die lustigsten Fratzen, wie man es von ihr kennt.

Teresa tanzt mit Ricciolino und das, so meint wenigstens Alfredo, viel zu eng, und deswegen will er ihm den Schädel einschlagen.

Tante Iside nimmt Alfredo zur Seite und sagt: »Komm, wir tanzen. Denk nicht mehr dran. Amüsier dich!«

Die Veneziana und Mapi schütten sich ein Glas nach dem anderen rein, und dann fangen sie an zu tanzen, wobei sie sich mit offensichtlichem Vergnügen die Hintern tätscheln und an den Titten rummachen.

Dani und ich, wir besaufen uns auch und schlafen dann mit den Köpfen auf dem Tisch ein.

Mit dem Geld, das mein Vater jetzt nach Hause bringt, stellen wir ganz lustige Sachen an. Wir gehen zum Beispiel öfter aus, und dabei finden Teresa und Alfredo immer mehr Gefallen am Tanzen, und zum ersten Mal seh ich jetzt, daß meine Eltern eine Sache wirklich verbindet, und das ist ihre Leidenschaft fürs Tanzen.

Wenn sich Teresa zum Tanzen fertig macht, ist sie immer bester Laune und total aufgedreht, und uns steckt sie natürlich damit an. Stundenlang geht das: »O Gott, was zieh ich nur an? Oh Gott, was soll ich nur anziehen?«

Alfredo, der immer ziemlich ungeduldig ist, sagt dann: »Zieh das an. Darin siehst du wirklich toll aus.« Und das sagt er bei jedem Kleid, das Teresa aus dem Kleiderschrank kramt. Irgendwann wird's ihr dann zu bunt, und sie fährt ihn an: »Was soll ich mit einem Mann, der mir nicht mal einen kleinen Rat geben kann?« Jetzt verliert auch Alfredo die Geduld und fängt an zu schreien. Doch Teresa läßt sich nicht unterbuttern und brüllt immer noch lauter als er. Eine wunderschöne Szene.

Dann fang ich noch an, Teresa nachzumachen, wie sie sich anzieht, umzieht, auszieht und wieder anzieht, und dabei jammer ich: »Oh Gott, was zieh ich bloß an? Was soll ich bloß anziehen?«

Daraufhin schlägt Alfredo seinen Kopf ein paar Mal

120

gegen die Wand und beklagt sein Schicksal, das ihm diese beiden Frauen beschert hat, die sich seiner Meinung nach fest vorgenommen haben, ihn in den Wahnsinn zu treiben.

Das Schöne an der Sache ist, daß meine Eltern immer in solchen Lokalen tanzen gehen, wo auch Sänger auftreten. So hören wir zum Beispiel einmal abends ein Konzert vom berühmten Sänger Gino Paoli, der sich einige Zeit vorher eine Kugel ins Herz geschossen hat aus Liebe zu einer Frau und der dann irgendwie noch gerettet wurde. Dann gehen wir zu einem Konzert von Milva, der berühmten Pantherfrau von Goro, die den Mund weit aufreißt beim Singen und wirklich gut singt.

Meist gibt es längere Diskussionen, bevor wir in diese Tanzlokale reinkommen, denn die Türsteher haben etwas gegen die Anwesenheit von Kindern, und so muß sich Alfredo immer wieder Ausreden einfallen lassen, zum Beispiel, wenn er in der entsprechenden Stimmung ist, droht er auch mit Gewalt, daß er alles kurz und klein schlägt, wenn sie uns nicht reinlassen.

Eines Abends ist Teresa ganz besonders aufgedreht, weil sie nämlich endlich ihre absolute Lieblingssängerin im Konzert erleben soll, die gefürchtete Tigerin von Cremona: Mina!

Als wir bei dem Tanzsaal ankommen, der direkt am Meer liegt, wartet davor schon ein Haufen Leute, und wir mischen uns mitten darunter, und ich denk, wenn die mich nur nicht zerquetschen und ich sterben muß, ohne die Tigerin von Cremona gesehen zu haben.

Aber plötzlich werden Stimmen laut: »Da kommt sie

ja!« »Heh, da kommt sie.« »Das muß sie sein. Tatsächlich, das ist sie.« »Sie kommt, sie kommt.«

Ein großes weißes Auto kommt zum Stehen, praktisch vor meinen Füßen, und eine junge Frau steigt aus, sie ist groß und lächelt, und wißt ihr, wer das ist? Ganz genau, sie ist's: Mina.

Die Leute sind alle wie aus dem Häuschen, schreien und klatschen und wollen sie berühren, und ich merke, daß ich in dem Trubel Alfredo und Teresa verloren habe, aber das ist mir jetzt ganz egal, ich stehe neben Mina, und zwar so nahe, daß sie – und jetzt aufgepaßt, liebe Leser – mich auf einmal bemerkt und anlächelt, in die Knie geht und, hoppla, mich hochnimmt, und für einen Moment steh ich auf einmal im Mittelpunkt, und ich denk, von diesem Moment des Ruhms muß ich sofort Dani erzählen, sobald ich sie sehe, und Michi auch, ach was, allen natürlich. Mina gibt mir einen Kuß, der, wenn ich mich nicht täusche, nach Wiski schmeckt, und streichelt mir dann noch übers Haar.

Dann läßt sie mich wieder runter, und der glorreiche Moment ist schon vorüber. Scheiße.

Ich steh einfach nur da und murmele leise Flüche, und dann kommt Teresa, die stinksauer ist und meint, wenn ich noch mal einfach abhaue, schlägt sie mich windelweich, und daß ich's wohl darauf abgesehen hab, ihnen auch noch die sauer verdienten Stunden der Erholung zu verderben.

Ich erklär ihr, daß ich gar nicht abgehauen bin, sondern ganz im Gegenteil immer da war, genau mittendrin in der Menge, ja sogar auf dem Arm von Mina, die mich geküßt hat und deren Atem, wenn mich nicht alles täuscht, nach Wiski gestunken hat.

Teresa sagt: »Du hast sie nicht mehr alle. Ständig denkst du dir irgendwelche Geschichten aus, an denen kein Wort wahr ist. Genau wie dein Vater.«

Dann kommt Alfredo, und ich erzähl ihm auch von dem Abenteuer, das ich erlebt habe. Er meint: »Die ist verrückt, aber das ist ja kein Wunder, das hat sie alles von ihrer Mutter.«

In dem Tanzschuppen steht Mina schon auf der Bühne. Sie hat ein Mikrophon umklammert und hängt sich jetzt voll rein mit dem Singen und ist gar nicht mehr zu bremsen. Sie singt Lieder mit viel Tempo, und dabei reißt sie den Mund enorm weit auf und fuchtelt mit den Armen. Aber dann auch Lieder mit langsameren Melodien, wobei die Lichter fast ausgedreht werden und eine wunderschöne, ziemlich schweinische Atmosphäre entsteht, mit den ganzen tanzenden Paaren, die sich eng aneinanderschmiegen und -reiben, wirklich total schweinisch. Sex liegt in der Luft, und ich halte die Augen gut auf und hoffe, welche zu entdecken, die ordentlich rummachen, vielleicht sogar welche, die es richtig miteinander treiben.

Auch Teresa legt sich voll rein beim Tanzen mit Alfredo, und danach kommen noch andere Männer, die sie auffordern wollen, und dabei kommt es zu wilden Szenen, weil Alfredo wahnsinnig eifersüchtig ist und alle umbringen will, und daraufhin wird Teresa auch sauer und wirft ihm vor, daß er sich ständig mit aller Welt anlegen muß.

Dann gehen sie zurück an den Tisch, und Teresa flüstert meinem Vater was ins Ohr, und dann lachen sie, rauchen 'ne Zigarette und sind wieder bester Laune. Was mich angeht, ich scheine Luft zu sein für alle – na wenigstens hab ich meinen Spaß beim Beobachten der Pärchen, die rumfummeln und rummachen –, denn, meinst du, irgendein Arschloch würde mich mal zum Tanzen auffordern?

23

In der Schule gibt's eine Revolution

Apropos Familie, da muß ich noch von einem anderen
Abenteuer erzählen, das wir in der Schule erlebten.

Einmal sind wir gezwungen worden, einen Aufsatz
zu folgendem Thema zu schreiben: meine Familie. Die
Lehrerin hat uns immer wieder eingetrichtert, wir sollten die Wahrheit schreiben, es sei denn, sie verstößt
gegen den guten Geschmack. Letzteres meint sie nämlich oft zu den Aufsätzen, die aus unserer Süditalienecke kommen: daß wir beim Erzählen von unseren
Angelegenheiten ihre Gefühle und die der braven Rapetti verletzen. Und diesmal ermahnt sie uns lang und
breit, wir sollten uns richtig anstrengen, denn mit etwas
gutem Willen wäre vielleicht auch aus uns etwas Anständiges rauszuholen.

Wir haben also die besten Vorsätze, und Dani legt
auch sofort los und meint: »Stark, diesmal weiß ich, was
ich schreiben kann. Diesmal reichts vielleicht zu 'ner
Vier.«

In ihrem Aufsatz erzählt sie also die ganze Geschichte
von ihrem Vater, der an Verstopfung leidet und seine
Frau beim Züngeln mit Ricciolino überrascht und des-

wegen total ausrastet und, wie wir wissen, in der Nervenklinik landet. Und dann berichtet sie noch von ihrem Onkel, der von seinem Vermieter rausgeschmissen wird, weil er seine ganze Sippe aus *terronia* hat nachkommen lassen.

Aldo Crocco erzählt in seinem Aufsatz von seinem Vater, der keine Arbeit findet, und daß sie nur auf Pump leben, und von seinem Bruder, der im Knast sitzt, weil sie ihn dabei erwischt haben, als er in eine Villa einsteigen wollte, und natürlich von seiner Mutter, die ständig schwanger ist und dieses Jahr ihre Bestmarke auf die runde Zahl von zehn Kindern und zehn Abtreibungen gebracht hat.

Und ich erzähl von Teresa und Alfredo, ihren ständigen Streitereien, und auch von Teresas Verehrern, die uns zum Essen in Restaurants einladen.

Am Tag drauf rauscht die Lehrerin in die Klasse, die Haare stehen ihr zu Berge, und sie knallt die Mappe mit den Aufsätzen aufs Pult, nimmt drei raus und schreit: »Diese Aufsätze sind widerlich. Diese Aufsätze sind eine Beleidigung des Schamgefühls«, und mit diesen Worten reißt sie sie wutschnaubend vor unseren Augen in Stücke, allerdings nicht ohne vorher eine fünf minus für mich und Dani und eine sechs für Aldo Crocco in ihr Notizbuch einzutragen.

Dani fragt mich: »Was ist das, Schamgefühl?«

In der Pause vergleichen wir die Noten, und da gibt es wie üblich die Eins plus für die Rapetti und 'ne Menge Zweien und Dreien. Der einzige Trost für uns ist die

Vier minus von Marco Gallo, dem Bauernsohn. Aber so miese Noten wie wir hat sonst keiner.

Auf dem Heimweg sind Dani und ich ganz schön niedergeschlagen, und Dani meint: »Scheiße, jetzt reißt mir meine Mutter den Arsch auf. Scheiße, wie soll ich ihr das bloß beibringen?«

Ich hab Angst, nach Hause zu gehen, weil mich dort, wie ich sicher weiß, die Beschimpfungen von Teresa erwarten, und deshalb geh ich mit zu Dani.

Hier treffen wir auf Natascia, die sich gerade die Haare mit Röllchen aus Zeitungspapier eindreht, eine Mentholzigarette raucht und Datteln ißt. »Was sind denn das für Trauermienen«, meint sie, als sie uns sieht. »Ist euch 'ne Katze gestorben?«

Dani fängt an zu heulen, und Natascia schmeißt die Packung Datteln auf den Tisch und sagt: »Was, zum Teufel, ham sie mit euch gemacht?«

Wir sind froh, daß wir jemandem unser Herz ausschütten können, und so erzählen wir von den ganzen Sauereien, mit denen uns die Lehrerin in der Schule jeden Tag das Leben schwermacht. Und ich erzähl auch, daß sie mich immer wieder Zigeunerin oder Marokkanerin nennt.

Je mehr wir erzählen, desto größer werden Natascias Augen, ihr Gesicht bezieht sich mit roten Flecken, und als wir fertig sind, sagt sie: »Schwört! Schwört mir, daß das wahr ist!«

Und wir, wie aus einem Mund: »Ich schwör's!«

Am Tag drauf betritt Natascia die Schule und will sich gerade an Sputo, dem Hausmeister, vorbeischleichen, aber der paßt auf wie ein Schießhund und tritt ihr in den Weg.

»Wohin Signorina?« fragt er. »Ich bring meiner Cousine ihr Pausenbrot«, meint Natascia. Sputo erwidert: »Das mach ich schon, Signorina. Welcher Klassenraum?« Natascia sagt: »Kommt nicht in Frage, das mach ich schon selbst.«

Die Klassentür öffnet sich, Natascia erscheint auf der Schwelle und brüllt sofort los: »WO IST DIESE VERDAMMTE HURE?« und dabei schaut sie sich suchend nach der Lehrerin um, die sich mittlerweile schon zwischen den Bänken der reichen Kinder verkrochen hat. Die Rapetti im Arm haltend stammelt sie: »Nein, nein, ich habe nichts Böses getan.«

Natascia geht auf sie zu und schreit ihr ins Gesicht: »DU WIDERLICHE, HÄSSLICHE SCHLAMPE. WAS FÄLLT DIR EIN, DIE KINDER HIER IN EINER ECKE ZU HALTEN WIE TIERE? DU DRECKIGE NUTTE, ICH KRATZ DIR DIE AUGEN AUS, ICH BRING DICH UM.«

Die Lehrerin ist gelb geworden, und mit ihrem angstverzerrten Gesicht sieht sie sogar noch häßlicher aus als ohnehin schon. Nach gelb wird sie weiß, fällt zu Boden, und bleibt dort regungslos, wie tot, liegen.

Die Rapetti springt auf und schreit: »Aaaahhhh, Hiiiilfeeee!!!« und läuft dann Sputo holen, der auch bald anrückt, zusammen mit anderen Lehrern und einer ganzen Schar von Kindern. Die Kinder freuen sich über das Chaos, lachen fröhlich wegen der toten Lehrerin und nutzen die Gelegenheit, um einen Blick auf ihre Beine und ihre Unterhose zu werfen.

Ein Lehrer fühlt ihren Puls und sagt: »Die ist nicht tot, nur ohnmächtig.« Ein Raunen der Enttäuschung geht durch die Menge.

Natascia hat sich mittlerweile zum Lehrerpult vorgekämpft und stellt sich jetzt breitbeinig drauf, ohne sich um die bewußtlose Lehrerin zu scheren. Dann hält sie ein flammende Rede, in der sie alle Sauereien der unausstehlichen Lehrerin zur Sprache bringt und sagt, daß diese nicht nur bigott und grausam sei, sondern daß es in ihrem ganzen Leben auch noch keinen einzigen Mann gegeben habe, der sie auch nur hätte anschauen wollen.

Dani und Crocco hüpfen derweil ausgelassen durchs Klassenzimmer und grölen aus vollem Hals Spottgesänge auf die Lehrerin, die immer noch am Boden liegt und sie nicht hören kann. Auch Marco Gallo und Gabri und andere ärmere Norditaliener wollen da nicht zurückstehen. Sie reißen Seiten aus ihren Heften und dem Klassenbuch und basteln Papierflieger daraus, die sie auf die Rapetti und die Lehrerin segeln lassen.

Die Rapetti hockt heulend neben der Lehrerin und redet auf sie ein: »Signora, so wachen Sie doch auf. Sie müssen alle bestrafen. Sie müssen sie ins Klassenbuch eintragen.«

Währenddessen diskutieren die anderen Lehrer die Ereignisse, wobei die Geschichte immer abenteuerlicher wird. Eine Lehrerin fragt den Hausmeister: »Wie ist denn das passiert?« Und Sputo antwortet: »Die Signorina stand auf einmal vor mir und hat mich niedergeschlagen, um in die Klasse reinzukommen. Dann hat sie auf die Lehrerin geschossen, weil sie ihrer Cousine eine schlechte Note gegeben hat.«

»Sie hat geschossen? Dann ist sie also bewaffnet?«

»Ja, natürlich. Was glauben Sie denn?«

Wie auf Kommando suchen die Lehrer das Weite, manche laufen auf die Straße, andere halten es für sicherer, sich auf der Toilette einzuschließen. Zurück bleiben nur die Kinder und der Lehrer Giacchino, der immer besoffen zum Unterricht erscheint und noch nicht mitgekriegt hat, was abläuft.

Dann sind auf einmal die Carabinieri da.

24

Und so landen wir alle drei bei den Carabinieri

Da wären wir also, Dani, Natascia und ich, in einer richtigen Carabinieri-Kaserne. Mit uns in dem kleinen Raum sind zwei Beamte, einer groß und dürr, der andere klein und fett.

Der Hagere sitzt vor einer Schreibmaschine, der Fette, der von dem anderen stets mit »Maresciallo« angeredet wird, steht neben ihm und stellt Fragen an Natascia.

Natascia scheint ganz in ihrem Element. Sie nutzt die Gelegenheit, um mit ihrer flammenden Rede fortzufahren, in der sie alle Übel dieser Welt anklagt.

Der Maresciallo sagt: »Jetzt machen Sie aber mal halblang, Signorina.«

Ich mach mich schon darauf gefaßt, daß sie uns jetzt in eine Zelle stecken und dort elendig für den Rest unserer Tage schmachten lassen.

Über dem Kopf des Maresciallo hängen drei große gerahmte Bilder an der Wand, und ich frag: »Wer sind die drei auf den Fotos?« Und während sich der Maresciallo bereitwillig zu einer Antwort herabläßt – »das sind der Papst, der Staatspräsident und ...« –, wird er von Natascia unterbrochen, die erklärt: »Auch so drei Verbrecher.«

Der Maresciallo sagt: »Treiben Sie's nicht zu weit. Beim nächsten Mal bin ich gezwungen, Sie . . .«

Wieder wird er unterbrochen, diesmal von dem Dünnen, der zu ihm sagt: »Soll ich das aufschreiben, Marescia'.«

Der Maresciallo, der jetzt immer unruhiger wird, antwortet: »Aufschreiben? Wieso, was willst du denn da aufschreiben? Ihr wollt mich wohl alle in den Wahnsinn treiben.«

Natascia ist mit ihrer Rede aber noch nicht fertig, unerschrocken fährt sie fort, zunächst leiser zwar, aber je länger sie redet, desto lauter wird sie wieder, und dabei stößt sie wilde Flüche aus gegen Lehrer, Hausbesitzer und Rassisten und kommt dann zur Regierung, den Ministern und dem Staatspräsidenten, diesen gemeinen Verbrechern, die nur eins können, stehlen, sich bestechen lassen und die Leute ausbeuten.

»Und das, Marescia'? Das schreib ich aber auf, ja?« meint der dürre Carabiniere wieder.

Der Maresciallo stößt eine Art Tarzanschrei aus: »AUFSCHREIBEN! AUFSCHREIBEN! WAS WILLST DU DENN DA AUFSCHREIBEN?» Und dann kommandiert er: »RAUS! MACHT, DASS IHR RAUSKOMMT.«

Als wir in einem anderen Raum sitzen, frag ich Natascia: »Und jetzt? Sind wir jetzt im Gefängnis?«

»Ach was, Gefängnis. Die da gehören ins Gefängnis«, sagt sie und zeigt dabei auf die drei Fotos, die auch hier hängen und auf denen wieder der Papst, der Staatspräsident und irgendein anderer zu sehen sind, von dem ich immer noch nicht weiß, wer das sein soll.

Dann geht die Tür auf und der Maresciallo erscheint. Er scheint sich beruhigt zu haben, bietet Natascia eine Zigarette an und wirft auch einen Blick auf ihre übereinandergeschlagenen Schenkel, die unter ihrem Minirock hervorschauen. Er sagt: »Nehmen Sie's nicht so tragisch, Signorina. Man weiß doch, hier oben im Norden waren wir Süditaliener noch nie gut gelitten.«

Er riskiert noch ein Auge auf die nackten Schenkel und meint: »Wenn Sie erlauben, bring ich Sie nach Hause.«

Der Maresciallo fährt uns bis vor die Tür in seinem Carabinieri-Schlitten, mit dem wir ganz schön Aufsehen erregen in unserer Straße, denn alle bleiben stehen und drehen sich nach uns um.

Natascia lädt den Maresciallo noch zu einem Kaffee in die Wohnung ein, weil er, wie sie sagt, so verständnisvoll und menschlich sei. Während wir die Treppen hochsteigen, stiert er unverwandt auf Natascias Schenkel und tupft sich den Schweiß von der Stirn. Oben angekommen, meint er zu Dani und mir: »Ihr lieben Kleinen, ihr wollt doch sicher spielen gehen zu euren Freundinnen?«

»Nein«, antworten wir. Wir setzen uns ihm gegenüber und lassen ihn nicht aus den Augen.

Er räuspert sich und sagt: »Tja, Signorina. Da muß man viel Geduld haben. Die Norditaliener haben eben nicht viel für uns aus dem Süden übrig.« Natascia antwortet, daß sie schon viel zuviel Geduld gezeigt habe und daß sie ein Blutbad anrichte, wenn noch mal so was vorkomme.

Der Maresciallo trinkt seinen Espresso aus und verabschiedet sich, und dabei wirft er Dani und mir einen ganz bösen Blick zu.

Wieder in der Schule sehe ich, daß sich dort revolutionäre Dinge ereignet haben. Ich schau rüber zu unserer Süditalienecke und stell fest, daß da jetzt drei Norditaliener sitzen. Dani soll sich neben die reiche Somona Ghersi setzen, auch Aldo Crocco ist jetzt mit einem aus Norditalien in einer Bank, wenn auch nur mit dem armen Bauernsohn Marco Gallo. Ich werde zum Norditaliener Luca Tettamani geschickt, der bis jetzt immer allein in einer Bank gesessen hat, weil er irgend 'ne Hautkrankheit hat mit entsprechend vielen Pusteln und Eiterpickeln, die auch schon mal aufgehen können, und dann spritzt der Eiter meilenweit.

Allerdings hat sich niemand aus dem Süden einen Platz in der ersten Reihe erobern können, denn die ist reserviert für die Rapetti und Piercarlo Bisio, den Neuen, dessen Vater Chefarzt im Krankenhaus ist.

Als wieder Aufsatzschreiben an der Reihe ist, dürfen wir diesmal schreiben, was wir wollen. Und ohne auch nur einen Blick drauf zu werfen, gibt die Lehrerin allen gute Noten, nur Einser und Zweien. Nur den von der Rapetti, für den sie eine Eins plus gekriegt hat, liest sie vor. Er trägt die Überschrift »Meine Lehrerin« und enthält eine Arschkriecherei nach der anderen. Und deswegen hat Aldo Crocco die Rapetti in der Pause auch angespuckt.

Nur der Bauernsohn Gallo ist über eine Vier minus nicht hinausgekommen, weil er bloß die Überschrift, »Freies Thema«, geschrieben und dann den ganzen Morgen auf das leere Blatt gestarrt hat.

25

Der Sommer, das Meer und Adri auf dem Bauch

Als dann der Sommer kommt, können wir endlich die Schule, die Rapetti und all den anderen Mist weit hinter uns lassen.

Sobald das Wetter einigermaßen ist, meint Natascia zu uns: »Wißt ihr schon das Neueste? Morgen fahren wir drei zusammen ans Meer. Und dann können sie uns hier mal gern haben.«

Am nächsten Morgen wach ich früh auf, pack meine Sachen und geh zu Dani rüber. Sie ist schon total aufgedreht, genau wie ich, und rennt in der Wohnung hin und her wie eine Verrückte auf der Suche nach Badeanzug, Sonnencreme, Handtuch, Schwimmreifen – und ihrem Kopf, wie Natascia sagt.

Als wir am Meer ankommen, ist der »öffentliche Strand« schon voll belegt, und so entscheidet Natascia, daß wir es uns an einem Privatstrand gemütlich machen. Kaum haben wir einen Platz gefunden und unsere Sachen ausgepackt, da kommt schon ein Bademeister und meint: »Wenn ihr keinen Sonnenschirm ausleiht, könnt ihr nicht hierbleiben. Tut mir leid, das sind die Vorschriften.«

Natascia antwortet: »Du hast wohl noch nie von dem Gesetz gehört. Das sagt nämlich, daß die drei Meter Strand direkt am Meer für alle da sind. Hör also auf, mir auf die Nerven zu gehen. Ich bin nämlich hier, um mich zu entspannen.«

Der Bademeister meint, daß das Quatsch sei. Er ruft seinen Chef, und der sagt: »So ein Gesetz kenn ich nicht.«

Natascia antwortet: »Um so schlimmer. Erkundige dich mal lieber.«

Der Bademeister fragt: »Was soll ich machen? Soll ich sie forttragen?«

Natascia sagt: »Wenn du mich auch nur mit dem kleinen Finger berührst, schlag ich dich windelweich.«

Der Chef merkt, daß die Leute schon zu uns rüberschauen, und sagt: »Also gut. Ausnahmsweise dürft ihr bleiben.«

»Was soll das heißen, ausnahmsweise?« erwidert Natascia. »Ich komm hier her, wann und sooft ich will. Ist das klar?«

Der Chef sagt: »Hören Sie auf zu schreien, Signorina. Sie sind doch nicht allein hier.«

Der Bademeister sagt: »Das Meer scheint manchen Leuten nicht zu bekommen.« Und dann an mich gewandt: »Wenn du ertrinkst, komm ja nicht auf die Idee, nach mir zu rufen.«

Als wir endlich unsere Ruhe haben, holt Natascia ihr Transistorradio aus der Tasche, dreht die Musik voll auf, streckt sich auf ihrem Handtuch aus und sagt: »Ach, ist das herrlich. Hier geht's einem doch richtig gut. Das nächste Mal legen wir uns an den ›öffentlichen Strand‹. Aber jetzt gönn ich denen die Genugtuung nicht.«

Als sie die Nase voll davon hat, so zu liegen, setzt sie sich auf und fängt an, Kommentare abzugeben über die Leute, die an uns vorbeispazieren. Zum Beispiel so: »Guck mal. Guck mal da, der hat einen Bauch wie ein Schwein. Und die da, seht ihr, bei der bräuchte man einen Kran, um die Titten zu heben.«

Und so weiter.

Gewöhnlich kommen auch Michi und Gabri und die anderen mit an den Strand. Dann amüsieren wir uns damit, durch Löcher und Ritzen in die Umkleidekabinen zu spähen, aber meist sieht man dabei nur Frauen und Kinder, die sich umziehen. Michi meint, daß sie das ziemlich fad findet, weil sie zu Hause ihre Mutter auch immer sieht, wenn sie sich auszieht, und was wär denn schon dabei, andere Frauen nackt zu sehen. Einmal kommt Dani mit roter Birne angelaufen und erzählt, daß sie zwei Männer beobachtet hat, die mit einer Frau schweinische Sachen gemacht haben, und die Frau hat sich alles gefallen lassen und gestöhnt.

Gabri sagt, daß sie das nicht glauben kann, zwei Männer mit einer Frau, niemals. Dani kreuzt zwei Finger, legt sie an den Mund, küßt sie und sagt: »Ich schwör's.«

Am Strand sind auch immer ein Haufen Burschen aus Mailand oder dem Piemont, die bei uns in der Gegend Urlaub machen. Die Piemontesen sind netter, hängen aber dauernd bei ihren Müttern rum, die sie unablässig ermahnen, nicht zu viel Eis zu essen, weil sie sonst Bauchweh kriegen, nicht zu lange im Wasser zu bleiben, weil sie sonst einen Herzschlag kriegen, sich nicht in die pralle Sonne zu legen wegen der Gefahr von Sonnenbrand und Sonnenstich und Fieber und so weiter.

Die Mailänder Jungs sind forscher und schöner. Ab und zu werfen sie schon mal einen Blick zu uns Mädchen rüber, aber im allgemeinen scheren sie sich nicht besonders um uns. Sie spielen die ganze Zeit Boccia oder machen Ringkämpfe, und so bleibt uns Mädchen nichts anderes übrig, als mit den piemontesischen Mamasöhnchen auf der Mole zu hocken und zu versuchen, sie in uns verliebt zu machen.

Einmal kommt aber ein bildschöner Junge aus dem Piemont zu uns runter. Er ist aus Ovada, heißt Osvaldo und ist wirklich so schön, daß wir uns alle sofort unsterblich in ihn verlieben. Leider ist dieser Osvaldo aus Ovada jedoch auch ein Super-Zugeknöpfter und ein Wichtigtuer, der keinen an sich ranläßt und dauernd am Rockzipfel seiner Schwester Santina hängt. Silvia meint, daß er schwul ist, Bruna, daß er nur einen Kleinen hat.

Wenn er ins Wasser geht, sind wir dabei, wenn er sich ein Eis kaufen geht, heften wir uns an seine Fersen, wenn er sich auf einen Stuhl an der Strandmauer setzt, tun wir das auch. Er schaut uns nicht mal an, und mit den anderen Jungen redet er auch nicht. Deshalb sagt Silvia jetzt, daß er wahrscheinlich doch nicht schwul ist, sondern bloß ein blöder Eigenbrötler.

Als Ausgleich dafür haben wir aber die Schwester des Eigenbrötlers am Hals, die nicht von unserer Seite weicht und unbedingt mit uns befreundet sein will. Wir können sie nicht ausstehen, weil sie zu den Leuten gehört, die ständig Witze erzählen, über die kein Mensch lachen kann. Außerdem versteht sie nicht, wie wir reden, und bei jedem zweiten Wort fragt sie: »Was heißt denn das?«, und wenn sie dann endlich kapiert hat, sagt sie: »Das ist gut, heh, das ist wirklich gut.«

Michi schlägt vor, sie zu vertrimmen, dann wäre die Sache erledigt. Dani, die am unsterblichsten in den Eigenbrötler Osvaldo verliebt ist, meint, wir sollten uns ruhig mit ihr anfreunden. Dann könnten wir uns zu ihr nach Hause einladen lassen und dort über ihren Bruder herfallen.

Das Resultat ist, daß die lästige Santina wie Pech an uns klebt und der schöne Osvaldo aus Ovada sich immer mehr um seinen eigenen Kram kümmert und sich an manchen Tagen noch nicht mal am Meer sehen läßt. Jedesmal, wenn wir an den Strand kommen, ist Santina schon da. Sie hat auf uns gewartet und läuft uns entgegen und begrüßt uns mit großem Hallo, und auch wenn wir versuchen, ihr aus dem Weg zu gehen, findet sie uns immer und sagt unweigerlich: »Was machen wir Schönes heute? Ich muß euch was Lustiges erzählen.« Und dann legt sie los mit ihren Witzen, bei denen man sich unwillkürlich fragt, wo sie die wohl her hat, denn man kann einfach nicht darüber lachen, auch wenn man sich totkitzeln ließe.

Gabris Schwester Vale und ihr Freund, der wunderschöne Adri – Spitzname Pupo –, sind auch öfter am Strand.

Wenn Adri sich auszieht, legen wir uns in einiger Entfernung auf die Lauer und sehen ihm dabei zu, und er weiß das und zieht sich extra langsam aus, um seinen Luxuskörper zur Schau zu stellen. Sobald die beiden Verliebten nur noch Badesachen an haben, legen sie sich auf ihre Handtücher und hängen sich sofort voll rein mit Berührungen überall und Knutschen und Streicheln und so weiter. Und wir lassen uns nichts davon entgehen.

Dann geht Gabri zu ihnen hin, um ihnen einen gemeinen Streich zu spielen, und zwar so: »Vale, kommst du mit ins Wasser?« fragt sie.

»Gleich«, antwortet Vale mit geschlossenen Augen und macht weiter an ihrem Adri rum.

Aber Gabri läßt sich nicht abwimmeln: »Und du, Adri? Kommst du mit ins Wasser?«

»Gleich«, sagt Pupo.

»Warum erst gleich?«

Pupo legt sich auf den Bauch und sagt: »Ich kann jetzt nicht aufstehen.«

»Warum denn nicht?« fragt Gabri seelenruhig.

Pupo zeigt ein Lächeln, daß einem Hören und Sehen vergeht, schaut seine Freundin an und sagt nichts mehr.

»Wenn der jetzt aufsteht, rufen sie die Bullen«, meint Silvia Padella.

»Da kann dieser Schwule aus Ovada doch einpacken!« sagt Michi.

So sitzen wir also in unserem Versteck und können uns nicht mehr halten und machen uns fast in die Hose vor lachen, während wir den Blick nicht lassen von Pupo, dem schönsten Stück Mann am ganzen Strand, der immer noch auf dem Bauch liegt.

26

Vorbereitungen zur großen Flucht

Eines Tages gehen wir Natascia abholen, und als wir zu ihr kommen, steht sie am Fenster und schaut mit gelangweiltem Gesichtsausdruck in der Gegend rum. Wir sagen: »Fahren wir ans Meer, Natascia?«

Sie zuckt mit den Achseln und antwortet: »Ich hab die Nase voll vom Meer. Habt ihr denn nie was über?«

Michi, die mittlerweile nur noch tut und sagt, was unser Idol Natascia tut und sagt, stimmt ihr sofort zu: »Ja, ich bin's auch absolut leid. Madonna, wie öde, dieses Meer«, sagt sie.

Gabri sagt: »Wir können ja irgendwo anders hingehen. Vielleicht auf die Pesca-Höhe, ein bißchen rumspazieren.«

»Ach du lieber Himmel, auf die Pesca-Höhe . . .« sagt Natascia. »Fällt euch denn wirklich nichts anderes ein. Ihr seid doch keine Säuglinge mehr, die an der Leine ihrer Eltern liegen und höchstens mal in der Nähe an den Strand gehen.«

Wir schauen sie nur an, weil wir nicht wissen, worauf unsere Chefin Natascia hinaus will. Sie fährt fort: »Habt ihr denn noch nichts davon mitgekriegt, daß die Welt heute voller junger Rebellen ist, die nichts mehr zu Hause halten kann, auch nicht pure Gewalt?«

Gabri fragt: »Und wo ziehen die hin, diese jungen Rebellen.«

Natascia antwortet, daß die jungen Rebellen nicht an einen bestimmten Ort ziehen würden, sondern aufbrechen zu Abenteuern und neuen Ufern, um die Welt kennenzulernen.

»Abenteuer hab ich auch schon immer gemocht«, meint Gabri.

Natascia macht ein genervtes Gesicht und sagt: »Hat echt keinen Zweck mit euch zu reden. Ich dachte, ihr wolltet keine Kinder mehr sein und auch so Sachen machen wie ich, aber da hab ich mich wohl getäuscht. Fahrt, fahrt ruhig ans Meer.«

Silvia antwortet: »Heh, wir sind schon lange keine Kinder mehr und wissen auch 'ne Menge Sachen.«

Dani sagt: »Ich weiß zum Beispiel, was Neunundsechzig und Pecorina ist.«

»Das weiß ich auch«, sag ich.

Michi sieht uns böse an und sagt: »Mensch, seid ihr bescheuert. Warum seid ihr nicht endlich mal ruhig? Komm, Natascia, sag uns doch, was du vorhast.«

Natascia zündet sich eine Mentholzigarette an, teilt auch an uns welche aus und meint dann: »Wir hauen zusammen ab!«

»Ich bin dabei«, sagt Michi sofort und an uns gewandt: »Wenn ihr keine Transusen seid, macht ihr auch mit.«

Dani sagt: »Ich hab aber Angst, daß ich Tag und Nacht heule, wenn ich von meiner Mama fort bin.«

144

»Mir ist meine Mutter vollkommen egal«, meint Michi, um bei unserer Chefin Eindruck zu schinden.

Gabri meint: »Meine Mutter ist sowieso nicht mehr zu Hause.«

»Wo wollen wir überhaupt hin«, fragt Michi.

»Aha, jetzt kriegst du auch Schiß«, stellt Dani fest.

»Quatsch, ich will nur wissen, wo wir hinfahren, damit ich mich besser drauf einstellen kann.«

Ich schlag folgendes vor: »Wir fahren nach Rom.«

Silvia schaut mich an, als würd ich spinnen, und sagt: »Was sollen wir denn da?«

»In Rom ist der Papst«, meint Gabri.

»Heh, seid mal ruhig, ich bin noch nicht fertig«, bringt Natascia uns zum Schweigen. »Also: Wenn wir abhauen, dann auch für immer.« Sie stößt einen Mundvoll Rauch aus und fährt fort: »Wir fahren ins Ausland.«

»Tierisch!« meint Dani.

»Na dann, nichts wie los«, sagt Michi, um wieder in bestem Licht dazustehen.

»Wo liegt denn das Ausland?« fragt Gabri.

Unser Idol erklärt: »Ich will nach England. Das ist mein Ziel.«

»England? Tierisch!« meint Dani wieder.

Gabri fragt: »Gibt's denn auch genug zu essen in England?«

Natascia antwortet, daß es in England so viel zu essen gibt, wie man will. Denn die Sachen werden nicht gekauft, sondern geklaut.

»Das ist auch billiger«, sag ich.

Dani fragt: »Was gibt's denn sonst noch in England?

Gibt's da zum Beispiel schweinische Filme. Und sieht man auch Nutten auf der Straße?«

Silvia meint, daß es da von Nutten nur so wimmelt, sie wüßte das genau, ihr Vater würde nämlich immer sagen: Ausländerinnen sind alle Nutten.

»Ehrlich? Wahnsinn!«

Natascia sagt: »Wißt ihr, daß man da in riesige Parks gehen kann, die so groß sind wie ganz Italien. Und da wimmelt es von Ausreißern. Die liegen auf dem Rasen und fummeln rum und spielen Gitarre und feiern Orgien.«

»Was sind Orgien?« fragt Gabri.

Ich erkundige mich: »Können wir dann auch mit Jungen rummachen?«

»Und wenn die Nonnen uns dabei erwischen? Oder wenn unsere Mütter das erfahren?« sagt Dani.

Michi meint: »Seid ihr blöd. Uns kann niemand mehr was sagen. Wir sind Rebellen, und wehe dem, der uns nerven will.«

»Und dann gibt's noch was Tolles in England«, meint Natascia.

»Was denn?« rufen wir ganz aufgeregt.

»Mein Freund hat mir erzählt, daß man da so Zigaretten kriegt. Die raucht man, und schon fängt man an, alles doppelt zu sehen.«

»Das erste, was ich mach, wenn ich in England bin – ich laß mir diese Zigaretten geben und rauch ein paar davon«, meint Gabri.

»Also, dann ist die Sache entschieden. Wir hauen ab«, sagt Natascia.

Alle sind einverstanden.

»Wie fahren wir überhaupt?« fragt Silvia.

»Mit den Rädern?« schlägt Dani vor.

Ich schlag vor: »Wir trampen. Trampen ist das Rebellischste, was man sich denken kann.«

»Ja, und wer nimmt sechs Gören mit, die schön aufgereiht an der Straße stehen und den Daumen raushalten? Und außerdem merken die sofort, daß wir von zu Hause ausgerissen sind und bringen uns zu unseren Eltern zurück.«

»Und was sonst?«

»Wir fahren mit dem Zug, als blinde Passagiere.«

Michi sagt wieder: »Natascia hat recht.«

27

Wird die große Flucht gelingen?

Verabredet haben wir uns für den Morgen drauf um zehn Uhr bei der Mauer am Fluß. Gabri und ich sind als erste zur Stelle. Laut gemeinsamem Beschluß ist es für alle Pflicht, sich so rebellisch und ausgefallen wie Natascia anzuziehen. Gabri trägt ein indisches Gewand von ihrer Schwester, das ihr ganz schön knapp sitzt, und um den Hals ein Medallion mit einem Bildchen von Giacomo Agostini, dem Motorradfahrer, der ein großer Schwarm von ihr ist. Ich hab mir ein Tuch um die Stirn gebunden wie ein Indianer, und dazu trag ich verblichene Blutschins und einen Anstecker, den ich auf dem Markt gefunden hab, auf dem steht: »Für ein freies Vietnam«.

»Mensch, wir sind die ersten«, sagt Gabri.

»Ja, hoffentlich kommen die anderen nicht auf die Idee zu kneifen«, sag ich.

Gabri sagt: »Die gucken uns alle an. Ich schäm mich.«

Wir setzen uns auf die Mauer, und Gabri kramt ein Päckchen Mentholzigaretten hervor. Wir zünden uns beide eine an und unterhalten uns darüber, was wir in England alles machen werden. Auf einmal kriegt Gabri ganz große Augen und fängt an, wie verrückt zu husten. Ich sag: »Was ist denn jetzt los?«

»Scheiße, oh verdammte Scheiße«, sagt Gabri.

Ich schaue in ihre Richtung und ruf: »Ach, du große Scheiße. Der Haifisch auf Beutezug!!«

Schwester Haifisch steuert drohenden Schrittes auf uns zu. »Schmeiß weg, schmeiß die Kippe weg«, sag ich zu Gabri.

Sie sagt: »Heh?«, und während sie dies sagt, hat der Haifisch uns schon erreicht.

»GABRIELLA!«

»Heh?« sagt Gabri wieder.

»Ich hab dich gesehen. Diesmal hab ich dich gesehen. Jetzt versuch doch noch mal, mir eine Lüge aufzutischen!«

Gabri ist so total verwirrt, daß sie weiterhin nur »heh?« herausbekommt.

Schwester Haifisch beginnt ihr Verhör: »Was treibt ihr euch hier rum? Seit wann raucht ihr Zigaretten? Wer bringt euch so was mit? Nehmt ihr auch Rauschgift?«

Wir schweigen mutig wie zwei Heldinnen, die auch der schlimmsten Folter widerstehen würden.

Doch Schwester Haifisch läßt sich nicht beirren und zieht die Daumenschrauben noch fester an. »Wieso seid ihr wie zwei Verrückte angezogen? Was habt ihr wieder ausgeheckt? Ihr verdorbenen Halunken. Ihr werdet schon noch sehen, wie böse es mit euch enden wird.«

Doch wir bleiben weiterhin standhaft. Der Haifisch ist schon drauf und dran zu gehen, doch dann überlegt er sich's anders, bleibt stehen und sagt: »Los, kommt mit, ich bring euch zu euren Familien. Denen könnt ihr erklären, warum ihr euch hier rumtreibt, mit den Zigaretten im Mund und angezogen wie zwei Verrückte.«

Ich denk: Scheiße! und sage mir, daß wir jetzt all unsere schönen Pläne vergessen können, und innerlich verfluch ich diese schreckliche Nonne und überleg krampfhaft, wie ich ihr was Schlimmes anhexen kann, daß sie der Schlag trifft und sie uns in Frieden lassen muß. Aber Schwester Haifisch ist durch nichts umzubringen, sie schreit uns an, daß wir ihr gehorchen müssen, und Gabri stehen schon die Tränen in den Augen. Ich denk, daß ich unbedingt was machen muß.

Also sag ich zu Gabri: »Komm, wir verdrücken uns.« Ich nehm sie an der Hand, und so schnell wir können, laufen wir los durch den Park, während Schwester Haifisch hinter uns herschreit: »Gauner, Verbrecher, Mörder, euch krieg ich noch ...«

Wir drehen eine Runde und verstecken uns dann unter der Brücke. Von da aus können wir die Mauer, bei der wir verabredet sind, im Auge behalten und die anderen warnen, wenn sie auftauchen. Wir beobachten Schwester Haifisch, die immer noch wie angewurzelt dasteht, die Lippen aufeinandergepreßt vor Wut, und Gabri, deren Gesicht tiefrot glüht, fängt an zu lachen und meint: »Stark, wirklich stark.«

»Boh, die haben wir schön verarscht«, sag ich.

»Und wenn sie zu unseren Familien geht?«

»Ist doch egal«, sag ich, »bald sind wir schon in England.«

Irgendwann zieht Schwester Haifisch ab. Wir bleiben

unter der Brücke hocken, eingehüllt vom Pissegestank, und nach einiger Zeit meint Gabri: »Mensch, diese Hurentöchter kommen nicht, ich glaub, die haben uns versetzt.«

Es dauert jedoch nicht lange, und Dani und ihre Cousine, unser aller Idol Natascia, erscheinen. Wir verlassen unser Versteck und rufen: »Hey, hier sind wir, hey, wartet, wir sind da.«

Wir klettern auf die Mauer, und dabei äfft Dani Gabri nach, wie sie sich heftig schnaufend dabei abstrampelt.

Ich sag: »Wißt ihr, wer hier war? Schwester Haifisch.«

»Wissen wir, wissen wir«, meint Natascia, der anscheinend nie was verborgen bleibt.

»Und woher wollt ihr das wissen?«

In hochnäsigem Ton erklärt Dani: « Wir haben gesehen, wie sie euch angeschrien hat. Dann haben wir uns hinter einem Busch im Park versteckt und gewartet, bis sie weg war.«

»Ihr seid aber auch bescheuert, so angezogen in aller Öffentlichkeit zu rauchen«, sagt Natascia zu uns.

Ich geh nicht drauf ein und sag: »Mensch, die andern können wir vergessen, die kommen nicht.«

Dani sagt: »Silvia hat sich doch gestern schon in die Hose gemacht, die kommt bestimmt nicht.«

Dann hören wir einen Pfiff und drehen uns um und sagen: »Hey, da sind sie ja.«

Michi ist fast normal angezogen, doch hat sie Pulli und Blutschins mit schönen dicken Schmutzstreifen verziert. Silvia trägt ein Hemd von ihrem Vater, das ihr viel zu weit ist, und hat auch eine Tasche dabei mit einem aufgemalten Drachen drauf.

Jetzt, da wir alle zusammen sind, heißt es: »Also, was ist, fahren wir?«

Klar, wir fahren.

Und wir marschieren los. Michi schlägt vor, einen Umweg über die Pesca-Höhe zu machen, um die Villa von der Rapetti in Brand zu stecken.

Dani sagt: »Und die Schule brennen wir auch ab.«

Alle sind einverstanden. Nur Natascia meint: »Dafür haben wir jetzt keine Zeit, wir müssen so schnell wie möglich wegkommen, sonst erwischen uns die Alten.«

Gabri sagt: »Ich hab Hunger.«

Michi sagt: »Kommt, wir gehen noch ein Eis essen. Ich bezahl.«

»Wo hast du denn das Geld her?«

»Das hab ich im Laden von meinen Eltern geklaut.«

»Waaaaahhhhnsinn, stark, Michi.«

»Ja, saustark.«

Silvia meint: »Das ist doch Scheiße. Seine eigenen Eltern bestiehlt man nicht.«

»Warum? Wer soll mich denn erwischen?«

»Und ich sag dir, das ist nicht recht. Stehlen ist gut, aber bei den Reichen und Hundesöhnen, nicht bei den Eltern«, sagte Silvia.

Michi erwidert: »Mensch, du gehst mir auf die Eier. Was willst du denn hier? Hau doch ab nach Hause.«

»Ist doch alles nur Schiß. Die macht sich in die Hose, und da fällt ihr nichts anderes ein, als uns auf die Eier zu gehen«, sagt Gabri.

Silvia hat eine rote Birne gekriegt und sagt: »Du hältst die Klappe, Fleischbombe.«

»Du Hündin«, fährt Michi die Padella an, stürzt sich auf sie und fängt an, ihr das Gesicht zu zerkratzen und ihr kräftig an den Haaren rumzureißen.

Natascia läßt ein paar wilde Flüche los und meint dann: »Ich hab's doch gewußt, daß ihr Feiglinge seid und daß euch die Muffe geht, wenn's drauf ankommt. Bleibt doch, wo ihr seid. Ich geh allein weiter.«

Daraufhin hören die beiden mit der Prügelei auf, versöhnen sich wieder, und wir können weiterziehen.

Dani ist so aufgedreht, daß sie die ganze Zeit ein Stück voraus läuft und wieder zurückkommt und dabei auf alle Autos spuckt. Natascia sagt: »Spiel hier nicht den Clown, ich will mich nicht blamieren.«

Unterdessen sind wir am Bahnhof angekommen und sehen uns dort erst mal um.

»Gut, daß nur so wenige Leute hier sind«, meint Natascia.

»Hoffentlich erwischen uns die Bullen nicht«, sagt Silvia.

Wir bemerken zwei alte Frauen, die uns mißbilligend anschauen, und Dani schlägt vor: »Kommt, den Alten rülpsen wir ins Gesicht.«

Michi hat ein Auge auf zwei junge Männer in Militäruniformen geworfen und meint: »Nicht schlecht, die beiden, die würd ich sofort ranlassen. Was meinst du Natascia? Würdest du die auch ranlassen?«

Aber Natascia antwortet nicht, weil sie in Richtung

Bahnhofsparkplatz schaut. »Mensch, Dani, da ist deine Mutter. Sie steigt gerade aus dem Auto.«

Danis Haare richten sich auf, sie hört auf, in der Gegend rumzuspucken und sagt: »Scheiße!! Wie hat die das nur rausbekommen? Scheiße, jetzt haben sie uns am Wickel.«

»Wir sind verarscht«, sagt Silvia, »es ist aus.«

»Addio, England«, sagt Gabri.

Ich sag: »Das haben wir dem Haifisch zu verdanken, dieser Hure! Sie war's, das weiß ich genau.«

»Und woher soll sie gewußt haben, daß wir zum Bahnhof wollen?« fragt Dani.

»Die weiß alles. Die kann unsere Gedanken lesen. Hat sie doch immer gesagt«, meint Gabri.

»Jetzt hört auf zu spinnen, los, kommt, da drüben, das ist unserer«, sagt Natascia, indem sie auf einen Zug in einiger Entfernung deutet.

»Da kommt meine Mutter schon«, sagt Dani.

»Wir müssen zum Zug«, sagt Michi.

Silvia sagt: »Wartet doch, ich hab Angst.«

»Feigling, meine Freundin bist du gewesen«, sagt Gabri.

»Los, kommt«, sagt Michi.

»Was ist jetzt, kommt ihr mit?« fragt Natascia und fängt an zu laufen, und wir hinter ihr her.

Dani fragt: »Wohin müssen wir eigentlich?«

»Seid ihr sicher, daß der Zug nach England fährt«, frag ich.

»Natürlich, wenn ich's euch sage«, antwortet Natascia, die immer noch vor uns her läuft.

Dani sagt: »Verdammte Scheiße! Da kommt schon meine Mutter.«

»Und die Bullen sind auch dabei«, sagt Gabri. »Jetzt werden wir verhaftet.«

Silvia Padella bleibt stehen und fängt an zu heulen. Michi packt sie am Arm und zieht sie hinter sich her, indem sie sagt: »Komm, du Memme, beeil dich.«

Natascia ist beim Zug angekommen. Sie öffnet eine Tür und steigt ein. Dani und ich hinter ihr her. Wir bleiben in der Tür oben stehen, um Gabri, die es nicht allein schafft, in den Zug zu helfen. Während wir an ihr ziehen und zerren, reißen wir ihr einen Ärmel von dem indischen Gewand ab.

Silvia ist mittlerweile auch bei der Zugtür angekommen und schaut uns an. Sie hat aufgehört zu heulen, schnieft nur noch, und Michi treibt sie immer noch an. »Los, du Memme, mach endlich, verdammte Scheiße.« Irgendwann dann gibt sie ihr einen festen Stoß gegen den Hintern und befördert sie so aufs Trittbrett. Wir ziehen sie rein.

Jetzt steht nur noch Michi unten. Sie sagt: »Ich bleib hier.«

»Mensch, du hast sie wohl nicht mehr alle?« sagen wir. Der Zug setzt sich langsam in Bewegung.

»Nein, ich komm nicht mit, wenn meine Mutter mich erwischt, reißt sie mir den Arsch auf.«

»So eine blöde Kuh«, sagen wir im Chor.

Gabri sagt: »Hast du denn gar keinen Mumm?«

Dani sagt: »Na dann, ciao Michi, du bist wirklich das letzte.«

»Ciao, schickt mir eine Ansichtskarte aus England.«

»Ja, ciao.«

»Wer weiß«, sagen wir. »Vielleicht nie mehr.«

Michi schaut uns schweigend an, mit einem Gesicht als wollte sie gleich losheulen. »Ciao, macht's gut«, sagt sie dann noch mal.

»Ciao«, sagen wir.

Dann gibt sie sich endlich einen Ruck und springt auf.

GOLDMANN

Frauen heute

*Mitreißende und spritzige Unterhaltung über Liebe und
Karriere, Familie und Freundschaft – und über Frauen,
die mit beiden Beinen im Leben stehen und dennoch
wagen, Träume zu haben.
Witzig und frech, provokant und poetisch,
selbstironisch und romantisch zugleich.*

Endlich ausatmen   42936

Das ganz große Leben   42626

Tiger im Tank   42630

Pumps und Pampers   42014

Goldmann · Der Taschenbuch-Verlag

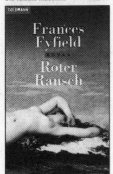